LA BÊTE NOIRE

Collection dirigée par Glenn Tavennec

L'AUTEURE

Adrienne Weick est née en 1982 et a vécu une partie de sa vie à l'étranger, en particulier au Moyen-Orient, au Canada et en Belgique, avant de s'installer à Paris.

Adrienne Weick est diplômée de sciences politiques (IEP Paris).

La Septième Diabolique est son premier roman.

ADRIENNE WEICK

LA SEPTIÈME DIABOLIQUE

LE FIGARO MAGAZINE
LA BÊTE NOIRE
Robert Laffont

Avec la participation du Restaurant Guy Savoy
Crédit illustration page 269 : © Edicarto

ISSN 2431-6385
ISBN 978-2-221-26425-6

Dépôt légal : septembre 2022
Éditions Robert Laffont – 92, avenue de France 75013 Paris

Il n'y a plus une famille dans le monde civilisé, à cette heure, qui n'ait à se défendre contre ce nouvel insurgé, la Femme !

Alexandre Dumas fils, 1870

À Léonore et Aurélien

PREMIÈRE PARTIE

1.

Tombé du train

Novembre 2008

La main hésita un instant, se crispa sur la poignée et actionna l'alarme d'un geste brusque. Une secousse ébranla le train, puis une autre, tandis que déjà la silhouette coupable s'éloignait à grands pas.

— Encore un arrêt ! On n'y arrivera jamais…, se désola pour la troisième fois l'étudiant assis près de la fenêtre, alors que le train ralentissait, avant de s'immobiliser dans un crissement d'essieu. Anatole Derk, debout à l'entrée du compartiment, eut un hochement de tête qui pouvait passer pour une réponse – l'échange maximal dont il était capable après plus de deux heures de trajet, que le jeune homme avait occupées à monologuer devant lui.

Depuis Paris, Étienne, l'étudiant avec lequel il voyageait, consultait avec application son guide touristique, complété de feuillets imprimés sur Internet. Il se faisait un devoir de communiquer à son compagnon de voyage la moindre information, pendant que défilait par la fenêtre un paysage normand noyé de pluie.

— On devrait être à Cherbourg depuis vingt minutes, grommela encore Étienne.

Anatole fit quelques pas le long du couloir. Dans le train, aucun bruit. Comptait-il encore des passagers à part eux deux ? Pleines au départ de Paris, les voitures s'étaient vidées aux trois quarts dès l'arrêt de Caen, puis totalement après Carentan. À présent, seule la pluie martelant le toit des voitures leur tenait compagnie. Une annonce confuse du conducteur crachota que le train était immobilisé en pleine voie – on s'en doutait –, qu'on ne devait pas tenter d'ouvrir les portes – on n'y songeait pas –, et enfin qu'une rupture de câble ou peut-être un problème d'aiguillage expliquait leur infortune – on n'écoutait déjà plus. L'étudiant jetait des regards inquiets par la fenêtre où un crépuscule froid agrandissait les ombres.

Anatole gagna l'entrée de la voiture et examina le mécanisme de la porte donnant sur la voie. L'étudiant le rejoignit.

— C'est interdit d'ouvrir..., commença-t-il. (Mais Anatole manœuvrait déjà le levier. L'étudiant recula.) Vous êtes fou, on n'a pas le droit ! répéta-t-il.

Impavide, Anatole se pencha au-dehors et respira à pleins poumons. L'air du soir, chargé des odeurs de terre et de pluie, le détendit ; il descendit et s'assit sur le marchepied, contemplant le paysage que le hasard de l'incident offrait à leurs yeux. La nuit tombait sur une étendue de bocage où les haies luisantes clôturaient des champs cultivés aux formes irrégulières.

— Rentrez ! insista l'étudiant, toujours dans le couloir.

— Écoutez ! lâcha brusquement Anatole. Mais écoutez, Étienne ! Vous entendez ?

— Un clocher qui sonne ? Et alors ? Rentrez. Vous allez récolter une amende si vous descendez sur la voie.

— Je reconnais à leur timbre les cloches de Valognes, continua Anatole. On doit être tout près. Moins de cinq kilomètres.

— Et alors ? Regardez, il pleut dans la voiture maintenant !

Anatole se releva lentement. Toujours penché audehors, il se retint à la poignée de la porte et continua d'écouter le son lointain de ce clocher que couvrait la rumeur de la pluie. Puis il consulta sa montre ; bientôt dix-neuf heures.

— Je descends, annonça-t-il en boutonnant le col de sa veste.

— Quoi ? Au milieu de nulle part, en pleine campagne ?

— Nous sommes à peine à trois kilomètres de Valognes. Cela se fait facilement à pied.

— Pourquoi ne pas attendre qu'on reparte ? C'est quoi Valognes ?

Mais Anatole sautait déjà lestement du marchepied et atterrissait avec un choc mou sur le ballast.

— Continuez jusqu'à Cherbourg, comme prévu, lança-t-il, sans se retourner, à Étienne, dont le visage ébahi s'encadrait dans la porte ouverte. Je vous y retrouverai demain en fin de matinée, si le trafic reprend. Bonsoir !

Courbée sous le crachin, la silhouette du passager récalcitrant glissa le long du train, et escalada le talus en trois enjambées. Elle disparut aussitôt de l'autre côté, happée par l'obscurité.

★

Heureux de sa liberté retrouvée, Anatole avançait d'un bon pas le long d'un chemin creux bordé de haies. Un fond de ciel pâle à l'horizon éclairait encore le sentier détrempé. Le clocher sonnait toujours, tandis qu'il entendait au loin derrière lui le crissement du train qui repartait. Personne ne semblait s'être aperçu de son escapade. Anatole releva son col de veste et accéléra l'allure, indifférent au crachin qui s'épaississait. Il était à présent pressé d'arriver. Revoir Valognes ! L'idée ne l'avait pas effleuré en quittant Paris. Mais le bavardage d'Étienne l'avait excédé, et il se félicitait d'avoir discrètement déclenché cette alarme pour lui fausser compagnie. Un hasard providentiel avait voulu que le train s'arrête précisément à cet endroit : le tintement du clocher avait alors agi tel un commandement irrésistible, il devait retourner à Valognes ce soir. Une évidence contre laquelle ni la pluie, ni le froid, ni la nuit ne pouvaient rien. Ce soir, il serait de retour après vingt-sept ans d'absence, à la recherche d'un rêve brisé ou d'un espoir, il l'ignorait…

Sur le sentier désert, une galopade résonna soudain derrière lui, puis une main s'abattit sur son épaule, alors qu'un corps trempé s'affalait contre son dos.

— Vous auriez pu m'attendre ! J'ai presque sauté du train en marche. Et vous pouvez me remercier, j'ai même pensé à prendre votre valise ! Bon, on fait quoi ?

Anatole se retourna. L'étudiant dégoulinant grelottait devant lui.

★

Depuis que le train avait quitté Saint-Lazare, Étienne se maudissait d'avoir accepté cet ennuyeux compagnonnage. Dès leur première rencontre, ça avait mal commencé. Pourtant, il rêvait depuis longtemps de participer à la Journée des auteurs organisée par son école, qui réunissait tous les ans une brochette d'écrivains et leurs lecteurs. Chaque auteur se voyait proposer un assistant pour la durée de l'événement, recruté parmi des étudiants volontaires. L'occasion unique pour ces derniers d'approcher une célébrité littéraire. Certains étaient très demandés, aussi le Bureau des étudiants avait-il recours au tirage au sort pour désigner l'heureux élu qui assisterait telle ou telle sommité. Étienne s'était inscrit avec le rêve d'assister Hélène Carrère d'Encausse ou Umberto Eco. Il avait écopé d'Anatole Derk.

Un auteur de troisième ordre. Qu'avait-il écrit ? Étienne l'ignorait. Il fallut néanmoins le contacter, lui proposer une rencontre avant la Journée des auteurs, une visite protocolaire, selon la tradition instaurée pour cet événement. Mais Anatole Derk se révéla un client difficile. Colosse d'un mètre quatre-vingt-dix, la cinquantaine imposante, des cheveux gris coupés en brosse, il posa sur Étienne un regard bleu acier lors de leur première entrevue, tandis que d'une voix à faire trembler les vitres il l'invitait à entrer. Dès les premières minutes, Étienne se sentit mal à l'aise. L'homme ne faisait aucun effort pour animer la conversation. Taciturne, il laissa Étienne dévider de banales paroles admiratives, sans l'interrompre ni le relancer. Étienne, qui, à dire vrai, n'avait rien lu de l'écrivain, se trouva vite à court de superlatifs généraux, et se tut sous le regard ironique de son interlocuteur. Alors l'autre lui déclara tout net son dédain pour l'événement proposé. Étienne tenta divers arguments pour le convaincre, mais ne récolta qu'un silence morne. Puis l'écrivain lui proposa un marché, dont Étienne se demandait encore ce qui lui avait pris de l'accepter. Il s'agissait d'accompagner le sinistre individu lors d'un séjour en Normandie, pour lequel l'écrivain cherchait un secrétaire. Un projet de recherches à mener sur place, l'affaire de quelques jours. Si Étienne acceptait de l'accompagner, M. Derk pourrait envisager de venir à la Journée des auteurs. C'est à ce moment-là qu'il aurait dû prendre congé. Mais, sans réfléchir, il avait accepté. Quand il interrogea Anatole sur les détails et les motifs de l'expédition, un mutisme obstiné lui répondit.

Anatole Derk lui fixa rendez-vous le vendredi suivant, gare Saint-Lazare. Ce n'est qu'au pied du train qu'Étienne connut la destination exacte du voyage : Cherbourg, l'extrémité la plus reculée du Cotentin. Une fois installés dans leur compartiment, et après quelques échanges de banalités, un silence pénible s'installa, que l'étudiant tenta de rompre, mais impossible de soutirer à Anatole Derk ce qu'il comptait faire à Cherbourg. Depuis leur première rencontre, Étienne avait découvert qu'Anatole était l'auteur de plusieurs biographies et études historiques en lien avec la région. Cependant, ses tentatives pour le lancer sur le sujet avaient échoué. Le paysage s'écoulait tristement par la fenêtre lorsque le train s'immobilisa sur la voie, à la grande inquiétude d'Étienne, qui redoutait de voir ce lugubre huis clos se prolonger dans le convoi immobile.

★

Après une demi-heure de marche dans la nuit embrumée, un bistrot à l'entrée de Valognes accueillit un sombre tête-à-tête. Les deux hommes, transis, prirent place au fond d'une salle mal éclairée. Devant deux cafés, on avisa. L'équipée nocturne avait eu raison de la réserve déférente d'Étienne, qui donna libre cours à sa colère.

— Qu'est-ce qu'on fait ici ? On devrait dormir à Cherbourg ce soir. Et à la place, on se retrouve trempés et enrhumés dans un patelin inconnu, sans explications.

— Je ne vous ai pas forcé à m'accompagner, rétorqua Anatole.

— Parce que vous avez prévu quoi pour ce soir, on dort sous la pluie ? Vous avez des amis ici qui peuvent vous héberger ?

— Si j'avais été seul, je me serais débrouillé, je me passe facilement du confort. Mais je vois bien qu'il me faut veiller sur vous. Puisque vous voulez tout savoir, reprit-il, je vous ai demandé de m'accompagner à Cherbourg car j'ai besoin d'un sauf-conduit. Je fais des recherches qui nécessitent un accès aux archives du Service historique de la Marine. Mais pour des raisons sur lesquelles je ne m'étendrai pas, on ne me laissera pas y accéder. C'est un service qui relève du ministère de la Défense, on effectue beaucoup de vérifications avant de vous laisser entrer. Voilà pourquoi j'ai pensé à vous. Étudiant dans une grande école de sciences politiques, vous vous ferez passer pour un doctorant ou que sais-je, vous documenterez pour moi et me donnerez accès à ce que je recherche.

— Rien que ça ! Et pourquoi ne vous laisse-t-on pas accéder aux archives ?

Anatole balaya la question d'un geste impatient.

— L'Administration se montre parfois bien sourcilleuse. La moindre incartade ne vous est jamais pardonnée, on inscrit cela dans des fichiers et ensuite on vous refuse partout.

— La moindre incartade ?

— Cela ne vous regarde pas. Mais vous savez, beaucoup de gens très bien ont un casier, ce ne sont pas des assassins pour autant.

Étienne prit une longue inspiration pour cacher l'inquiétude qui commençait à l'envahir. Ce que lui révélait Anatole renforçait sa conviction d'avoir affaire à un maniaque. Il jeta un œil circulaire autour de lui, l'établissement se vidait, le patron relevait les chaises sur les tables avant de fermer sa caisse, ils étaient seuls. Lui en particulier. Il fallait trouver un moyen de fausser compagnie à ce furieux, malheureusement, Étienne ne savait où aller.

— Alors pourquoi être descendu à Valognes ? Vous avez renoncé à votre complot contre les archives de la Marine ?

— Pas du tout. Mais nous avons le temps. Allons chercher un toit pour la nuit.

Au cours de l'heure suivante, Étienne suivit son étrange acolyte à travers les rues désertes de la ville. La pluie avait cessé, mais le long des rues étroites les gouttières arrosaient les trottoirs, si bien qu'ils durent marcher au milieu de la chaussée. Le premier hôtel où ils s'arrêtèrent n'avait plus de chambre disponible. Le second était en travaux. Étienne et Anatole comprirent vite qu'un hébergement de dernière minute un soir de novembre relevait du défi. Par chance, le patron du dernier établissement qu'ils visitèrent connaissait une propriétaire de gîte qui proposait toute l'année une maison en location. Elle se situait à quelques centaines de mètres, mais la propriétaire n'habitait pas sur place. On joignit par téléphone la providentielle hébergeuse, laquelle accepta de mauvaise grâce de loger le duo parisien. En revanche, elle ne pouvait pas se déplacer maintenant, on rappellerait. Étienne et Anatole patientèrent au bar du restaurant, où le patron, intrigué par leur mésaventure, leur offrit un verre de pommeau hors d'âge qu'il exhuma de sous son comptoir, et qui instantanément leur redonna foi en l'avenir. Au bout d'une heure, la propriétaire rappela, déclara qu'elle envoyait quelqu'un donner les clés et qu'ils avaient rendez-vous devant l'église, avant de raccrocher au nez d'Étienne. Après un second verre de pommeau, l'obligeant patron leur indiqua où trouver l'église. Lorsqu'ils arrivèrent devant l'édifice, Étienne ne sentait plus le froid. Ils se serrèrent l'un contre l'autre sous le porche et contemplèrent les bourrasques de pluie qui balayaient la place déserte.

Soudain, une silhouette se matérialisa devant eux, émergeant de la nuit tel un fantôme. L'homme les dévisagea l'un après l'autre. Il paraissait jeune – visage mince et larges sourcils noirs. Étienne distingua un col romain dépassant d'un ciré ruisselant. Le curé de la paroisse, sans doute, à qui il fallait maintenant expliquer leur présence incongrue à cette heure et à cet endroit. Ils n'en eurent pas le temps.

— Anne m'a chargé de vous remettre ceci, dit-il, et il tendit à Étienne un trousseau de clés.

— Anne ?

— Anne d'Aboville Le Vast, la propriétaire. Vous trouverez la maison par là, au numéro 22, reprit l'ecclésiastique en indiquant d'un geste vague une rue tortueuse, fondue dans l'obscurité.

Étienne entama un couplet de remerciements confus, mais le prêtre se déclara pressé et disparut dans une fourgonnette antique garée sur la place.

Au petit trot sous l'averse, les deux hommes gagnèrent le 22 de la rue indiquée. Devant eux, se dressait une austère demeure séparée de la rue par un porche imposant percé de portes en chêne. Ils franchirent cette enceinte, traversèrent une cour pavée sertie de hauts murs.

La « maison » tenait davantage du manoir hanté que du gîte de vacances. Au premier abord, Étienne jugea l'endroit lugubre. Anatole l'apprécia d'emblée. Il s'agissait d'un hôtel particulier en pierre de taille, d'une épuisante symétrie, pensa l'étudiant. À l'intérieur, une humidité ancienne persistait. Il avait à peine fait le tour du rez-de-chaussée, allumant tout ce qui pouvait l'être pour égayer les lieux, qu'Anatole avait disparu dans les étages endormis. Du rez-de-chaussée, Étienne l'entendait déplacer des meubles, ouvrir et claquer des portes, il s'affairait déjà comme chez lui.

Le jeune homme frissonnait encore de sa course sous la pluie. Dans le petit salon du rez-de-chaussée tapissé de boiseries, une vaste cheminée occupait tout un mur, mais Étienne n'avait jamais allumé un feu de sa vie, et à l'idée de tenter cette expérience, un frisson plus grand encore le parcourut. Persuadé d'embraser l'antique bâtisse dès la première allumette, il se mit en quête d'un réchaud, ou chauffage d'appoint, qu'il dénicha dans une salle de bains. L'ayant rapporté au salon et branché dans une prise douteuse, il se blottit contre l'appareil. Anatole furetait maintenant dans les placards de la cuisine. Au bruit, il devait renverser sur le sol le matériel qui s'y trouvait, entrechoquant la vaisselle et les casseroles dans un tintamarre ahurissant. Étienne se préparait à intervenir quand Anatole apparut soudain dans l'embrasure de la porte, une cafetière fumante à la main.

— Café ? proposa-t-il.

Étienne le regarda pour la première fois avec ce qui ressemblait à de la gratitude et fit l'effort de se lever pour recevoir sa tasse.

Ils prirent place dans deux fauteuils face à la cheminée et le silence retomba. Sous l'effet du café et du radiateur, l'étudiant se détendait enfin. Dehors, la pluie ruisselait le long des petits carreaux de la fenêtre. La lumière venue de la cuisine éclairait faiblement le drôle de couple qu'ils formaient.

— Je n'aurais pas dû vous jouer ce tour dans le train, je suis désolé, lâcha enfin Anatole, au prix d'un louable effort sur lui-même.

— Je le crois aussi, répondit Étienne, d'une voix qu'il essaya de rendre sèche, même si elle lui fit l'effet d'un chevrotement de petit garçon.

— N'en parlons plus.

— Qu'est-ce qu'on fait ici ? répéta Étienne.

Anatole fit mine de ne pas entendre.

— Vous devriez venir voir le premier étage, enchaîna-t-il, cette Mme d'Aboville Le Vast sait vivre, j'ai compté au moins cinq chambres où les lits sont faits, vous aurez l'embarras du choix pour sélectionner la vôtre.

Étienne n'avait aucune envie de s'éloigner de la chaleur bienveillante du calorifère. Mais Anatole, son café expédié, gravissait déjà l'escalier. Le jeune homme se leva, tenant encore sa tasse à la main. Dans l'entrée, il s'arrêta au pied de la volée de marches quand un coup sourd lui parvint de l'étage où Anatole venait de prendre pied, suivi d'un grand cri. Dans un fracas assourdissant, Anatole dégringola la tête la première l'imposant escalier en bois pour s'abattre lourdement aux pieds d'Étienne, sa tête heurtant avec violence le damier noir et blanc du vestibule.

La tasse d'Étienne se brisa au sol, tandis qu'au-dehors la pluie redoublait.

2.

Anne

Anatole entendit d'abord la voix d'Étienne, lointaine. Il ne pouvait remuer d'un pouce ni même ouvrir les yeux. Une douleur aiguë lui irradiait le bas du corps, et sa tête lui semblait peser trois fois son poids ordinaire. Il tenta de se concentrer sur la voix résonnant douloureusement à ses oreilles.

— Il a failli y passer. Mais ça résiste, ces vieux fourneaux. N'empêche que j'ai eu la peur de ma vie.

Anatole soupira, intérieurement car aucun muscle de son visage ne lui répondait. Il chercha à s'évanouir de nouveau pour échapper à l'insupportable conversation, mais elle tonitruait dans son crâne.

Seul lui restait le souvenir de la pluie. Il l'entendait encore crépiter sur les vitres au moment de sa chute. La mémoire lui revenait peu à peu. Comment avait-il pu tomber ? Il se revoyait monter les marches. Parvenu à la dernière, son pied avait heurté quelque chose. Des images fugitives de la scène surgissaient dans son esprit ; un obstacle, le basculement, le vide, le vertige, la pluie. Quelque chose ne collait pas, une image le dérangeait, liée à sa chute, mais il ne parvenait pas à fixer son attention.

Quand il ouvrit enfin les yeux, il aperçut Étienne qui pianotait sur son téléphone d'un air ennuyé. Le jeune homme leva les yeux comme Anatole tournait la tête vers lui.

— Une jambe cassée, et aussi la clavicule, énonça-t-il. Mais tout va bien. Ils vous ont fait un scanner, vous n'avez rien à la tête. Pourtant, qu'est-ce que vous avez saigné du crâne !

— Depuis combien de temps suis-je ici… ? articula péniblement le moribond.

— Trois jours. Je vous ai fait transporter en ambulance. À propos, vous saviez que la location n'incluait pas le téléphone ? Aucune ligne, aucun raccordement. Heureusement que j'étais équipé, dit-il en agitant son précieux appareil. Au fait, comment avez-vous fait pour dégringoler comme ça ?

Anatole ne répondit pas. De nouveau une image se présenta à lui, presque nette, un obstacle. Il avait trébuché dessus.

Portant sa main libre à sa tête, il sentit un épais bandage entortillé autour de son crâne. Le simple contact de ses doigts sur le pansement provoqua un nouvel élancement, il referma les yeux.

La suite des événements se perdit dans un brouillard. Infirmière puis médecin, jargon médical, diagnostic, et enfin la sentence : trois semaines de convalescence. À domicile de préférence.

Anatole ne se souvenait pas de ses réponses. Son crâne demeurait hermétiquement fermé et douloureux. L'impuissance soulevait en lui une sourde colère, mais il se sentait accablé, incapable d'influer sur le cours des événements, et convaincu que sa fin était proche. Avant de sombrer à nouveau dans l'inconscience, persuadé de quitter ce monde, il éprouva le regret de devoir se contenter de cet étudiant désinvolte comme ultime témoin de ses derniers instants.

★

Le craquement des bûches dans la cheminée le réveilla tout à fait. Elles projetaient un halo orange au sol devant le foyer. Cette lumière hypnotisait Anatole, qui venait d'entrouvrir les paupières. Le reste de la pièce disparaissait dans le noir. Levant la tête, il aperçut les solives en chêne noirci qui zébraient le plafond. Il souffrait moins, une chaleur agréable l'entourait et de la cuisine parvenait un fumet de soupe qui lui redonna goût à la vie.

Il ignorait depuis combien de temps il gisait là quand Étienne entra. Il posa délicatement un plateau sur un tabouret bas en face d'Anatole et disposa un bol et une cuillère à sa portée. Tout en mangeant, Étienne lui résuma les événements depuis sa chute. Il avait passé deux jours en état d'inconscience avant de reprendre connaissance. Sa remarquable constitution avait permis une rapide amélioration de son état, de sorte que les médecins avaient autorisé sa sortie, sous bonne garde.

— Il faudra bien pourtant que je rentre à Paris, maugréa-t-il entre deux cuillerées.

— Hors de question. Vous devez rester allongé le plus possible. Vous vous voyez débarquer à Saint-Lazare dans votre état ?

— Je ne peux pas rester dans ce trou perdu. J'imagine que l'hôpital ne mettra pas à ma disposition une infirmière pour veiller sur ma personne. Vous voyez bien qu'il faut que je rentre. En plus, j'habite au rez-de-chaussée. Ici, je ne vais pas pouvoir monter ces maudits escaliers. Et notre logeuse ? Elle nous a loué cette maison pour une nuit, pas pour un mois !

— Ne vous agitez pas, murmura Étienne d'un ton paternaliste qui exaspéra Anatole.

Ce gosse de vingt ans lui parlait comme à un écolier, alors qu'il avait plus du double de son âge. Anatole ne répliqua pas, mais se promit de se mettre en quête d'un taxi pour la gare, dès que l'étudiant aurait lui-même rembarqué dans son train.

— Quel jour sommes-nous ? demanda-t-il.

— Mercredi soir, répondit Étienne.

Cela faisait donc deux jours qu'ils auraient dû être rentrés à Paris. Étienne avait sûrement manqué des cours. Il allait repartir. Non, décidément, Anatole ne se voyait pas seul et grabataire dans ce caveau. Cela dit, il admit que le petit salon respirait maintenant la chaleur et la sérénité. Il se sentait bien.

— Vous avez bien fait les choses en tout cas, jeune homme. Le feu, cette excellente soupe, je ne vous imaginais pas si habile à la tenue d'un foyer.

— Vous aviez raison. Je déteste la cuisine, et j'aurais été incapable d'allumer quoi que ce soit dans cette antiquité.

— Ah…

Anatole attendait l'explication, lorsque la porte d'entrée s'ouvrit. Un courant d'air froid s'engouffra dans le petit salon et fit vaciller les flammes de la cheminée. La porte claqua, se rouvrit sous l'effet de la bourrasque, claqua à nouveau, accompagnée cette fois d'un juron vengeur. Après cinq minutes où le vestibule résonna de bruits de bottes cognées contre les parois et de clés tintant sur le carrelage, la créature bruyante déboucha dans le salon.

★

C'était une femme d'une quarantaine d'années. Emballée dans un ample ciré vert, dont elle se débarrassa sur une bergère, coiffée d'un chapeau en feutre d'où s'échappaient des plumes de faisan trempées par la pluie, elle portait un jean usé et un pull trop large. Bien qu'elle disparût sous ses vêtements mal ajustés, il émanait d'elle une énergie irrésistible, ses yeux bleus étincelaient. Elle avait un visage régulier, une peau très pâle. Ses cheveux blonds humides, retenus par un nœud de velours, gardaient la trace d'un brushing élaboré. Notant en un éclair ces détails, Anatole reconnut en elle la propriétaire du lieu. Il ne put prolonger ces déductions, car l'arrivante s'exclamait déjà.

— Vous revenez d'entre les morts, cher monsieur. Votre camarade s'est très bien occupé de vous. Mais il ne sait pas allumer un feu. Quant à moi, je vous ai apporté de quoi tenir quelques jours, ajouta-t-elle en désignant un panier rempli de victuailles. Comment trouvez-vous cette petite maison ? Elle aurait besoin d'un bon rafraîchissement, mais, de nos jours, tout est inabordable, surtout les travaux. Étrange, votre accident, non ? À propos, je ne me suis même pas présentée : Anne d'Aboville Le Vast. Votre hôte dans cette ruine.

À l'appui de ce flot de paroles, elle arpentait le salon, bousculant un meuble, retapant un coussin. Puis elle inspecta l'installation d'Anatole, ses couvertures, son plateau entamé, son peu d'appétit, sa maigreur, son teint de cire.

— Vous habitez là depuis longtemps ? s'enquit ce dernier quand il put placer un mot.

— Je n'y vis pas, répondit-elle en se laissant tomber dans une bergère. J'occupe une bicoque à quelques rues d'ici. Cet hôtel d'Aboville est inhabitable une bonne partie de l'année. Il a besoin de nombreuses réparations, mais vous savez ce que c'est, conclut-elle, comme si elle s'adressait à un propriétaire de château aguerri. Je m'en veux de ne pas l'entretenir autant que je le voudrais. C'est un fleuron de l'architecture XVIIIe, un des plus beaux de Valognes. Mais les huisseries sont rongées, la toiture prend l'eau, les mortiers sont attaqués par le sel et le temps. Un de ces jours, on trouvera de la mérule dans les lambris, et ça sera la fin.

— Pourquoi ne pas le vendre ? suggéra Étienne.

— Parce qu'il appartient à la famille, fit Anne en haussant les épaules. (L'argument lui semblait définitif. Après un silence elle ajouta :) J'en connais chaque cheville du plancher, chaque tuile du toit. Je ne supporterais pas de m'en séparer. Cependant, quand les factures tombent, je me dis que les souvenirs coûtent cher. Heureusement qu'il y a des touristes immobilisés dans le plâtre pour assurer ma subsistance au creux de l'hiver ! fit-elle avec un clin d'œil qui conduisit Anatole à la soupçonner d'avoir elle-même piégé l'escalier, histoire d'empocher trois semaines de loyer.

— C'est un monument plein de charme. A-t-il une valeur historique particulière ? A-t-il vu passer des personnages célèbres ? demanda Anatole.

Anne leur jeta tout à coup un regard méfiant et jaillit de la bergère.

— Il est bien tard, et je vous empêche de vous reposer. Vous saurez allumer un feu maintenant, jeune ami ? dit-elle en se tournant vers Étienne. Venez, je vais vous montrer la réserve de bois.

★

Les ombres de la nuit rampaient à travers la cour lorsque Anne les quitta. L'étudiant demeura un instant sur le seuil et la regarda s'éloigner dans les ténèbres. La lueur d'un réverbère éclairait les pavés luisants, elle pataugeait dans de larges flaques, ses cheveux balayés par le vent. Quand il ne la distingua plus, il referma la porte et soupira. Il lui sembla qu'elle avait emporté avec elle la vie et la lumière. Sans se l'avouer, il aurait aimé la suivre dans sa maisonnette, qu'il imaginait chaleureuse et confortable, pour poursuivre une conversation enjouée. Au lieu de ça, il grelottait dans cette bâtisse sépulcrale, reclus avec un misanthrope. Il se sentit soudain loin de chez lui.

Dans le salon, Anatole fixait le mur en face de lui, tapissé d'anciennes boiseries bibliothèques dont la peinture se détachait par lambeaux. Étienne repensa à leur conversation.

— La mérule, qu'est-ce que c'est ? demanda-t-il.

— Un champignon destructeur qui attaque le bois. Il dévore la fibre, s'étend de façon invisible dans les murs, les plafonds, les planchers, les boiseries. Il infeste aussi les mortiers qui jointent les pierres, et peut provoquer l'écroulement complet d'une maison comme celle-ci. La Normandie est une région humide, ce parasite y fait des ravages. C'est la hantise des propriétaires de château.

— Vous pensez qu'il y en a ici ? voulut savoir Étienne.

Il s'approcha des boiseries et examina le bois strié de veines à travers la peinture grisaille. Les ouvrages reliés à l'ancienne dormaient dans la poussière, il tenta de déchiffrer les titres écrits en lettres d'or.

— Tocqueville, Flaubert, Maupassant... Tiens, Maurice Leblanc au milieu des classiques !

— Que des auteurs normands, en tout cas.

Étienne se hissa sur la pointe des pieds et prit un volume au hasard. Il le détacha difficilement des autres, collés par le temps et la poussière.

— On dirait qu'ils ne sont pas sortis de l'étagère depuis la première fois qu'on les y a mis. Regardez, des pages non coupées. Dommage qu'elle ne nous ait pas raconté l'histoire de la maison.

— Dommage, acquiesça Anatole. Et très curieuse, sa réaction. Elle a coupé court et s'est presque enfuie vers le tas de bois.

Ils s'installèrent pour la nuit. Ne pouvant grimper les escaliers, Anatole se cala dans son fauteuil, qu'à sa demande Étienne rapprocha de la bibliothèque. Le feu mourait dans la cheminée, au-dehors les rafales de pluie giflaient toujours les carreaux.

Dans l'obscurité, Étienne monta avec précaution l'escalier. Arrivé sur la dernière marche, il se pencha et examina les alentours pour tenter de comprendre ce qui avait pu faire chuter Anatole. Soudain, il entendit un fracas venant du rez-de-chaussée, suivi d'un juron. Il redescendit prestement et découvrit l'invalide, toujours dans son fauteuil, hagard, hirsute et recouvert d'une couche de poussière qui tourbillonnait encore en volutes au-dessus de sa tête. Au milieu de son visage blanchi, ses yeux bleu acier pétillaient. Autour de lui, le sol apparut jonché de livres qui avaient dégringolé de l'étagère.

— J'ai voulu attraper le plus proche, avoua le délinquant d'un air faussement contrit. Il est venu facilement mais quand j'ai voulu prendre le second, ils me sont tous tombés dessus.

— Vous ne pouvez pas vous empêcher de provoquer des catastrophes ! gronda Étienne.

En entendant le bruit de l'avalanche, il avait cru une nouvelle fois à un accident grave, et se reprochait d'avoir couru si vite.

— Venez voir au lieu de râler. Derrière le premier livre, j'ai vu quelque chose, et cela m'a poussé à en prendre un second.

Le jeune homme se pencha vers l'étagère vide, juste au-dessus de la tête du blessé. Sur le fond en bois brut de la bibliothèque se détachait une inscription gravée, très nette, d'une écriture penchée, déliée et élégante :

Louise Read - 1902

3.

Louise Read

Étienne ne connaissait Anatole que depuis quatre jours, dont un fort désagréable et trois que l'écrivain avait passés à l'hôpital. Pourtant, lorsqu'ils allèrent se coucher ce soir-là, Étienne savait qu'il resterait à Valognes le lendemain, le surlendemain, et autant de temps que nécessaire.

Jamais il n'oublierait l'expression d'Anatole, alors qu'il fixait, médusé, l'inscription qui venait d'apparaître sur le fond de la bibliothèque.

— Vous vous rendez compte ? murmura-t-il. Mlle Louise Read.

— C'est qui, cette Louise Read ? Une ancienne propriétaire, une arrière-grand-mère de Mme d'Aboville ? On dirait un nom anglais.

Anatole l'avait regardé, incrédule.

— Évidemment qu'elle était anglaise. Ce nom ne vous évoque rien ?

— Vous la connaissez ? hasarda Étienne, surpris.

— Bien entendu, rétorqua Anatole en agitant son unique bras valide, l'autre refusant de lui obéir. Je ne parviens pas à croire que son nom soit inscrit ici. Si vous saviez ce que cela signifie, jeune homme ! Vous ne voyez vraiment pas ?

— … non.

— Jules Barbey d'Aurevilly, ça vous parle ?

— Non plus. Ah, si, peut-être, c'est un écrivain du XIXe siècle, ou XVIIIe. Enfin, je crois.

— Mais où allons-nous ? tonna Anatole. Vous, le soi-disant fleuron de notre système d'enseignement supérieur, étudiant en grande école. On n'y apprend plus rien, c'est officiel ! Jules Barbey d'Aurevilly, voyons.

— Ça va, je ne suis qu'en première année, se défendit Étienne.

— Vous m'accompagnez pourtant à Valognes, sur ces terres normandes qui l'ont vu naître, où il a vécu, où il a écrit ! Et son nom ne vous dit rien ? Je vous pardonne pour Louise, la pauvre, la postérité ne lui a pas accordé la place qu'elle mérite. Mais *lui* !

— Ça n'est jamais qu'un Jules de plus, ils s'appelaient tous comme ça à l'époque. Alors, c'est qui ?

— Je ne sais pas si vous méritez de le savoir, laissa tomber Anatole. Tâchons de remédier à votre ignorance encyclopédique et de faire œuvre humanitaire.

Il se redressa, cala son imposante silhouette dans son fauteuil et, tout en brossant du plat de la main la poussière et les toiles d'araignée qui le recouvraient, tendit à Étienne les livres qui lui étaient tombés dessus.

— Louise Read a vécu à la fin du XIXe siècle. C'était une femme érudite et d'un grand dévouement. Elle a été, pendant près de dix ans, l'amie et la secrétaire de l'écrivain Jules Barbey d'Aurevilly, qu'on appelait aussi « le Connétable des lettres ». Notez cela dans un repli caverneux de votre cervelle : cet homme était l'un des plus grands écrivains normands, et aussi français, bien que nos contemporains l'aient largement oublié.

— Si c'était un génie inoubliable, pourquoi l'a-t-on oublié ?

Anatole soupira, tenta de s'extraire du fauteuil, mais l'effort lui arracha une grimace de douleur.

— Parce que ce n'était ni un révolutionnaire, ni un démocrate, ni un républicain, ni un adepte du roman réaliste, ni même un poète alcoolique. Il était surtout contre.

— Contre qui ?

— Contre tout le monde. Il s'ingéniait à demeurer le marginal minoritaire face à tous les courants, politiques, artistiques, quitte à changer souvent d'avis car le siècle n'a pas manqué de revirements. En matière littéraire, là aussi, il partit en guerre contre le courant dominant, le roman naturaliste que représentait Zola.

— On lui demandait son avis, il était connu ?

— Il était critique littéraire pour plusieurs journaux, et son sport favori consistait à éreinter les succès du moment, Hugo, Flaubert, Zola. Il se brouillait méthodiquement avec chacun, jusqu'aux rares amis de son propre camp.

— Pourtant il y avait des partis conservateurs, qui devaient le soutenir ?

— Sauf que, même avec ceux-là – surtout avec ceux-là –, il se débrouillait pour se disputer. Ses propres livres peignaient des personnages abominables, pratiquant le crime et le vice, mais appartenant souvent à la bonne société, ou issus du clergé, comme dans ce roman, tenez, *Un prêtre marié*.

Il agita sous le nez d'Étienne un volume poussiéreux, le jeune homme se détourna d'un geste brusque. Anatole poursuivit avec animation, toujours brandissant l'opuscule :

— On l'a accusé d'encourager l'impiété, ses livres ont été saisis, parfois à la demande des autorités religieuses elles-mêmes. Il a failli faire de la prison, notamment pour *Les Diaboliques*, un recueil de nouvelles sulfureux, qui mettait en scène une bonne société corrompue dont les crimes se dissimulaient derrière la bienséance. Sa théorie était que les plus grands crimes n'étaient pas ceux qui emplissaient les tribunaux mais ceux qui se déroulaient en silence, derrière les rideaux tirés des hôtels aristocratiques.

L'écrivain s'interrompit, à bout de souffle. Étienne en profita pour le ramener vers le sujet qui l'intéressait.

— Et que vient faire cette Louise là-dedans ?

— Elle rencontra Barbey à Paris vers 1879. Elle avait une trentaine d'années, ce qui faisait d'elle une vieille fille selon les critères du temps. De cette rencontre, jusqu'à ce qu'il meure en 1889, elle s'est occupée de lui, de son œuvre, qu'elle a contribué à rééditer et à faire connaître. Elle lui a littéralement dédié sa vie, jusqu'à son décès, en 1929.

— Mais quel rapport avec Valognes ?

— Barbey est né près d'ici, à Saint-Sauveur-le-Vicomte. Valognes est sa ville d'adoption. Au XIXe siècle, c'est une ville ancrée dans les traditions de l'Ancien Régime, raison qui explique que Barbey s'y attache. L'esprit des lieux correspond à sa propre nostalgie. La noblesse légitimiste s'y regroupe, puis s'y retranche au fil des révolutions qui parcourent le siècle. Savez-vous qu'on appelait cette ville « le Versailles normand » ?

— En province, on ne doute de rien, laissa tomber l'étudiant en pianotant « Versailles normand » sur son smartphone. Il vivait ici ?

— Par intermittence. Il s'installe à Paris et tente de publier ses premiers textes. Mais son style alambiqué rebute. Il revient donc régulièrement à Valognes pour y puiser l'inspiration, et également se faire désirer à Paris.

— Donc cette maison est la sienne ?

— C'est bien cela qui me préoccupe, car, historiquement, ce n'est pas possible. À Valognes, les séjours de Barbey sont bien documentés, par sa correspondance, ses mémoires, etc. Barbey s'est entiché de Valognes, il trouve deux étages à louer dans une demeure aristocratique de la rue des Religieuses, l'hôtel de Grandval-Caligny. Ce n'est pas celui où nous sommes.

— Comment le savez-vous ?

— Parce que cette demeure existe toujours, et qu'elle s'élève à quelques rues d'ici.

— Mais si l'inscription est bien de Louise Read, cela veut dire qu'elle est venue ici. Et forcément avec lui.

— Excepté qu'en 1902, si c'est bien à cette date que l'inscription a été gravée, Barbey est mort depuis déjà plus de dix ans. Que serait-elle donc venue faire ici en 1902, et pourquoi y graver son nom ? La vraie question est : Anne d'Aboville est-elle au courant de l'existence de cette inscription ?

— Il y en a une autre que je voudrais vous poser, répliqua Étienne. D'où vient que vous en savez autant sur cet auteur en particulier ? Et d'ailleurs, vous ne m'avez toujours pas dit pourquoi vous avez sauté du train en marche la semaine dernière ?

Anatole garda un silence buté, puis examina Étienne un long moment.

— Maintenant que me voilà immobilisé, je peux bien vous le révéler. Je suis venu chercher des souvenirs, tout simplement. Je vous assure que ça n'était pas prévu. J'avais vraiment l'intention de vous emmener jusqu'aux archives maritimes à Cherbourg. Mais avec cet arrêt inopiné du train en rase campagne, à quelques kilomètres de Valognes…

— Arrêtez de me raconter des histoires ! Quelqu'un a tiré le signal d'alarme, le contrôleur me l'a dit. C'était vous ?

Anatole se passa la main sur la figure, ce qui ne servit qu'à la barbouiller davantage de poussière.

— Je… je n'ai pas pu résister. Valognes est un lieu particulier pour moi. Je devais revenir.

— Revenir ? Vous avez vécu ici ?

De nouveau Anatole se tut. Étienne perdit patience. Il en avait assez de devoir supplier pour obtenir chaque information. S'y ajoutait la désagréable sensation d'être tombé dans un guet-apens. Il se leva et rassembla d'un geste brutal les tasses de café sur un plateau pour les rapporter à la cuisine. Comme il passait près de lui, Anatole le retint par le bras.

— J'ai volé un manuscrit.

— Vous avez quoi ?

— Volé un manuscrit. Il y a vingt-cinq ans. Voilà pourquoi je ne peux plus entrer aux archives, je suis connu. Pourquoi aussi je ne suis pas revenu à Valognes depuis des années, et pourquoi j'ai besoin de vous.

Étienne se rassit et dévisagea son interlocuteur, qui ressemblait maintenant à un petit garçon. Étienne dut recourir à des trésors de persuasion pour obtenir enfin, par bribes, un récit filandreux.

Une trentaine d'années plus tôt, au sortir de ses études d'histoire, Anatole Derk avait entrepris un travail de recherche sur les écrivains normands, et s'était spécialisé sur Barbey d'Aurevilly. Ses méthodes peu académiques et son caractère irascible lui avaient fermé de nombreuses portes. Ne parvenant pas à obtenir l'accès à une correspondance originale détenue par des mains privées, il avait pénétré par effraction au domicile de la famille valognaise qui lui en refusait l'accès, et dérobé les lettres tant convoitées. « Il s'agissait seulement d'un emprunt », se défendit-il devant le regard effaré d'Étienne. Mais l'affaire avait tourné au fiasco, Anatole avait été retrouvé et démasqué. La famille porta plainte, puis la retira une fois les lettres restituées. Cependant, Anatole Derk, durablement discrédité au sein de la communauté scientifique, ne put jamais publier la moindre ligne sur le sujet. Depuis, l'apprenti cambrioleur avait tourné le dos à cette partie de sa vie, s'était consacré à l'écriture de romans historiques et n'avait jamais remis les pieds à Valognes.

Étienne tenta d'obtenir des détails sur l'équipée, mais Anatole s'était de nouveau refermé comme une huître. Il éteignit les lumières une à une, ne laissant que la veilleuse qu'Anatole gardait près de lui. Il monta à l'étage et repéra sa chambre à tâtons. Dans le noir, il ouvrit la fenêtre et regarda au-dehors. La pluie tombait toujours, fin rideau liquide. En bas, la veilleuse du rez-de-chaussée éclairait encore un cercle de pavés luisants devant la fenêtre. La veilleuse s'éteignit. Alors, dans l'ombre nouvelle, Étienne aperçut une forme humaine se détacher du mur de la maison. Elle était juste au-dessous de lui. Longeant le mur, la silhouette contourna la cour et parvint jusqu'au porche sur la rue. Le temps qu'Étienne se penche à la croisée pour interpeller l'inconnu, l'ombre s'était déjà fondue dans l'averse.

★

Toujours penché à la fenêtre, il écouta longtemps le clapotis de la pluie rebondissant dans les gouttières, cherchant à distinguer, par-delà la rumeur du vent, le bruit des pas qui s'éloignaient. En refermant la fenêtre, il n'avait qu'une certitude : il avait reconnu, luisantes sous la lune, des plumes de faisan couronnant le chapeau de l'inconnu.

4.

Cassandre

L'aube trouva Étienne réveillé et courbaturé. Après une nuit parcourue de cauchemars, l'humidité de la chambre le pénétrait jusqu'aux os. Il s'habilla, collé à la fonte du radiateur, puis gagna la fenêtre, l'ouvrit et scruta la cour. L'aurore pointait au-delà des toits vernis. Une brume laiteuse estompait les contours du paysage.

Étienne s'accouda au garde-corps, essuyant d'un revers de manche les gouttes de pluie suspendues au bois écaillé, et huma la fraîcheur. Le silence l'impressionna. La maison, la rue, la ville dormaient. Après les angoisses de la veille, une étrange paix l'envahissait. Pour la première fois, la maison lui apparut familière et amie, repliée sur ses secrets mais protectrice. Au lointain, un clocher sonna, lui rappelant qu'il devait se rendre au presbytère, remercier le jeune curé de son aide le soir de leur arrivée.

Il repensa aux confidences d'Anatole le soir précédent. Que cherchait le quinquagénaire en revenant sur les traces de ses méfaits ? Retrouver la maison où il avait pénétré autrefois, mais dans quel but : se venger des propriétaires, vingt-cinq ans plus tard ? Tenter à nouveau de dérober des manuscrits ? Malgré leur rapprochement de la veille, Étienne ne parvenait pas à se faire une opinion sur son imprévisible colocataire.

Un sifflement venu de la cour interrompit ses réflexions. Il baissa les yeux ; le jour se levait et, sous le porche en pierre, une jeune fille juchée sur un vélo lui adressait de grands signes. Elle appuya sa bicyclette en équilibre à l'angle du porche et courut vers la porte d'entrée. Étienne descendit. Les ronflements en provenance du salon lui apprirent que le convalescent dormait encore. Il ouvrit la porte. Devant lui se tenait une fille d'environ douze ans, engoncée dans le même imperméable vert remarqué la veille sur le dos d'une autre personne. Le même chapeau à plumes de faisan. Grande pour son âge, elle présentait une évidente ressemblance avec sa mère, dont elle partageait manifestement la garde-robe.

— Bonjour, je m'appelle Cassandre. Et vous, Étienne ? Je suis pressée, mais je me suis dit que je devais quand même vous dire bonjour. Je vous ai laissé des croissants pour ce matin, ajouta-t-elle en désignant du menton un sachet brun à ses pieds.

— Entrez, je vous en prie. Vous, heu…, tu es la fille de Mme d'Aboville, c'est ça ?

Elle demeura sur le seuil sans répondre, le dévisageant avec curiosité. Hésitant toujours entre tutoiement et vouvoiement pour une fille de cet âge, il garda le silence. Elle portait les cheveux longs, d'un blond tirant sur le roux, mal coiffés, et de larges lunettes rondes qui lui agrandissaient les yeux.

— Vous avez trouvé des squelettes ? lança-t-elle tout à coup.

— Des squelettes ?

— Il y en a dans le jardin, poursuivit-elle, franchissant le seuil.

Elle traversa le vestibule, jeta un coup d'œil vers le salon, d'où provenaient les ronflements, puis contourna l'escalier. Elle désigna à Étienne une porte basse qu'il n'avait pas encore remarquée.

— Par là, dit-elle en actionnant la poignée rouillée.

Un jardin entouré de murs bordait l'arrière de la maison. Étienne suivit Cassandre le long d'une allée de dalles moussues qui serpentait à travers un maquis d'arbustes enchevêtrés et de fougères scintillantes de pluie. Sur son passage, Cassandre écartait d'un geste vif le feuillage, projetant sur Étienne des giclées de rosée.

— Il y a des gens enterrés ici, reprit Cassandre à voix exagérément basse. Même maman l'ignore. Mais moi, je l'ai découvert. Je viens parfois la nuit, elle ne sait même pas que j'ai la clé.

— Étiez-vous là hier soir ? demanda Étienne, repensant à la silhouette au chapeau de plumes entraperçue la veille.

— Non, pas hier. Venez, continua-t-elle en bifurquant vers un enchevêtrement de ronces.

— Pourquoi vous venez la nuit ? reprit-il, adoptant finalement le vouvoiement. Pourquoi déterrer des gens ?

— Plus tard, je deviendrai archéologue. Les archéologues doivent savoir creuser, fouiller, déterrer dans toutes les conditions. Et il ne faut pas avoir peur du noir, si on fait des fouilles dans une grotte, un tunnel, ou une tombe de pharaon par exemple. Alors je viens la nuit pour m'entraîner. J'ai déjà creusé tout ça, poursuivit-elle en désignant un monticule de terre devant lequel elle s'accroupit d'un air grave.

— Pourquoi pas dans votre propre jardin ?

— Je vous l'ai déjà dit ! Il y a des gens enterrés. Des gens anciens, vous comprenez ? Qui ont vécu ici, dit-elle en désignant du doigt les fenêtres du premier étage. On les a sûrement assassinés, donc c'est beaucoup plus intéressant. Je suis sûre que leurs tombes se cachent là-dessous, peut-être même des chambres funéraires, des trésors, du mobilier, comme en Égypte !

Étienne retint un sourire, et tenta de ramener la conversation sur la maison.

— Qui sont ces gens qui vivaient là autrefois ?

Elle secoua sa crinière et s'assit d'un air résigné sur la butte de terre.

— Maman le sait, mais elle ne veut rien me dire. D'ailleurs, ne lui parlez pas de ce que je vous ai montré. Elle me ferait une crise. Je sais, reprit-elle, qu'une dame, une vieille dame, a vécu ici, et qu'elle était très malheureuse. Peut-être qu'elle est enterrée là-dessous, conclut-elle en désignant le monticule. Et puis il y a le cimetière.

— Vous creusez dans les cimetières aussi, Cassandre ? risqua Étienne en fronçant les sourcils.

— Vous vous moquez de moi, c'est ça ? Vous me prenez pour une demeurée. Eh bien, vous verrez, je vous montrerai. Je ne suis pas la seule, vous savez. À propos, poursuivit-elle, pourquoi les gens mettent-ils des plaques sur les tombes, du genre « À ma grand-mère maternelle », etc. À quoi ça sert ?

Décontenancé par ce brusque changement de sujet, Étienne ne sut que répondre.

— Une grand-mère maternelle est bien la mère de votre mère, non ?

— Heu, je pense, fit Étienne. La vôtre est toujours vivante ? demanda-t-il.

— Donc ça ne peut pas être la mère de votre père, poursuivit Cassandre, les sourcils froncés. Du coup, si vous avez une grand-mère maternelle, alors votre mère est bien sa fille, et non pas son fils qui est votre père, n'est-ce pas ? Oui, c'est ça !

Étienne dévisagea, incrédule, l'auteur de ces propos décousus. Il attendit vainement la suite, mais, avec un gloussement, la fillette se sauva vers le fond du jardin et entreprit d'escalader le mur d'enceinte en s'agrippant à des branches de glycine qui recouvraient la paroi.

— Attention, Cassandre, vous allez tomber ! cria Étienne.

Mais en trois mouvements, l'adolescente avait déjà atteint le sommet du mur. À califourchon sur le rebord en tuiles, elle se retourna, lui adressa un signe de la main, puis bascula la seconde jambe de l'autre côté et disparut.

★

— Cassandre ! On n'a pas idée de prénommer ainsi son enfant !

Étienne se retourna. La silhouette qui venait de prononcer cette phrase s'encadrait dans la porte du jardin. Appuyé sur ses béquilles, Anatole fixait d'un air réprobateur l'angle du mur opposé d'où la jeune fille avait sauté.

— Évidemment, ça ne vous plaît pas ! soupira Étienne.

— Évidemment. C'est affreux.

— Mais de quel droit vous vous permettez de juger les prénoms des autres ?

— Ah, encore votre *politiquement correct*, grommela Anatole. Alors on ne peut plus rien dire ! Vous n'allez quand même pas me soutenir que « Cassandre d'Aboville Le Vast », est un nom facile à porter dans la vie de tous les jours. Enfin, on n'est pas responsable des sottises de ses parents. Que voulait-elle ?

— Presque rien : déterrer des cadavres de grands-mères dans le jardin.

— C'est de son âge.

— Ah, parce que vous faisiez ça aussi, à douze ans ? Rentrez, vous allez prendre froid.

Dans la cuisine, Étienne prépara du café, puis apporta au salon les croissants offerts par Cassandre. Il répéta à Anatole sa conversation avec l'adolescente.

— Faut-il la prendre au sérieux ?

— Sur la probabilité d'exhumer une tombe égyptienne farcie de momies et d'amulettes dans un jardin valognais, je resterais prudent, ironisa Anatole.

— Mais des corps enterrés dans le jardin ?

Le blessé se mit à rire.

— En dehors d'un chat rachitique ou d'un chien galeux, je doute qu'on réalise la moindre découverte dans ce carré de pommes de terre. Pour autant, son imagination fertile n'est pas partie de rien. Elle a certainement glané des informations sur les habitants de cette maison.

— Une vieille dame malheureuse aurait vécu ici, d'après elle... Louise Read ?

— Impossible, assena l'érudit. Elle n'a jamais séjourné dans la région, comme je vous l'ai expliqué.

— Elle a gravé son nom dans la bibliothèque, s'obstina l'étudiant. Vous ne pouvez pas le nier !

— N'importe qui a pu graver ce nom. Allez donc interroger Anne d'Aboville au lieu de vous livrer à des élucubrations.

Pourtant, Étienne ne voulait pas s'avouer vaincu. Il ignora le geste impérieux d'Anatole qui lui désignait la porte et poursuivit :

— Peut-être Louise Read est-elle son ancêtre, son arrière-arrière-grand-mère ? Elle serait morte ici et enterrée dans le jardin, peut-être assassinée par Jules Barbey d'Aurevilly ?

Anatole avala son croissant de travers.

— Inepties ! rugit-il quand la parole lui revint. Primo, Louise Read est morte sans descendance. Secundo, Barbey n'a jamais tué personne. Tertio, je vous rappelle qu'il a disparu quarante ans avant elle. Maintenant, si vous entendez retourner ce jardin à la petite cuillère pour y trouver ce que cette écervelée y cherche, faites donc. Sans bruit, s'il vous plaît, je vais faire un somme et réfléchir à cette énigme. Mais vous avez raison sur un point : je suis sûr que notre propriétaire connaît cette inscription et qu'elle nous dissimule la vérité.

★

Comme il finissait sa phrase, la porte s'ouvrit et, avec sa brusquerie habituelle, ladite propriétaire fit son entrée. Les bras chargés d'un volumineux sac de jute, elle traversa le salon d'un pas vacillant. Parvenue en face des deux convives, elle déversa soudainement sur le parquet une dizaine de lourdes bûches, manquant d'écraser les orteils déjà douloureux d'Anatole.

— De quoi affronter les petits matins humides ! s'exclama-t-elle avec un sourire, secouant ses cheveux, où des gouttes de pluie s'accrochaient encore.

Étienne ne cacha pas sa joie de la voir égayer leur tête-à-tête. Remarquant l'œil maussade d'Anatole, il prit en charge la conversation avec entrain, désireux de se démarquer du monolithe qui les observait. Anne paraissait aussi d'excellente humeur et, à leur invitation, s'attabla avec eux autour du petit déjeuner. Ils apprirent que sa demeure, située à quelques rues de là, était un ancien relais de poste converti successivement en hôtel puis en appartements, dont elle louait la plus grande partie à des touristes.

— Cela vous fait gagner un revenu suffisant ?

Elle sourit de l'indiscrétion.

— Par bonheur, j'ai une autre activité plus régulière, je suis organisatrice de réceptions.

— *Wedding planner* ? fit Étienne, amusé.

— Pas tout à fait. Mon rôle consiste surtout à mettre en relation des propriétaires de domaine et des clients à la recherche d'un lieu de charme ou de prestige. Nous sommes nombreux en Normandie à tenir à bout de bras des maisons historiques aussi vastes que délabrées. Leur entretien tourne au casse-tête. Une location pour une soirée apporte un complément de revenu appréciable et permet de faire des travaux.

— Vous servez d'intermédiaire ?

— En quelque sorte, apporteur d'affaires. Je connais presque tout le monde parmi les châteaux et manoirs de la région.

— Je n'en doute pas, marmonna Anatole, levant les yeux au ciel.

Sa mimique réprobatrice n'échappa pas à Anne.

— Vous devez connaître de très belles propriétés grâce à cette activité, se hâta de poursuivre Étienne.

— Vous aimeriez peut-être en voir quelques-unes ? fit-elle avec un sourire. D'ailleurs, j'y pense, enchaîna-t-elle.

Demain, je reçois chez moi d'anciens clients devenus des amis. Une petite soirée sans chichis. Vous pourriez venir ! (Puis se tournant vers Anatole avec un sourire entendu :) Cela vous donnera une occasion de sortir et de faire quelques connaissances. Vous verrez, cher monsieur, nos hobereaux de province gagnent à être connus.

— C'est-à-dire, commença le « cher monsieur », qu'avec ma blessure récente, le choc, la fatigue…

— Oh, cela vous fera le plus grand bien, coupa Étienne, saisissant l'occasion d'échapper à une soirée solitaire avec son rugueux camarade. Nous sommes ravis, merci pour votre invitation.

— Parfait. Et si vous êtes sages, ajouta-t-elle, je vous montrerai ensuite les jolis manoirs de mes amis. À part ça, comment vous acclimatez-vous à Valognes, et à cette vieille maison ?

Anatole entreprit alors de raconter l'épisode de la chute des livres le soir précédent, sans toutefois évoquer la découverte de la gravure. Anne d'Aboville écouta sans mot dire, mais son visage se ferma d'un coup. Étienne, qui remarqua le changement de ses traits, en fut saisi.

— Tous les livres sont tombés ? demanda-t-elle d'un ton sec. Toute l'étagère ?

— Heu, non, pas tout à fait. Mais rien n'est abîmé, je vous rassure.

— Vous avez vidé l'étagère, oui ou non ?

Étienne retint son souffle, toute chaleur avait disparu dans la voix d'Anne, qui les dévisageait alternativement d'un regard sévère.

— Pas du tout, affirma Anatole avec aplomb. À peine un ou deux livres sont tombés, rien de plus, Étienne les a remis en place immédiatement.

Anne repoussa sa chaise, et se dirigea vers la bibliothèque, qu'elle scruta attentivement. Dans le silence chargé qui suivit, les deux locataires échangèrent un regard anxieux.

— Votre fille est passée ce matin, hasarda Étienne d'une voix mal assurée. Elle paraît très intéressée par l'histoire de la maison, et de ses occupants.

— Je vous demande instamment de ne pas toucher à ces livres, coupa-t-elle. Ces étagères sont fragiles et anciennes, il ne faut rien y déplacer, avez-vous bien compris ?

Le regard fixe allait de l'un à l'autre avec une lueur déplaisante. Étienne se demanda pourquoi il faisait soudainement aussi froid dans ce salon, il ne parvenait pas à articuler un son, mais, à son vif soulagement, Anatole ne se démonta pas.

— Bien entendu, approuva l'écrivain avec un bon sourire. Nous comprenons. Vous possédez là des ouvrages historiques de grande valeur, nous ne toucherons à rien. Qui donc a constitué cette superbe bibliothèque ?

— Cela ne vous regarde pas, cher monsieur. En fait je l'ignore, se reprit-elle, avec un effort visible pour faire fondre la banquise qui s'était installée dans la pièce. L'hôtel appartenait à une parente éloignée, une architecture très ordinaire dans cette région. D'habitude je ne le loue pas car… car il est dans un triste état. J'ai fait une exception pour vous mais peut-être seriez-vous mieux logés dans l'un des appartements aménagés au deuxième étage chez moi. Ne voudriez-vous pas… ?

Elle s'interrompit et son regard tomba sur les béquilles d'Anatole, son pied immobilisé et son bras encore en écharpe, attributs auxquels le rescapé ajouta une mimique de souffrance. Elle secoua la tête et soupira.

— Bon. En tout cas, je vous le répète, tout cela ne doit pas être touché ni déplacé, martela-t-elle en désignant les boiseries de la bibliothèque. Et, surtout, n'écoutez pas les élucubrations de ma fille, poursuivit-elle, comme si elle se rappelait subitement la remarque d'Étienne. À son âge, on voit des fantômes partout. Elle manque de distraction et invente n'importe quoi pour s'occuper. Quand repartez-vous ? demanda-t-elle brusquement.

Anatole affirma que leur séjour serait bref, entamant aussitôt un couplet sur ses douleurs, son dos perclus, les multiples atteintes de l'âge et sur la bienveillance d'Étienne qui avait la gentillesse de l'assister dans l'infortune. L'irascible grincheux que le jeune homme fréquentait depuis trois jours interprétait maintenant le rôle d'un infirme pitoyable à la voix éteinte. Pendant qu'il gémissait, l'attention d'Étienne fut attirée par une ombre qui passa devant la fenêtre, mais ce fut si bref qu'il crut l'avoir imaginée.

Anne d'Aboville réussit enfin à endiguer le chapelet misérable du convalescent. Elle l'assura, à contrecœur, qu'il pouvait prolonger son séjour le temps nécessaire à sa guérison. Un rictus de reconnaissance illumina les traits du moribond. Dans le vestibule, elle hésita au pied de l'escalier, fit mine de monter quelques marches, mais sentant le regard d'Anatole posé sur elle, se ravisa.

Étienne se demanda si elle n'allait pas revenir sur l'invitation qu'elle leur avait adressée. Cependant, elle garda le silence, et après un dernier regard à ses pensionnaires, elle claqua la porte. Étienne la suivit des yeux. Il ouvrit la fenêtre donnant sur la cour, celle où il avait cru voir une silhouette quelques minutes plus tôt. La cour était déserte. Sur le bord de la fenêtre, un galet enveloppé d'un papier. Étienne déplia la feuille, où une écriture enfantine annonçait : *Je viendrai samedi soir, dans le jardin à vingt-deux heures. Je vous montrerai, puisque vous ne me croyez pas.*

5.

L'escalier

Étienne demeura à la fenêtre, le papier à la main, indécis. Enfin il referma la croisée. Il n'en parlerait pas à Anatole, pas pour l'instant. Inutile de subir un nouveau sermon sur sa naïveté, son excès d'imagination, son âge. Et pourtant, il devait bien admettre qu'Anatole l'avait impressionné. Timide, Étienne fuyait les conflits ; l'agressivité d'Anne l'avait tétanisé, au point que, à sa grande honte, il avait eu un instant les larmes aux yeux. Alors qu'Anatole avait dominé la situation, désarmé la maîtresse de maison, et même arraché, par son numéro d'acteur, un prolongement de leur séjour. Aurait-il été capable d'en faire autant ? Il connaissait la réponse, sans se l'avouer.

Il se retourna et remarqua le silence qui régnait dans le salon. Anatole, immobile, paraissait plongé dans une intense réflexion. Son regard adoptait cette fixité qu'Étienne commençait à connaître. Ce dernier n'osait faire un geste. Seul le lustre à pampilles de l'entrée oscillait sous l'effet de la porte claquée, avec un cliquetis de cristal.

— Quand je suis tombé dans l'escalier…, commença Anatole, sans cesser de fixer la porte d'entrée.

Il s'interrompit. Son regard quitta la porte et se posa sur Étienne.

— Anne a monté les marches, puis elle est redescendue. Vous l'avez regardée d'un drôle d'air. À quoi vous pensiez ?

Le regard bleu acier s'attarda sur la bibliothèque avant de revenir à la porte d'entrée.

— À la même chose qu'elle, je crois. Étienne, reprit-il d'une voix devenue très douce, voudriez-vous avoir la gentillesse de monter à l'étage, et de vous arrêter – comme Anne vient de le faire – avant la dernière marche ?

Étienne obéit, et gravit l'escalier à mi-hauteur.

— Asseyez-vous sur la marche devant vous, lui lança Anatole depuis le salon. Que voyez-vous ?

Étienne obtempéra. L'escalier en chêne, poli par des décennies de cire, paraissait taillé dans la masse du bois dont les veines se dessinaient d'une marche à l'autre. La patine, plus sombre au centre, décolorée sur les côtés, indiquait qu'un tapis l'avait recouvert autrefois. On distinguait encore sur les arêtes les trous d'anciennes fixations en fer qui devaient ajuster l'étoffe sur chaque contremarche.

— Remarquez-vous un détail inhabituel ? demanda Anatole.

— Aucun.

— Observez mieux.

Étienne inspecta les arêtes de plus près. Enfin, sur le nez de l'avant-dernière marche, il découvrit une mince fissure. Cette marche avait été sculptée dans un bois différent, à moins que ce ne fût une réparation ou un rajout postérieur. À l'endroit où elle rejoignait le dernier degré menant au palier de l'étage, le bois paraissait fendu.

— Je vois une lézarde, annonça-t-il. Et à la base de la contremarche, il y en a une autre.

— Regardez mieux, exigea Anatole toujours au pied de l'escalier, je suis sûr que le nez de marche a bougé, sinon je ne serais pas tombé.

— Il est déboîté, confirma Étienne. C'est ça que vous regardiez quand Anne a monté l'escalier ?

— J'ai remarqué qu'elle tentait de vérifier quelque chose. Mais elle a senti que je l'observais et elle a fait demi-tour.

Ils se regardèrent.

— Vous croyez que cette fissure a causé votre chute ? interrogea Étienne.

— Cette marche n'était pas déboîtée à notre arrivée, assura Anatole. Le bois a dû gonfler et quand j'ai posé le pied dessus, le panneau a éclaté.

— Je ne crois pas, objecta Étienne. La marche et la contremarche constituent deux panneaux différents accolés. Ça y est, j'ai compris ! s'exclama-t-il. En réalité, cette marche est un assemblage, une sorte de tiroir ! Il s'est ouvert sous votre poids, le nez de marche s'est déboîté et vous a fait trébucher.

— Parfait ! conclut Anatole. Nous devons finir de le démonter. Procurez-vous un ustensile dans la cuisine, attaquons ce tiroir !

Armé d'une pince, Étienne s'attaqua à la planchette qui formait la contremarche. Fixée par plusieurs clous, elle résista longtemps à ses efforts. Pendant ce temps, Anatole clopinait à travers le rez-de-chaussée de la demeure et fermait, une à une, les persiennes extérieures. Calfeutrée, la maison plongeait peu à peu dans le noir.

— Ça y est ! annonça enfin Étienne quand le dernier clou céda. Au pied de l'escalier, Anatole poussa un cri de triomphe. Étienne souleva la planchette et découvrit, à la lumière tremblotante du lustre de l'entrée, une cavité sombre.

— Il y a une cachette ! s'exclama-t-il.

— Qu'y a-t-il dedans ? trépignait Anatole deux mètres plus bas, appuyé sur sa béquille et tendant le cou, comme si cette élongation devait permettre de combler la distance qui le séparait du spectacle.

Surmontant sa répulsion, Étienne aventura sa main dans la niche, avec l'espoir qu'aucun insecte ne lui remonterait le long du bras. Il l'avait introduit jusqu'au coude quand ses doigts rencontrèrent un obstacle. Il palpa un couvercle froid et lisse.

— On dirait une boîte... une boîte en fer.

— Ramenez-la !

Avec prudence, Étienne s'assura de l'objet et extirpa une boîte rectangulaire, recouverte d'une épaisse couche de poussière et de rouille agglomérées. Le couvercle métallique portait une réclame illustrée aux couleurs vives.

— Autre chose ? demanda Anatole.

Étienne replongea dans le petit gouffre. Il tâta le fond de la cavité mais ne rencontra que des moutons de poussière, des copeaux de bois et quelques graviers. Il remonta sa main noire de toute cette mixture et referma la marche.

Au pied de l'escalier, Anatole lui arracha presque la boîte, tandis qu'Étienne se lavait les mains. Il revint de la cuisine avec un couteau. Ils essuyèrent la boîte et la débarrassèrent de la rouille accumulée. Étienne travaillait lentement malgré les imprécations d'Anatole, qui l'exhortait à accélérer. Encore un coup de couteau et le couvercle capitula. L'intérieur révéla trois feuillets jaunes pliés en deux. La fébrilité d'Anatole retomba d'un coup, il demeura interdit, au point qu'Étienne finit par saisir lui-même les feuillets qu'Anatole n'osait pas toucher. Une écriture fine et irrégulière recouvrait les premiers, entrecoupée de dessins à l'encre rouge et de fioritures en tout genre, flèches, cœurs transpercés et majuscules tarabiscotées. En revanche, sur le dernier figuraient à peine quelques lignes d'une écriture bien différente, à l'encre violette. Étienne interrogea Anatole du regard.

— C'est ancien, selon vous ?

Anatole demeurait incapable d'articuler un son. D'une main tremblante, il désigna au jeune homme les feuillets enluminés de fioritures et murmura :

— Commencez par ceux-là. (Et comme Étienne les lui tendait, il secoua la tête.) Vous lisez. Je ne peux pas.

Étienne se demanda comment cet homme qui avait dérobé de sang-froid des manuscrits familiaux pouvait fléchir dans ces circonstances, mais il jugea prudent d'ajourner cette réflexion.

Valognes, le 7 juin 1871

Mon bien cher ami,

Me voilà enfin sauf dans Valognes, il s'en est fallu d'un cheveu que je n'y puisse jamais parvenir. En ces jours de printemps, la folie régnait à Paris, ses faubourgs furent la proie des flammes, c'est miracle que j'aie pu m'extraire de la nasse avant que tout ne sombre dans l'abîme que nous déplorons à présent. Les circonstances chevaleresques de ma fuite fourniront un récit coloré dont je vous régalerai un jour, si ces temps d'apocalypse cessent et nous offrent le bonheur de nous revoir. Dans cette fuite éperdue, à travers des faubourgs livrés à l'hystérie du populaire, j'ai trouvé havre dans une demeure de gentilhomme abandonnée, miraculeusement placée sur ma route, lors d'une nuit embrasée par les flammes des assassins. L'eussiez-vous vu que ce spectacle vous aurait rappelé votre terrible jeunesse en Italie. Qu'adviendra-t-il de ce pays, hier assiégé par l'ennemi, aujourd'hui pillé par les Prussiens de l'intérieur ?

Je passai plusieurs nuits dans ce gîte, accablé d'angoisse à écouter le canon. Heureusement, l'endroit était pourvu d'une curieuse retraite aménagée en cas de nécessité d'une fuite rapide. Je vous peindrai les détails étonnants de ce refuge ménagé par nos aïeux prévoyants. La réclusion est chose inspirante et je suis assez content de vous dire que j'ai écrit une jolie rêverie durant ces heures d'effroi. Je le suis moins de vous avouer que c'est le récit de votre infortune que j'ai couché sur le papier. Que voulez-vous, François, aux heures effroyables que j'ai passées là-bas, entre les lignes de ces Français devenus ennemis, ma rai-

son m'abandonna, et je ne pus dormir qu'après avoir métamorphosé votre tragique union en une légende qui passera les siècles. Puissé-je n'avoir jamais rencontré la femme envoûtante et terrible qui fut la vôtre. Perdu seul dans cette nuit d'holocauste, j'ai invoqué cette autre nuit que nous avons traversée ensemble, j'ai ramené à la vie la « femme recluse », reclus que j'étais moi-même. Mais cette prisonnière s'est animée, elle est libre aujourd'hui. De cette liberté que jamais elle n'abdiqua. Auriez-vous pu agir autrement avec elle ? Nous ne le saurons jamais.

Que faire de ce récit innommable ? Me laisseriez-vous publier un tel brasier ? Mon cher François, je ne ferai rien qui vous cause du tort, ne serait-ce que du déplaisir. Un mot de vous et ce récit rejoindra les flammes dont il a jailli. Hélas, il est écrit, c'est déjà une profanation dont je vous demande pardon.

Votre dévoué,
Jules Barbey d'Aurevilly

Sa lecture terminée, Étienne replia les feuillets dans la boîte et tendit celle-ci à Anatole. Ce dernier saisit les pages, qu'il approcha au plus près de son visage. À travers ses lunettes, ses yeux scrutaient chaque caractère, chaque boucle d'encre, chaque fioriture, dont le texte était surchargé. Il palpa le papier jauni, éprouva sa souplesse, sonda son poids, effleura les angles. Il éleva ensuite le manuscrit vers la cheminée et l'examina à la lueur rougeâtre des flammes. Enfin il le respira ligne à ligne. Dans le silence du salon, Étienne tressaillit, il percevait comme une nouvelle présence habitant la pièce. Quelqu'un vivait là, avec eux, désormais. Une âme fantomatique, dont Étienne devinait presque le souffle et la voix, comme si la lecture de cette lettre et son auscultation silencieuse ramenaient à la vie celui qui l'avait écrite.

— C'est peut-être un faux ? murmura-t-il.

Sa propre voix l'effraya. Une bûche craqua et s'effondra dans l'âtre avec un crépitement sonore, soulevant une gerbe d'étincelles. Il frissonna.

— Je ne suis pas un spécialiste, commença Anatole sur un ton qui affirmait le contraire, il nous faudrait un avis plus éprouvé. Mais observez ces graffitis dans les marges, entre les lignes, on retrouve bien la manière de Barbey d'Aurevilly. Surtout cette encre rouge. Quant au papier, pour avoir manipulé des manuscrits originaux de sa correspondance, j'affirme que nous tenons en main un document autographe de cette époque.

— Il reste encore une lettre, rappela Étienne, à l'encre violette. L'écriture est différente.

— Lisez, répondit Anatole sans lever les yeux des manuscrits qu'il tenait encore en main.

Paris, 16 octobre 1896

Ma chère Louise,

Avec cette lettre, j'accomplis ma part du marché, je ne doute pas que vous accomplirez la vôtre. Votre grand homme, mon ami, a tourné le drame de ma vie en œuvre littéraire, et m'en informe avec élégance dans les lignes que vous recevez aujourd'hui. Parvenu à mon tour au bout du chemin que le Créateur à chacun accorde, je vous confie ces documents, assuré que je suis qu'entre vos mains fidèles l'honneur de mon nom est en complète sûreté. Reste la Diabolique. Si bien nommée, et qui s'emploie à tourmenter mon âme sans repos. Vous ne pouvez entrevoir, madame, ce que j'endure, depuis que l'existence de ce texte m'est connue, à quel point il me tarde de l'ensevelir de nouveau, et à jamais. Ce sera chose faite dans peu. Puissé-je ainsi assurer enfin le repos éternel à la Femme Recluse qui l'a inspiré. Plaise au Ciel que, grâce à vous, mon fils conserve l'honneur de porter notre nom. Veuillez en accepter l'augure et, avec toute ma reconnaissance, me considérer toujours comme votre dévoué,

François-René de Valmesnil

Anatole compara les lettres, lâchant de temps en temps des exclamations incompréhensibles. Étienne s'impatienta.

— Vous en pensez quoi ?

— Pour le moment, pas beaucoup plus que vous. La première lettre, de la main de Barbey d'Aurevilly, s'adresse à un certain François. La seconde, un simple billet, est adressée par François-René de Valmesnil à une certaine Louise, Louise Read je pense. D'après le contenu, le François de la première lettre et le François-René de Valmesnil de la seconde ne font qu'un.

— C'est qui, ce Valmesnil ?

— Je l'ignore. Un ami proche de Barbey d'Aurevilly à première vue, mais je découvre ce nom pour la première fois. Et ce récit au sujet d'une femme enfermée constitue aussi une nouveauté. Il en parle comme de l'une des Diaboliques.

— *Les Diaboliques*, le nom du livre dont vous me parliez hier ?

— Bravo ! Récapitulons. Ces lettres évoquent une femme, l'épouse de ce Valmesnil, autour de laquelle il a dû se produire une sorte de tragédie familiale. Barbey a eu connaissance de l'affaire, peut-être même y a-t-il été mêlé. Ensuite, il en a tiré un roman, ou une nouvelle. Plutôt une nouvelle, car il l'appelle « Diabolique ». Le recueil du même nom comportait six nouvelles.

— Elle a été publiée dans ce recueil ?

— Justement, non ! À ma connaissance, aucune des six *Diaboliques* publiées en 1874, ni aucun autre de ses écrits, ne dépeint une « femme recluse ». Mais cela exige vérification. Comme je vous l'ai dit, l'ouvrage a déclenché un scandale retentissant. Barbey a échappé de peu à un procès. Peut-être gardait-il en soute d'autres nouvelles du même acabit. On peut supposer qu'il renonça alors à publier ce septième récit pour éviter de nouvelles attaques, mais aussi pour préserver la réputation et l'amitié de Valmesnil, quels que fussent les actes que ce dernier avait commis.

— Vous voulez dire que ça ferait allusion à une histoire vraie de femme kidnappée ; un enlèvement, un meurtre ?

— Une histoire vraie, ou inspirée par un événement autour duquel il a bâti une intrigue effroyable. Les récits des *Diaboliques* sont épicés, vous devriez les lire. Tout y passe, inceste, viol, meurtre. S'il a jugé prudent de garder cette ultime histoire dans ses tiroirs, cela en dit long sur son contenu. À part ça, rien ne vous frappe dans la lettre de Barbey d'Aurevilly ?

— Rien du tout.

— La date : juin 1871.

Étienne garda le silence.

— C'est l'année de la Commune de Paris, dit-il enfin. Ça veut dire qu'il s'est enfui au moment de l'insurrection ?

— Nous venons de trouver, déclama Anatole, une lettre authentique où Barbey d'Aurevilly raconte sa fuite de Paris, probablement courant mars 1871, juste avant le début de la Commune, fuite au cours de laquelle il a rédigé une nouvelle d'épouvante. Mais comment a-t-il réussi à s'échapper ?

Étienne relut la lettre. Il jeta un regard par en dessous à Anatole, hésita, puis risqua :

— En fait, qu'est-ce qui s'est passé exactement au moment de la Commune ?

Anatole l'accabla d'un œil sévère, puis hocha la tête.

— Si je vous résume : septembre 1870, c'est la bataille de Sedan, lourde défaite contre les Prussiens, au cours de laquelle Napoléon III est fait prisonnier. On proclame alors la République. Mais la guerre continue ! Les Prussiens se rapprochent de Paris. La capitale se retranche et affronte un siège effroyable. Réfugiés en province, le nouveau gouvernement et l'Assemblée décident de signer la paix. Le peuple de Paris enrage devant cette décision : il se révolte et entame, de la mi-mars à la fin mai 1871, l'aventure d'une République indépendante, la Commune. D'après son récit, Barbey semble avoir fui la capitale juste avant le début de l'insurrection. Par où ?

— Il parle des « faubourgs ». La banlieue donc.

— Ça paraît incroyable, car dès la mi-mars il régnait déjà une complète anarchie administrative. L'Assemblée et le gouvernement avaient investi Versailles et rassemblaient une armée, les Parisiens de leur côté refusaient de rendre les armes tout en occupant les forts que les Prussiens venaient de libérer. Ces citadelles ont été le théâtre de combats acharnés d'avril à mai 1871, entre communards et troupes gouvernementales. C'est impensable qu'il ait franchi les lignes à ce moment-là.

— Il s'est caché. La lettre parle d'une maison de gentilhomme.

— Ça reste invraisemblable. La banlieue, comme Paris, a flambé pendant des semaines, les châteaux alentour ont été canonnés, incendiés, soit par les Prussiens lors du siège, soit par les belligérants pendant la Commune.

— Il avait de la ressource ! plaisanta Étienne. Mais pourquoi on trouve aujourd'hui des lettres de lui, qui racontent tout ça, cachées sous l'escalier à Valognes ? Louise Read a vécu ici donc. Où c'est l'hôtel de ce Valmesnil ?

— Vous avez raison, Louise Read a dû séjourner ici. Elle seule pouvait détenir ces lettres. Après la mort de Barbey, en 1889, elle a publié sa correspondance. Mais je n'ai aucun souvenir d'avoir lu cette lettre, ni aucune qui parle de cette affaire Valmesnil.

— Et la septième *Diabolique* ?

— « Ensevelie », si on reprend le terme employé par Valmesnil.

— Ça veut dire qu'il l'a détruite ?

— J'espère que non ! À la relecture, je doute que Valmesnil l'ait en sa possession au moment où il écrit ces lignes, ni qu'il sache où elle se trouve. C'est sa principale inquiétude. Oui, c'est bien cela, reprit Anatole, il ne sait pas ce qu'elle est devenue, il attend de la récupérer. Vous imaginez, remettre la main sur un inédit de Barbey d'Aurevilly, une nouvelle *Diabolique* ? Quelle découverte extraordinaire pour un chercheur contemporain ! Nous tenons les lettres, nous allons retrouver le manuscrit sulfureux. Je suis certain qu'il n'est pas loin et que cette maison cache d'autres secrets.

— Anne d'Aboville ne va pas nous y aider. Elle nous apprécie beaucoup moins depuis l'affaire de la bibliothèque.

— Justement. Comment la relier à cette affaire ? Elle se comporte de façon curieuse depuis le début. Ah, il faut chercher, interroger, explorer, remuer ciel et terre, et moi qui traîne la patte avec ces béquilles !

Étienne lui jeta un regard espiègle. Il se renversa paresseusement sur le dossier de sa chaise.

— C'est bien triste que vous soyez dans le plâtre encore trois semaines, incapable de vous déplacer. Heureusement que vous n'avez besoin de personne pour vous débrouiller.

Il se délecta un long moment de la mine mi-renfrognée, mi-suppliante de sa victime. Puis il éclata de rire.

— Allez, on va se répartir les rôles, enchaîna-t-il. Vous maîtrisez le sujet, vous serez le cerveau de l'opération, ça vous ira bien. Moi je chercherai pour vous, personne ne me connaît ni ne se méfiera d'un touriste. Je poserai des questions. Il ne faut pas oublier Cassandre. Elle est très spéciale aussi.

— Dois-je comprendre que vous ne retournez pas à Paris ? demanda Anatole d'un ton faussement détaché.

— Je ne vais pas vous laisser dans cette bicoque, seul et grabataire, répondit Étienne, ignorant le regard noir d'Anatole. Et je vous rappelle qu'on a cette soirée chez Anne demain ; je dois vous accompagner car vous aurez du mal à marcher. Au cas où Anne vous empoisonnerait au calvados additionné de cyanure, je ne voudrais pas rater ça.

6.

L'ami Méhidier

À vingt heures le lendemain, un Anatole Derk d'humeur exécrable franchissait la porte du gîte pour se rendre à l'invitation d'Anne d'Aboville Le Vast. Il avait consacré les deux heures précédentes à pester.

— Qu'ai-je à faire dans une réunion de *gentlemen farmers* ! Cette aristocratie prétentieuse m'insupporte. Ce n'est pas mon monde, je n'ai rien à dire à ces gens.

— Détendez-vous, philosophait Étienne. Prenez-le comme un élément de l'enquête. Avec un peu de chance, on discutera avec des invités et on obtiendra sur la maison les renseignements qu'Anne refuse de nous donner. À la fin de la conversation, elle semblait regretter de nous avoir invités, rappelez-vous.

Anatole admit la pertinence de l'argument. Par-dessus tout, l'idée de déplaire à la maîtresse de maison en lui imposant sa présence lui rendit subitement la soirée plus engageante. À la surprise de l'étudiant, il poussa l'effort jusqu'à se changer et fit son apparition dans le salon vêtu – malgré son bras encore en écharpe – d'une veste en velours bleu ornée d'un monogramme brodé sur la poche poitrine, d'un large pantalon sombre et de fins mocassins en daim noir dont il ne portait que le pied gauche, le droit étant encore pris dans le plâtre. Cette élégance décontractée cadrait peu avec l'irascible personnage, mais Étienne s'abstint de toute réflexion.

Anne habitait une maison étroite, aux murs rustiques consolidés par des ancres de fer. Un escalier surplombé d'un lustre occupait entièrement le minuscule vestibule dallé qui ouvrait à droite sur l'unique pièce du rez-de-chaussée. Deux marches en pierre affaissées descendaient vers un vaste salon à plafond bas, éclairé par des appliques. La décoration se composait de lambris en grisaille et de portraits, qu'Étienne jugea de famille, et sur lesquels les siècles avaient lourdement passé. Une cheminée réchauffait la pièce.

Anne les accueillit avec une exquise politesse. Aucune trace de son humeur de la veille. Elle les dirigea vers le premier groupe d'invités et fit les présentations ; ils retrouvèrent le jeune curé Louis Revel (qui, apprirent-ils, avait loué le presbytère à plusieurs reprises par l'intermédiaire d'Anne) en compagnie d'un couple – Marina et Lucas Frémont – propriétaire d'une ferme proche de Valognes. Étienne laissa Anatole en conversation avec le curé et se dirigea vers le buffet. De l'autre côté de la table, il aperçut Cassandre qui servait les boissons d'un air maussade. Anne lui mimait à distance des consignes que la jeune personne ignorait consciencieusement. Il fit un pas dans sa direction, mais heurta un grand blond en costume sombre.

— Voici sir Alistair Darnley, fit Anne d'un gracieux geste de la main.

— Enchanté, lança ce dernier avec un léger accent britannique, tendant à Étienne une large main velue. Toujours un plaisir de rencontrer des voisins normands !

— Je ne suis pas vraiment normand, fit Étienne, gêné. Vous habitez par ici ?

— Alistair possède une belle commanderie du côté de Carentan, précisa Anne. Nous avons fait de jolies réceptions là-bas.

— Grâce à vous, ma chère dame, reprit Darnley. Mais cette maison n'est que pour les vacances. Ma famille vient de Guernesey, où j'habite une partie du temps, ajouta l'Anglais.

— Vous devez être dans la finance sans doute ? insinua une voix familière dans le dos d'Étienne.

Alistair Darnley éclata de rire et se tourna vers Anatole.

— Ah, j'adore les Français ! Non pas du tout. Guernesey n'est pas uniquement un paradis fiscal, c'est aussi une vieille terre de tradition, comme la Normandie. Les Darnley descendent d'une ancienne famille anglo-normande, apparentée aux seigneurs de Sark, l'île voisine.

Pendant qu'il entamait la chronique de sa famille, Étienne l'observa. C'était un grand échalas, d'une élégance campagnarde toute britannique. Il avait les yeux très bleus, les cheveux blonds un peu dégarnis, et une forte mâchoire. Tout à son récit, il s'échauffait et sa peau se colorait de rouge, signe que la coupe de champagne qu'il tenait à la main n'était pas la première de la soirée. Il jetait de fréquents regards à Anne et posa à plusieurs reprises la main sur son épaule. Étienne nota que l'humeur de son irascible compère déclinait de minute en minute. Alistair était en plein milieu d'une phrase quand Anatole lui tourna brusquement le dos et s'éloigna. Étienne leva les yeux au ciel. Mais il en fallait plus pour désarçonner le seigneur Darnley, qui poursuivit, pour Anne, le récit des exploits de ses belliqueux ancêtres.

L'arrivée d'un nouveau convive permit à l'hôtesse de changer de conversation et à Alistair Darnley de se resservir un verre. Anne leur présenta Blaise Méhidier, archiviste, heureux propriétaire d'un moulin en ruine qu'il restaurait à ses heures perdues. L'homme affichait une petite soixantaine d'années, un teint blafard et un physique malingre qui donna à penser à Étienne que la restauration du moulin prendrait du temps. À travers de petites lunettes en demi-lune, il jetait sur le monde un regard las. Toujours attentive à piloter la conversation, Anne le lança sur ses activités d'archiviste. Le petit homme s'anima enfin.

— Ça n'est pas de tout repos, nous venons de recevoir un fonds intéressant d'un amiral récemment décédé. Je suis archiviste au service historique de la Marine, à Cherbourg, ajouta-t-il à l'intention d'Étienne, avant d'entamer avec passion la description du fonds en question.

Étienne plissa les yeux. Pourquoi cette phrase résonnait-elle en lui comme une alerte ? Le service historique de la Marine ? Brusquement, cela lui revint. Il se raidit, et chercha Anatole des yeux, mais il avait disparu. Il l'aperçut enfin à quelques mètres devisant avec le curé Revel, qui lui infligeait une longue description de l'état de délabrement du presbytère. À cet instant, Anatole croisa le regard d'Étienne, puis se figea, l'air hagard. Étienne vit qu'il dévisageait le petit archiviste absorbé dans son discours. Cela ne dura qu'une seconde, aussitôt Anatole pivota sur ses talons, et étudia avec attention les fissures sur le lambris du mur devant lui. Surpris, le curé Revel s'écarta et poursuivit ses explications adressées à un Anatole résolument tourné face au mur, vidant sa coupe de champagne à grands traits. De là où il se trouvait, Étienne aurait juré que la main du bonhomme tremblait. Par chance, Revel ne semblait pas s'en rendre compte et poursuivait la litanie des outrages du temps sur les biens ecclésiastiques. La soirée devait aussi comprendre une levée de fonds auprès de riches mécènes.

Étienne réfléchissait à toute allure. Que signifiait le regard effrayé d'Anatole ? Qui avait-il reconnu en Méhidier ? Indifférent, celui-ci pérorait de plus belle. Il débordait d'érudition sur les souvenirs de l'amirauté. Anne le réorienta habilement vers les anecdotes piquantes auxquelles son métier ne devait pas manquer de l'exposer.

— Des anecdotes ? Facile à dire. Parfois ce sont des événements franchement désagréables, dit Méhidier en remontant ses petites lunettes sur son front. On a affaire, le plus souvent, à des donateurs généreux et des chercheurs scrupuleux. Il arrive pourtant qu'on tombe sur des individus à la déontologie douteuse.

— Oh ! Épatant ! fit Alistair Darnley avec un sourire découvrant un impressionnant râtelier.

L'expression amusa Étienne, qui songea que le gentleman anglo-normand avait dû apprendre le français dans les années cinquante.

— Oh oui, racontez-nous, fit Anne, l'air captivée.

— Eh bien, au début de ma carrière, commença Méhidier, j'ai été mêlé bien malgré moi à un incident très déplaisant. Un doctorant m'avait contacté au sujet de ce célèbre écrivain, vous savez, Barbey d'Aurevilly. À l'époque, ce jeune homme travaillait sur une biographie de l'auteur normand, et souhaitait entrer en contact avec une famille de la région qui possédait de la correspondance.

Étienne blêmit, tenta de calmer sa respiration. Il n'avait pas besoin de se retourner pour sentir le dos d'Anatole frémir. Plus inquiétant, il remarqua qu'Anne également manifestait un intérêt cette fois réel et non plus de pure politesse, depuis que le nom de Barbey avait été prononcé. L'étudiant sentit la panique le gagner, il fallait déguerpir de toute urgence, il le savait, mais il restait figé sur place.

— Or, poursuivait Blaise Méhidier, cette famille discrète ne souhaitait pas donner accès à ses documents. Je servis néanmoins d'intermédiaire, portai la requête de notre jeune homme auprès de la famille, mais j'essuyai, comme je le prévoyais, un net refus. Je lui fis donc savoir qu'il devait renoncer à cette idée. À cette occasion, je commis l'imprudence de lui révéler le nom de la famille en question. Que croyez-vous qu'il arriva ?

Méhidier se tut, soucieux de ménager ses effets. Du coin de l'œil, Étienne aperçut le dos d'Anatole, qui se versait discrètement un verre au buffet, allongeant démesurément le bras afin de ne pas bouger d'un centimètre ni d'attirer l'attention.

— Eh bien, reprit Méhidier dans le silence qui suivit, il ne s'était pas écoulé huit jours que j'appris par cette malheureuse famille qu'elle avait été cambriolée et les lettres volées. Oui, volées ! glapit-il élevant un doigt chenu et vengeur vers le ciel. L'enquête fut rapide, et notre jeune homme aussitôt confondu.

— Invraisemblable ! modula Anne d'une voix aiguë. C'était donc lui qui les avait volées ?

— Lui ! Ce freluquet avait heureusement commis le vol avec une telle balourdise qu'il fut facile de retrouver sa trace.

— Les lettres ont été récupérées ? demanda Darnley.

— Fort heureusement, elles le furent. Mais le mal était fait, ce fâcheux événement eut des répercussions bien longues sur ma carrière, dit Méhidier en reniflant, ce qui fit de nouveau glisser ses lunettes à l'extrémité de son nez. La famille m'en a voulu, j'ai été tenu pour responsable en raison de mon indiscrétion. Mais aurais-je pu me douter que j'avais affaire à un individu aussi indélicat ?

— L'avez-vous revu, ensuite ? marmonna Étienne d'une voix blanche.

— Non ! Et heureusement pour lui. Si jamais je croise un jour sa route, il saura de quel bois je me chauffe. Les archivistes, vous savez, c'est comme les éléphants, ça n'oublie jamais ! aboya-t-il.

Un silence approbateur salua cette menace. Tandis qu'Anne resservait une rasade de champagne au bibliothécaire éprouvé, Étienne perçut un mouvement sur sa droite ; le dos d'Anatole glissait insensiblement hors de son champ de vision. Étienne comprit, Anatole tentait de gagner la sortie, progressant à discrets pas chassés entre les groupes de convives. Mais un nouvel invité entra.

— Professeur Clamorgan, fit Méhidier en lui tendant les mains, quel plaisir de vous voir !

Anne s'avança également à la rencontre du professeur, et en profita pour agripper au vol le bras d'Anatole, qui atteignait presque le vestibule et le salut.

— Ne vous sauvez pas comme ça, vous ! claironna-t-elle. J'ai plein de monde à vous présenter.

D'une poigne étonnamment ferme, elle fit pivoter l'infortuné écrivain, qui, handicapé par sa blessure, se trouva presque projeté dans les bras de Méhidier. Étienne sentit ses jambes se dérober, et recula vers le fond du salon. Ses oreilles, qui le brûlaient depuis un moment, se mirent à bourdonner. Il ferma les yeux.

Il guettait les éclats de voix et l'inévitable scandale, il n'entendit que des murmures et des excuses polies.

— Navré, cher ami !

— Mais non, c'est moi qui m'excuse…

Il rouvrit les yeux, et vit Méhidier, Anne, et le dénommé Clamorgan à quatre pattes sur le sol. La bousculade avait brisé la coupe que Méhidier tenait en main et lui avait fait perdre ses lunettes. Tombées dans un endroit obscur, leur absence rendait l'archiviste pratiquement aveugle. Il avait serré sans la voir la main d'Anatole et tâtonnait maintenant des deux mains, dont l'une ensanglantée par les coupures de verre, à la recherche des indispensables bésicles. Clamorgan participait à l'opération, Anne courait vers sa trousse à pharmacie, Alistair Darnley finissait furtivement les verres.

Anatole profita de la confusion générale pour décamper, et Étienne opéra à son tour une retraite stratégique. La tête lui tournait un peu, aussi fut-il surpris de heurter dans le vestibule l'imprévisible Darnley qui lui barrait le chemin.

— Votre ami nous quitte déjà ? fit l'Anglais avec un sourire que l'étudiant jugea perfide.

— Il est tard, je dois m'en aller aussi.

— Quel dommage, répondit l'autre, qui tanguait dangereusement de droite et de gauche. (Étienne remarqua qu'il tenait de nouveau un verre plein.) J'aurais bien aimé faire plus ample connaissance. Je le trouve énigmatique comme personnage. C'était très intéressant, cette histoire de vol de lettres, n'est-ce pas ? poursuivit-il sans transition.

— Oui, excusez-moi… bonsoir, balbutia Étienne, contournant l'imposante statue britannique pour gagner la rue.

La porte claquée, il respira la fraîcheur du soir avec soulagement. Préoccupé, il rentra à pas lents vers leur demeure. L'histoire racontée par Blaise Méhidier correspondait en tout point au récit qu'Anatole avait fait à Étienne quelques jours plus tôt. Le vol commis dans sa jeunesse avait donc eu comme victime collatérale cet archiviste, aujourd'hui ami proche d'Anne d'Aboville. Il s'en était fallu d'un cheveu que les deux hommes se confrontent ce soir. Étienne frissonna en imaginant la scène. Blaise Méhidier aurait-il reconnu dans Anatole Derk l'étudiant indélicat d'il y a vingt-cinq ans ? Sûrement, tant il semblait marqué par l'épisode, et les torts qu'il lui avait causés dans la suite de sa carrière. Anatole s'était fait un ennemi pour la vie. Étienne soupira et réfléchit.

Si Méhidier habitait Valognes, Anatole ne pourrait plus mettre un pied dehors sans risquer de le croiser. Il s'arrêta net sous le halo d'un réverbère qui trouait la nuit. Mais non, c'était plus grave encore ! Tôt ou tard, Méhidier apprendrait sa présence, il comptait parmi les amis d'Anne, elle allait forcément évoquer ses nouveaux locataires. Peut-être qu'à cet instant même, dans son salon, elle racontait l'arrivée d'Anatole, mentionnait son nom. Méhidier entrait alors en convulsion, exigeait vengeance d'une voix chevrotante. Anne s'indignait à son tour d'apprendre qu'elle hébergeait le félon. Alors le grand Alistair offrait galamment son concours pour flanquer une correction au nouveau venu, et tous se mettaient en route à travers les rues désertes de Valognes, armés de torches, de piques et de fourches… Étienne pressa le pas, l'oreille à l'affût des bruits de la nuit. Quand il arriva devant l'hôtel d'Aboville, tout était éteint. Au rez-de-chaussée comme à l'étage, aucune trace de l'écrivain. Devant la porte de la chambre d'Anatole, le jeune homme hésita, écouta. Aucun bruit à l'intérieur de la chambre. Finalement, il traversa le couloir, gagna sa chambre et s'écroula sur son lit, partagé entre un sentiment de panique et une vague envie de rire. Aussitôt, il s'endormit.

7.

Le cimetière Saint-Éloi

Le lendemain matin, Étienne prit tout son temps avant de descendre au petit déjeuner. La perspective d'affronter Anatole après cette soirée n'avait rien de réjouissant. Quand il gagna la cuisine, l'écrivain était déjà attablé devant un café fumant. Il avait servi Étienne et préparé ce qui ressemblait à des tranches de pain perdu. Étienne prit place et commença à tartiner sa confiture dans un silence plombé.

— Nous sommes dans de beaux draps, fit enfin Anatole.

— Vous surtout, répondit Étienne, mordant dans le pain perdu.

— Je n'arrive pas à croire que, de tous les crétins qui saturent l'Univers, il a fallu que je retombe – ici – sur celui-là, sur ce lamentable Méhidier ! lâcha Anatole, à bout de nerfs.

— Qu'il vive toujours à Valognes, c'est normal. Vous auriez pu vous en douter avant de débarquer. Pourquoi les assassins reviennent-ils toujours sur les lieux de leur crime ?

— Comment pouvais-je deviner qu'il passerait toute sa carrière au même endroit ? Vous imaginez ? Cela fait vingt-cinq ans que le bonhomme n'a pas bougé de son bureau ! Remarquez, j'aurais pu m'en douter, c'est vrai :

c'était déjà un incapable à l'époque. Personne n'en a voulu ailleurs, c'est évident.

— Surtout après ce que vous lui avez fait, fit Étienne, placide, attaquant sa deuxième tranche.

— Je ne lui ai rien fait ! brama l'autre. Il a toujours eu le don de se poser en victime. Et moi ! A-t-il une idée de ce que j'ai subi, moi ?

— C'est pas l'humilité qui vous étouffe. En tout cas, on a eu de la chance qu'il ne vous ait pas aperçu hier soir. Vous allez faire quoi ?

— Je ne sais pas, dit Anatole en se rasseyant. Sa présence complique tout par rapport à notre enquête. D'une part, je ne peux plus sortir sans risquer de tomber sur lui. D'autre part, il va falloir jouer serré vis-à-vis d'Anne. Je comptais retourner la voir et l'interroger sur cette maison, sur Barbey, mais maintenant tout va devenir difficile.

— Surtout après votre fuite, ajouta Étienne, impitoyable. De fil en aiguille, Anne a dû parler de ses nouveaux locataires et donner votre nom. À l'heure qu'il est, Méhidier recrute peut-être un tueur à gages et place un contrat sur votre tête. Il a votre adresse.

Anatole secoua la tête.

— Tranquillisez-vous. Même si Anne révèle mon nom à Méhidier, il ne fera pas le rapprochement.

— Comment ça ?

— Anatole Derk n'est pas mon vrai nom.

— Quoi ? s'écria Étienne, reposant brutalement son bol de café sur la table. Vous vous promenez sous un faux nom, en plus ? Vol, usurpation d'identité, et quoi encore ? Un meurtre sur la conscience aussi, tant qu'on y est ? Combien de femmes étranglées et suspendues dans votre placard sous l'escalier ?

— Calmez-vous, tempéra Anatole. Je voulais juste dire qu'Anatole Derk est mon pseudonyme d'écrivain. J'ai tout à fait le droit de le porter dans la vie courante. Mon « vrai » nom à l'état civil – celui que je portais lors de cette fâcheuse affaire avec Méhidier – est Léonard Keat.

Anatole Derk est une anagramme. J'adore jouer à ça, ajouta-t-il avec un sourire enfantin.

Étienne ouvrit de grands yeux, puis soupira et secoua la tête.

— Il faut espérer pour vous que Blaise Méhidier n'est pas doué à ce petit jeu.

— Soyez sans crainte, Blaise Méhidier n'est doué à rien. Du reste, si vous voulez en avoir le cœur net, allez rendre visite au sympathique curé Revel, que nous avons revu hier. Le remercier de son accueil le soir de notre arrivée, par exemple. Vous en profiterez pour vous renseigner sur les suites de la conversation d'hier soir.

Étienne trouva l'idée des plus sensées, pour une fois, et se mit en route après le petit déjeuner. En chemin, il réfléchit aux derniers développements. Le pseudonyme leur donnait un répit, mais de courte durée. Que se passerait-il si Méhidier l'identifiait ? Anatole était capable de tout dans un moment de colère, se dit-il avec inquiétude. Il accéléra l'allure pour chasser le sentiment d'angoisse qui recommençait à le tarauder.

★

L'église de Valognes occupait le centre d'une place d'aspect oblique. Accrochée à cette pente, l'église unissait hardiment des vestiges d'un chœur gothique à un coffrage de béton des années cinquante qui tenait lieu de nef, choix architectural sur lequel Anatole aurait sûrement eu des commentaires à faire, pensa Étienne. Il reconnut le porche sous lequel Anatole et lui s'étaient abrités le soir de leur arrivée.

À l'intérieur, un éclairage électrique concurrençait les grappes de cierges allumés devant l'autel. Étienne s'avança, frissonnant dans l'air humide et, habituant ses yeux à l'obscurité, scruta les allées désertes et l'étendue de bancs vides. Le sanctuaire, muet et morne, semblait se refermer sur lui. Il fit le tour de la nef en suivant les allées latérales. L'entrée, grande ouverte sur l'extérieur, découpait un rayon de lumière trouant l'obscurité. Étienne s'apprêtait à franchir de nouveau le seuil vers ce soleil d'automne quand une silhouette se détacha soudain d'un pilier, et lui barra le passage. Étienne eut un mouvement de recul et heurta une rangée de chaises derrière lui. Anne d'Aboville lui faisait face.

— Je ne m'attendais pas à vous rencontrer ici, jeune homme, dit-elle avec un sourire.

Étienne n'aimait pas trop son regard. Elle le dévisageait sans bouger de l'entrée du porche.

— Moi non plus. Je n'ai trouvé personne à l'intérieur. Alors je visite.

— La ville compte de jolis endroits pour qui aime les vieilles pierres, convint-elle d'un air absent. Plus haut, dans la rue des Religieuses, vous trouverez de belles demeures.

— Votre maison, par exemple. Elle a l'air ancienne, et pleine d'histoire.

— Pas tant que ça. Mais elle a du charme, et puis il y a le mobilier. Mon père a rassemblé une collection.

Son regard s'était perdu dans le vague. Soudain elle s'interrompit et lui jeta un œil à nouveau plein de suspicion. Étienne respira profondément avant de lancer :

— Je suis sûr qu'elle a une histoire passionnante. Est-ce qu'elle a accueilli l'écrivain Barbey d'Aurevilly ?

— Non, répondit-elle brusquement, pourquoi ? Quelle idée absurde !

— Mais… il a vécu longtemps à Valognes, on pourrait imaginer…

— Et alors ? Ce n'est pas parce que Barbey a vécu à Valognes qu'il faut l'imaginer à chaque coin de rue ou le faire surgir sur chaque pas de porte. S'il vous intéresse, vous devriez plutôt aller à Saint-Sauveur-le-Vicomte, sa ville natale, à une vingtaine de kilomètres d'ici. À Valognes il a laissé peu de traces. Et il n'a jamais mis les pieds chez moi, assena-t-elle avec fierté, comme si elle aurait refusé de le recevoir s'il avait eu le culot de se présenter.

Sur ces mots, Anne lui tourna le dos et quitta l'église au pas de charge. Tandis que sa silhouette décidée franchissait le seuil, Étienne distingua tout à coup une ombre qui émergeait du porche. Dans l'obscurité du sanctuaire, il cligna des yeux, mais ne put reconnaître l'homme qui, à contre-jour, emboîtait le pas à Anne. Il observa un instant le manège de l'homme, qui cherchait manifestement à la suivre sans être repéré. De nouveau, un froid pressentiment le saisit. Mais Anne était déjà hors de vue. Une toux discrète dans son dos lui révéla la présence du curé Revel.

Il se retourna et fut surpris une fois encore par la jeunesse du prêtre, qui paraissait à peine plus âgé que lui. Son col romain émergeait d'un pull en laine agrémenté de trous. Il tenait sous le bras un gros sac en papier dont Étienne voyait dépasser des légumes inconnus et inquiétants, que le curé lui nomma un par un, sans lui épargner la description minutieuse de leurs propriétés nutritives. Il tenta d'orienter la conversation vers les anciennes familles de la ville mais le curé déçut ses attentes. Récent dans la région, il connaissait très peu l'histoire de ses paroissiens. Le nom de Louise Read ou encore les séjours valognais de l'auteur des *Diaboliques* lui étaient inconnus. Enfin, il ne comptait aucun Valmesnil parmi les habitués de la messe dominicale.

— Mon prédécesseur pourrait vous être utile. Il fut le curé de cette paroisse pendant quarante-cinq ans. Il est à la retraite depuis quelques années mais habite toujours Valognes, je pourrai vous le présenter à l'occasion. Je lui rends visite, il connaît toutes les histoires de famille, ce qui est précieux pour moi. Mais je vous préviens, le père Boisville est du genre bourru et, à son âge, il est vite fatigué. Il faudra venir le voir le matin.

— Aurait-il connu des ascendants de Mme d'Aboville qui auraient habité sa maison ?

— Pour autant que je sache, c'est le père d'Anne qui s'y est installé dans les années soixante, donc assez récemment. J'ignore qui étaient les propriétaires auparavant. Le curé Boisville pourra vous renseigner, il a commencé son ministère à la fin des années quarante, c'est la mémoire vivante de la commune. Mais j'y pense, il y a le cimetière ! Vous y trouverez peut-être la famille que vous recherchez. Le plus ancien est le cimetière Saint-Éloi. Voulez-vous que je vous y conduise ? C'est sur mon chemin.

Étienne accepta. Il suivit le prêtre à travers les rues sinueuses, bordées d'hôtels aristocratiques serrés les uns contre les autres. Un soleil pâle trouait les nuages de la matinée et faisait étinceler, le long des façades, les entrelacs de fer forgé décorant les balcons de pierre.

En chemin, le curé commentait les différents édifices. Il semblait féru autant de légumes que d'architecture et s'arrêtait constamment pour signaler à son visiteur une façade digne d'intérêt. Il imposa ainsi à Étienne une longue station devant une demeure de caractère, qu'il nomma « hôtel de Gisles », implanté en retrait par rapport à l'alignement de la rue, visible de celle-ci à travers une grille. Le curé assura un commentaire érudit de la façade, composée d'un avant-corps curieusement ondulé. L'ensemble était ajouré de larges baies et coiffé d'un fronton à armoiries. Étienne jugea cette bâtisse réellement charmante, la seule qui justifiât à ses yeux l'appellation de « Versailles normand ». Mais il commençait à trouver le temps long, et lorsque la description de l'hôtel de Gisles prit fin, il lança le curé sur la soirée de la veille. Heureusement, le départ précipité d'Anatole n'avait pas donné lieu à commentaires. Seul Alistair Darnley l'avait regretté bruyamment et s'était promis de lui rendre visite à la première occasion. Méhidier s'était éclipsé de bonne heure.

★

Le cimetière Saint-Éloi s'étendait à l'extrémité de la ville, enserré dans un muret de pierre sèche et fermé par une barrière en bois, si basse qu'il suffisait de l'enjamber pour pénétrer dans l'enceinte. Une église trapue en occupait le centre. Plus archaïque que celle de Valognes, elle appartenait à la paroisse Saint-Éloi, un hameau réuni à Valognes à la fin du XIXe siècle. Le curé entraîna Étienne vers le carré le plus ancien, où des pierres tombales penchées couvertes de mousses semblaient avoir été semées au hasard sur le gazon. Le curé s'arrêta devant un édicule en granit, semblable à un modèle réduit de temple antique.

— Je crois que c'est ce que vous cherchez, dit-il en désignant une inscription.

Étienne se pencha ; plusieurs noms gravés les uns à la suite des autres disparaissaient sous la mousse, à peine lisibles.

— *Valmesnil*, déchiffra Étienne. On a plusieurs membres de la famille, sur des générations.

— Le caveau familial donc. Sûrement une lignée importante.

Étienne gratta la surface pour révéler les caractères gravés. Au bout de quelques minutes, il se redressa et lut à haute voix :

— *Éloi de Valmesnil*, mort en 1840, et son épouse, dont le prénom est effacé. Puis *François-René de Valmesnil, 1825-1896*, son fils ? Et plus bas encore, *Jean de Valmesnil, 1869-1958*, fils du précédent ? Enfin, Henriette, femme de Jean, née Colleville. On a trois générations.

— C'est bien ce François-René que vous recherchiez ? Son fils, Jean, a dû mourir sans héritier, ce qui expliquerait l'état de la sépulture. Elle n'est plus entretenue. Dommage car elle est fort belle.

Joignant le geste à la parole, le curé entreprit d'arracher les touffes de fougères qui s'attaquaient aux colonnettes du caveau. Étienne réfléchissait. Était-il en présence du même François-René que celui de la lettre trouvée quelques jours auparavant dans l'escalier ? La lettre signée de ce M. de Valmesnil datait d'octobre 1896, soit l'année de sa mort, si c'était bien lui qui reposait là. Il avait donc confié à Louise Read la lettre de son ami Barbey quelques jours ou quelques semaines avant sa fin.

À ce moment, le curé raclait la mousse qui grignotait les noms des défunts. Les inscriptions se détachaient nettement à mesure qu'il progressait. Il tentait de se représenter M. de Valmesnil, au soir de sa vie, mettant à l'abri les dernières preuves écrites de son secret et de celui de sa femme.

Le curé s'assit alors sur ses talons et, comme s'il lisait dans les pensées du jeune homme, formula tout haut la question qu'Étienne venait de se poser.

— Ne trouvez-vous pas curieux que son épouse ne soit pas enterrée avec lui ? Son fils, Jean, a été mis en terre avec son épouse, tout comme le grand-père. Si ce François-René avait une compagne, elle devrait être là.

— Vous voyez une explication ?

— C'est une question qu'il faudrait poser au curé Boisville. À propos, il faut que je vous laisse, dit-il en se redressant, j'ai promis de lui rendre visite. Je vais lui parler de vous, et s'il est d'accord pour vous rencontrer, je vous ferai signe.

Après le départ de Revel, Étienne resta un moment à contempler le caveau, puis chemina entre les pierres tombales à la recherche d'éventuelles découvertes. Mais les noms des autres familles ne lui disaient rien. Il ne croisa aucune autre sépulture portant le nom Valmesnil. Il rebroussait chemin lorsqu'une silhouette surgit de l'ombre d'une chapelle funéraire. Les lunettes rondes miroitaient au soleil. Cassandre.

— Alors, vous avez trouvé des squelettes ?

— Pardon ?

— Des squelettes ! Vous êtes venu pour ça, non ?

— Pas du tout. J'étais avec le curé Revel, à la recherche d'une famille. Les Valmesnil, vous connaissez ?

Décidément, le vouvoiement sonnait faux, Étienne se sentait parfaitement ridicule de parler avec cérémonie à cette fillette de douze ans. Cassandre le dévisagea d'un air méprisant.

— Évidemment que je connais. C'est le temple prétentieux là-bas, dit-elle en désignant de la main le caveau qu'Étienne et Revel venaient de découvrir. Aucun intérêt. Mais par contre, j'ai quelque chose à vous montrer. Venez, ordonna-t-elle en l'entraînant vers le mur d'enceinte, au fond du cimetière, le long duquel poussaient de hautes fougères et des arbustes tordus par le vent. Mais Étienne se dégagea.

— Ça suffit. Le curé Revel m'a montré ce que je voulais voir. Je rentre. Vous devriez venir avec moi, ça ne sert à rien de traîner seule dans les cimetières. Et d'ailleurs, pourquoi n'êtes-vous pas à l'école à cette heure-ci ? demanda Étienne d'un ton qu'il s'efforçait de rendre adulte et doctoral, sans succès.

— Le curé Revel n'y connaît rien, jeta Cassandre avec pitié. Vous devriez plutôt m'accompagner, je suis sûre que ce que je vais vous montrer vous intéressera.

Elle le saisit à nouveau et il commençait à se débattre quand elle laissa brusquement retomber son bras.

— Oh non, pas lui, murmura-t-elle.

Étienne suivit son regard et aperçut un homme qui se dirigeait vers eux à longues enjambées sautillantes. Grand et maigre, il portait un imperméable noir qui contrastait avec une abondante chevelure blanche. De loin, il paraissait juvénile, néanmoins, quand il s'approcha, Étienne distingua un visage anguleux creusé de rides profondes. Il reconnut le dernier invité qui s'était présenté la veille, au moment où Anatole fuyait le salon.

— Qui est-ce ? demanda-t-il.

— Clamorgan, un prof, cracha-t-elle d'un ton condescendant. Il ne m'aime pas. Je vais me sauver, mais vous auriez dû venir avec moi, reprit-elle en pointant sur lui un doigt accusateur, ça vous aurait fait gagner du temps. Tant pis. En tout cas je compte sur vous pour cette nuit, n'est-ce pas ?

Sans le laisser répondre, elle gagna le mur d'enceinte du cimetière et l'escalada d'un bond comme la première fois qu'il l'avait rencontrée.

★

De près, Gaétan Clamorgan faisait peur. Tout chez lui était taillé en lame de couteau, les contours de son visage, ses bras décharnés, des mains longues et veineuses, aucune rondeur dans ce personnage découpé à la serpe tel un gigantesque insecte. Seuls ses cheveux, longs et d'une blancheur éclatante, ondulaient autour de son visage.

L'homme lui imposa une poignée de main vigoureuse et se présenta. Professeur à la retraite, il se passionnait pour la photographie et visitait les cimetières du Cotentin. Étienne fut ravi d'apprendre qu'il avait enseigné la littérature, il l'interrogea sur les écrivains de la région et les traces de leur passage. Le professeur répondit avec bonne volonté, non sans manifester sa surprise.

— Barbey d'Aurevilly n'est pas un auteur majeur, même si ici, bien sûr, c'est forcément une sommité. Il y a de nombreux passionnés qui lui vouent un culte. Mais qu'il intéresse un jeune homme comme vous, c'est curieux…

Étienne hésita. L'homme pouvait lui fournir des informations fiables sur cet auteur, et peut-être sur la famille qu'il recherchait. Flânant entre les sépultures, il lui conta sa mésaventure du train arrêté en pleine voie, l'arrivée nocturne à la maison d'hôte. Alors qu'il mentionnait le nom d'Anne d'Aboville, il sentit le bras de son voisin se raidir contre le sien. Lui jetant un regard, il vit passer dans ses yeux un éclair de colère. Il poursuivit son récit en escamotant les découvertes à l'intérieur de la maison, et s'inventa une passion remontant à l'adolescence pour Barbey d'Aurevilly. L'autre ne fit aucun commentaire, et c'est en silence qu'ils parvinrent à la grille de l'entrée. Mais Étienne désirait en avoir le cœur net : s'adossant au mur du cimetière, et d'un ton qu'il voulait désinvolte, il reprit :

— Vous m'avez expliqué que les habitants se passionnaient pour Barbey d'Aurevilly. Pas votre amie en tout cas. Elle m'a dit qu'elle ne savait rien de lui. Son hôtel pourrait bien avoir logé l'écrivain à une époque, mais elle n'en a pas grand-chose à faire.

L'étudiant eut beau scruter le visage squelettique, il ne parvint pas à déterminer l'effet de ses paroles. Le professeur demeura imperturbable, et abaissa seulement les paupières, empêchant Étienne de soutenir son regard. Quand il releva les yeux, un mince sourire étirait son visage.

— Peut-être qu'elle ne vous a pas tout raconté en effet. Mme d'Aboville a de bonnes raisons de connaître l'histoire de la vie du « Connétable des lettres », comme on l'appelle. Son père, aujourd'hui décédé, a compté parmi les meilleurs spécialistes de son œuvre. Je l'ai bien connu. C'est à cette époque qu'il est entré en possession de l'hôtel. Ne vous a-t-elle pas précisé, par exemple, qu'il a fait partie des instigateurs du musée Barbey créé à Saint-Sauveur-le-Vicomte ? Qu'il possédait des effets personnels de l'écrivain, des pièces authentiques dont il a fait don au musée, sans en expliquer la provenance ?

Étienne ouvrit de grands yeux. Gaétan Clamorgan poursuivit d'un ton rêveur.

— Il demeurera toujours des zones d'ombre dans ces vieilles familles, vous savez. Les secrets anciens, auxquels s'ajoutent les drames récents : les bombardements de 1944, les pillages de la Libération, qui ont fait disparaître tant de documents. Il faut se résigner à l'idée que bien des mystères resteront inexpliqués à jamais.

Sur ces mots, le professeur s'inclina cérémonieusement devant Étienne décontenancé et, avec un ample mouvement de son imperméable, disparut dans une ruelle.

8.

Fouilles archéologiques

— Ce sont des descendants de Louise Read ! Anne et sa famille. J'en mettrais ma main à couper, répéta Étienne.

— Mais puisque je vous dis qu'elle n'a pas eu d'enfants, tonna pour la troisième fois Anatole, alors qu'Étienne arpentait la cuisine.

— Officiellement non, mais en fait si, forcément. Un enfant illégitime, un enfant de Barbey d'Aurevilly ! Les d'Aboville en descendent, c'est pour ça qu'ils ont les lettres et les objets de l'écrivain.

— Sottises ! Bêtises ! Affabulations ! Pourquoi ajouter foi aux racontars d'un vieux fou croisé dans un cimetière ?

— Cela vaut bien ceux d'un vieux fou tombé du train, rétorqua Étienne.

Ils étaient tous deux installés dans la cuisine, au rez-de-chaussée, dont la fenêtre donnait sur la cour. La nuit tombait, Étienne avait mis la table, tandis qu'Anatole surveillait une poêle remplie de pommes de terre sautées, dans laquelle il ajoutait à intervalles réguliers des morceaux de lard.

À son retour, Étienne avait raconté son échange avec le curé, sa découverte du caveau Valmesnil ainsi que sa rencontre avec le professeur. Selon lui, le François-René de Valmesnil enterré dans le caveau était bien l'auteur des lettres. Contemporain de Barbey d'Aurevilly, il était mort en 1896, sept ans après l'écrivain. Il avait eu un fils, Jean, mort apparemment sans descendance, à moins que ses héritiers n'aient quitté la région. Anatole était partisan de creuser cette piste, convaincu que ces descendants possédaient la septième *Diabolique*. Étienne préférait se concentrer sur Anne d'Aboville, qui s'était bien gardée de lui révéler que son père était un spécialiste de l'œuvre de Barbey d'Aurevilly.

— Comment expliquer qu'il avait des manuscrits authentiques de l'écrivain ? Vous m'avez dit que seule Louise Read en possédait.

— Et alors, vous en concluez quoi ?

— Réfléchissez ! Si Louise Read a eu un enfant illégitime avec l'écrivain…

Étienne ignora d'un geste péremptoire les protestations d'Anatole, qui agitait d'un air furibond sa cuillère en bois.

— … c'est à son enfant qu'elle a remis des papiers secrets. Parmi eux, la nouvelle disparue. Elle les a légués à son fils, le fils de Barbey. Il a peut-être eu des descendants lui aussi. Ce sont eux, les d'Aboville.

— Anne d'Aboville, arrière-arrière-petite fille de Jules Barbey d'Aurevilly ? Je n'y crois pas.

— Pourtant, ça expliquerait que son père soit un passionné du bonhomme au point de lui consacrer un musée, et qu'il ait hérité de documents inédits de sa main.

— Mais pourquoi n'aurait-il pas révélé toute l'affaire, et son lien de parenté avec un si illustre aïeul ?

— Parce qu'il n'avait rien pour le prouver, on l'aurait accusé de mensonge. Les tests ADN n'existaient pas à son époque.

— Anne le pourrait aujourd'hui. Et la *Diabolique* manquante, s'il en disposait, pourquoi ne pas l'avoir fait connaître ? Cela aurait été la gloire assurée.

— Pour tenir la promesse faite par son ancêtre à François-René : garder le secret à jamais !

— Très romanesque, glousse Anatole, en versant une rasade de crème fraîche sur les pommes de terre. La découverte d'un manuscrit d'une célébrité littéraire est toujours une juteuse opération pour les ayants droit, rares sont ceux qui se privent d'une pareille opportunité.

Étienne prit un air boudeur.

— Ou alors, parce qu'il connaissait des membres de la famille Valmesnil encore vivants, et qu'ils le menaçaient.

— C'est plus intéressant, reconnut Anatole, car ça pose aussi la question de la légitime propriété du manuscrit, s'il en existe plusieurs copies, par exemple. Mais il n'y a plus de Valmesnil dans la région, si l'on en croit votre ecclésiastique. Prenons le fils de François-René, le nommé Jean. S'il n'a pas eu d'enfant, alors comment le père d'Anne aurait-il pu connaître ses descendants dans l'immédiat après-guerre ? Je crois plutôt que le père d'Anne n'a jamais trouvé la nouvelle après l'avoir cherchée toute sa vie. Sa fille poursuit le travail. L'un comme l'autre ignorent où elle se trouve et plus encore ce qu'elle contient. La clé, c'est la famille Valmesnil. Il faut interroger ce curé retraité dont vous m'avez parlé. S'il subsiste des restes de la famille dans la région, même des branches indirectes, lui seul le saura.

— On pourrait peut-être aussi demander à Alistair Darnley ? Il appartient à une vieille lignée également, il possède peut-être des archives.

— Ah, je l'avais oublié celui-là ! marmonna Anatole.

— Vous ne pensez pas, insista Étienne, qu'il pourrait fournir des informations intéressantes ?

— Mais si ! Bien sûr, allons voir Milord, fit Anatole d'un ton exaspéré en claquant le couvercle sur la poêle, Milord est sûrement un être plein de ressources, Milord est si distingué, si raffiné, quoiqu'un peu trop porté sur le whisky comme tous ses congénères, Milord chasse à courre le week-end, et pas que le renard si vous voulez mon avis, les femmes font aussi partie de son tableau de chasse, c'est un séducteur de la pire espèce, un satyre ! En plus je suis sûr que quand il a un coup dans le nez, il est violent. Et dire qu'Anne ne remarque rien !

Anatole se tut, à bout de souffle. Étienne le dévisageait, médusé. L'écrivain rougit, et se rassit.

— Pourquoi me parlez-vous de lui ? fit-il d'un air maussade.

Étienne revit la soirée chez Anne, la veille, et l'empressement de Darnley auprès de leur hôtesse. Il s'interrogeait sur les raisons pour lesquelles Alistair semblait si proche d'Anne lorsqu'une idée confuse le frappa. Il posa ses deux coudes sur la table et regarda bien en face un Anatole dont le regard fuyait.

— Ne me dites pas que vous êtes jaloux ?

— Moi ? Pas du tout, je dis juste que si j'étais Anne... enfin. Bon, écoutez, ça suffit. Encore un mot sur lui et je vous casse la figure, suis-je assez clair, là ?

Étienne baissa les yeux et réprima un sourire, puis reprit le fil de la conversation sans regarder son camarade, qui déchiquetait de la mie de pain à côté de son assiette.

— Comme vous voudrez. Et le professeur Clamorgan ?

— Celui-là, je ne l'aime pas trop non plus, lâcha Anatole. Mais c'est différent.

Il s'interrompit le temps de verser le contenu de la poêle dans deux assiettes. Ils s'attablèrent devant leur plat et le silence se fit pendant quelques instants.

— Il n'a pas l'air de beaucoup apprécier Anne, reprit Étienne. De son côté, Cassandre le déteste.

— Bizarre. Que faisait-il à la soirée d'hier alors ? Anne l'avait bien invité. Il ne vous a pas dit ce qu'il cherchait, à hanter les tombes à cette heure-là ?

Soudain, il se redressa.

— Tiens, à propos de hanter, je crois que nous avons de la visite.

Étienne pivota sur sa chaise et aperçut une ombre derrière la vitre. Il se leva, ouvrit la porte d'entrée et eut juste le temps d'apercevoir une silhouette juvénile qui disparut à l'angle vers le jardin. Étienne avança à pas de loup. Parvenu à l'angle de la bâtisse, il s'arrêta, puis n'entendant rien, se pencha pour jeter un coup d'œil derrière le mur. Sa tête heurta violemment un obstacle.

— Ah ! Enfin ! grogna Cassandre en se frottant le front. Depuis dix minutes, je vous fais signe par la fenêtre.

Étienne ne répondit pas tout de suite, massant son crâne endolori.

— Vous m'avez explosé la tête ! Qu'est-ce que vous faites là ?

— Je suis venue vous chercher pour vous montrer les squelettes, je vous avais dit.

Étienne maugréa, son sang battait à coups lourds dans son crâne. Il aurait dû l'avertir ce matin de renoncer à cette expédition nocturne.

— Votre mère va s'inquiéter. À votre âge, vous devriez être au lit.

— Elle est sortie ce soir. Que savez-vous de l'heure à laquelle les filles comme moi doivent aller au lit ? Allez, venez !

Déjà, elle se fondait dans l'obscurité, empruntant le sentier bordé d'une haie qui formait la limite avec la propriété voisine. Il la suivit en grommelant vers l'arrière de la maison.

La demi-heure suivante confirma à Étienne ses regrets de s'être laissé entraîner dans l'équipée. Cassandre parcourut le jardin de long en large. Armée d'une pelle rouillée et d'un balai, elle remuait la terre, poussant des exclamations chaque fois qu'apparaissait un objet, le plus souvent un caillou ou une branche pourrie. Elle tendait alors à Étienne ses outils d'un geste impérieux, pour reboucher le trou fraîchement creusé et repartait un peu plus loin. La terre, gorgée des pluies de la semaine, leur collait aux doigts et la froideur de la nuit pénétrait le jeune homme jusqu'aux os. Au bout de la dixième – et vaine – excavation, il jeta les outils au sol, déclara à Cassandre qu'il allait se coucher et tourna les talons. Comme il parvenait à l'angle de la façade, il s'arrêta net.

À deux mètres de lui, là où il avait aperçu Cassandre plus tôt, une silhouette se tenait cachée. Accroupi sous la fenêtre, l'inconnu levait lentement son visage à hauteur du rebord en granit et tentait d'écarter le battant de la fenêtre entrouverte. Son visage était éclairé par la lumière de la cuisine, mais un chapeau à larges bords dissimulait ses traits.

Étienne retenait son souffle, attendant le moment propice pour sauter sur le visiteur, quand il fut heurté brutalement par-derrière. Cassandre l'avait rejoint, tâtonnant dans l'obscurité, et venait de trébucher sur lui. Elle poussa un cri. L'inconnu tourna la tête et tenta de s'enfuir, mais Étienne fut plus rapide. Il plongea dans les jambes de l'individu. L'autre roula à terre et se débattit. Alerté par le bruit, Anatole apparut sur le pas de la porte, clopinant sur sa béquille. Étienne parvenait enfin à maîtriser l'inconnu, toujours allongé au sol, lorsque Cassandre se jeta à son tour sur lui en hurlant :

— Lâchez-la, lâchez maman tout de suite !

Elle accompagna cette injonction d'un déluge de coups de pelle maculée de terre poisseuse.

Attaqué de deux côtés, Étienne lâcha prise. Libre de ses mouvements, une Anne d'Aboville hirsute se releva d'un bond et prenait déjà la fuite quand une béquille opportunément tendue entre ses jambes la fit chuter de nouveau, tête la première, sur les pavés de la cour.

Vaincue, Anne se redressa péniblement sur les avant-bras, tout en accablant d'injures le propriétaire de la béquille. De son côté, l'étudiant maîtrisait à grand-peine une Cassandre échevelée, hurlant et battant des jambes dans le vide. Anatole tendit à Anne une main secourable, qu'elle écarta avec impatience pour se remettre sur pied. D'une béquille autoritaire, Anatole désigna le vestibule, où ils entrèrent les uns derrière les autres, Anne vacillant, Anatole clopin-clopant, et enfin Étienne ceinturant toujours Cassandre qui lançait des ruades.

On s'installa dans la cuisine. Anne s'affala sur une chaise, Étienne déposa Cassandre sur une autre, dont elle jaillit immédiatement pour monter la garde debout aux côtés de sa mère. Anatole referma la porte et y adossa sa carrure dissuasive.

— Madame, quel plaisir de vous recevoir par cette lugubre soirée, commença-t-il. Vous avez dû avoir froid, postée sous cette fenêtre en pleine nuit.

Anne se redressa et désigna sa fille d'un geste vague.

— Je m'inquiétais pour elle, je ne savais pas où elle était.

Anatole eut un petit rire. Cassandre elle-même ne put retenir un haussement d'épaules.

— Je ne sais pas à qui vous comptez faire avaler ça. À l'évidence, votre fille se promène à sa guise à toute heure du jour et de la nuit, l'argument de la sollicitude maternelle n'est pas recevable. En revanche, vous êtes préoccupée de savoir deux étrangers dans votre maison. Pourquoi ?

— Je voulais… voir si vous ne manquiez de rien, si vous aviez trouvé ce qu'il vous fallait ?

— Nous avons trouvé ce qu'il fallait… et aussi ce qu'il ne fallait pas. C'est bien là votre inquiétude, n'est-ce pas ?

Anne dévisagea Anatole, comme cherchant à lire sur son visage la confirmation de ses craintes. Anatole se pencha et prit un ton confidentiel.

— Nous les avons trouvées en effet. Les lettres.

Anne ne trahit aucune émotion et soutint son regard.

— Je ne vois pas de quoi vous parlez, articula-t-elle, glaciale.

Anatole ricana.

— Alors pourquoi êtes-vous ici ? Vous contemplez le clair de lune ?

— Vous étiez déjà ici avant-hier, renchérit Étienne, je vous ai vue de la fenêtre du premier étage. Je parie que vous vouliez récupérer les lettres !

— Cessez vos accusations ridicules ! répliqua-t-elle. J'ai autre chose à faire que de vous espionner la nuit, je cherchais ma fille, point. Et vous, dit-elle en pointant Anatole du doigt, je vais vous demander de déguerpir, blessé ou pas, si vous continuez à me calomnier devant elle. Je ne cherche aucune lettre.

Anatole ne répondit pas, il étudiait la réaction de Cassandre, qui dévisageait sa mère avec une curieuse expression ; était-ce de la curiosité, ou de la peur ? Il fit un signe à Étienne, celui-ci comprit et gagna le vestibule. Son pas résonna dans l'escalier, puis le grincement de la dernière marche qu'on démontait, le raclement de la boîte en métal. De retour dans la cuisine, il posa l'objet sur la table. Cassandre laissa échapper une exclamation.

— Oh, la boîte de grand-père !

Elle colla aussitôt sa main sur sa bouche et se recroquevilla sous le regard exaspéré de sa mère. Il y eut un silence. Étienne ne pouvait détacher son regard de la jeune fille, dont les yeux se remplissaient de larmes. Enfin, Anne enfouit lentement son visage dans ses mains, Cassandre eut un sanglot. Que savait-elle au juste ? se demanda-t-il.

— Je n'avais pas prévu de louer l'hôtel cette saison, balbutia Anne. Votre arrivée imprévue…, je n'ai pas eu le temps de les mettre à l'abri. Vous ne deviez rester qu'une nuit, et puis votre accident a tout changé. (Elle ajouta, en regardant sa fille :) Mais peut-être est-ce mieux ainsi.

— Et si vous nous expliquiez tout depuis le début ? murmura Anatole.

Anne releva la tête et essuya d'un geste tendre les larmes sur les joues de sa fille. Étienne devina qu'elle ne lui avait jamais raconté ce qu'elle s'apprêtait à révéler, et qu'elle hésitait. Cassandre semblait comprendre la même chose car elle rejeta la tête en arrière, sourit bravement et prit place autour de la table, en serrant avec entrain la main de sa mère dans la sienne. Alors seulement, Anne parla.

9.

L'incendie de Saint-Sauveur-le-Vicomte

— Vous en savez déjà beaucoup, commença-t-elle, mais il faut repartir en arrière. Je ne fais que poursuivre un travail entamé par mon père après la guerre. Il est né en 1916, à Saint-Sauveur-le-Vicomte, à quelques kilomètres d'ici. Tout jeune, il jouait dans les ruines du château qui surplombe la ville. On y exposait une petite collection d'objets ayant appartenu à Barbey d'Aurevilly. Mon père a été bercé très tôt par la légende de cet écrivain. Puis éclata la Seconde Guerre mondiale. En 1944, avant le Débarquement, toutes les villes de la Manche furent bombardées, puis ravagées par des combats. Saint-Sauveur, Valognes ou encore Saint-Lô comptèrent parmi les plus touchées. La population civile fuit les combats mais mon père fit le choix de rester.

— Est-ce lui qui vous a raconté tout cela ?

— Il parlait peu de la guerre, mais il a tenu un journal que j'ai trouvé bien plus tard. En 1944, lors d'un bombardement, un incendie se déclare dans l'enceinte du vieux château. Le musée se consume et, avec lui, une bonne partie des documents et objets qu'il abritait. Les collections de ce musée provenaient essentiellement d'une fidèle amie de Barbey d'Aurevilly qui avait rassemblé des reliques après sa mort.

— Louise Read, dit Étienne.

— Exact. Au décès de l'écrivain, elle a vidé son appartement parisien pour reconstituer, à Saint-Sauveur, une sorte de mausolée. Tout flambe donc en 1944. Mais il se trouve des courageux pour retirer du brasier ce qui peut encore être sauvé. Parmi eux, mon père.

— Vous pouvez être fière de lui, dit Anatole, gravement.

— Je le suis, et cela vous permettra, j'espère, de comprendre pourquoi ce qui suit me tient tant à cœur. À partir de ce moment, le journal de mon père prend une autre direction. Les souvenirs de guerre laissent place à des récits exclusivement consacrés à Barbey d'Aurevilly. Il parle avec insistance d'un texte disparu, écrit par Barbey, qui n'aurait pas été retrouvé dans les décombres.

— Les lettres que nous avons découvertes…, commença Étienne.

Anne hocha la tête.

— Ce ne sont pas ces lettres dont mon père parlait.

— Elles ne proviennent pas des décombres de l'incendie ? demanda Anatole.

— Je ne le pense pas. Je crois que mon père les a découvertes bien plus tard, dans cette même cachette. Il en parle la première fois dans son journal quelques années après la mort de Blanche.

— Blanche ?

— Blanche d'Aboville Le Vast, la tante de mon père, la sœur de mon grand-père. La maison où nous sommes, et où vous logez depuis une semaine, était la sienne. Mon père en a hérité après son décès, en 1968.

— Il a hérité de sa tante ?

— Il était son seul descendant. Blanche d'Aboville avait deux frères : Jules, mon grand-père, et Charles. Morts tous les deux au front en 1916. Charles était célibataire. Jules, mon grand-père, n'avait qu'un fils, né l'année de sa mort : mon père.

— Et cette Blanche n'avait pas d'enfants ?

— Elle est restée « vieille fille », comme on disait à l'époque, et a vécu seule dans cette maison, toute sa vie. Cela a causé du scandale, toutes sortes d'histoires circulaient sur son compte, mais elle se moquait de l'opinion d'autrui, je l'adorais.

— Vous l'avez connue ?

— Bien sûr ! En 1968, à sa mort, j'avais treize ans. Je venais souvent parler avec elle, petite. Elle pratiquait une religiosité mystique, et en voulait au monde entier, elle vivait très recluse, hantée par la mémoire de ses frères morts, du passé.

— Deux frères décédés, une fille célibataire… D'où tenait-elle cette maison ? demanda Anatole.

— De leur père, Charles d'Aboville Le Vast. Nous savons peu de chose de lui. Les archives notariales et une partie des registres de l'état civil ont brûlé en juin 1944 quand Saint-Lô, le chef-lieu, a été bombardé. Donc, en dehors des souvenirs de famille, nous n'avons que peu de documents sur les générations récentes. Cette maison semble leur avoir toujours appartenu.

— Revenons aux lettres. C'est donc Blanche qui possédait celles que nous avons trouvées dans l'escalier ?

— Nous l'ignorons, répondit Anne en soupirant. Quand mon père a hérité de cet hôtel, il a entrepris des travaux de rénovation. À cette occasion il fit une première découverte. Dans le salon, les murs étaient couverts d'un coffrage et d'un enduit en plâtre. Mon père l'a retiré pour mettre au jour la pierre naturelle, celle qu'on peut voir côté extérieur. Il a découvert ces boiseries sculptées sur les quatre murs ainsi que les bibliothèques. Et au fond des étagères, en décapant la peinture, l'inscription datée de 1902. Elle révélait l'existence d'un lien entre cette maison et Barbey d'Aurevilly. De ce jour, mon père est devenu obsédé par cette idée. Il a sondé chaque centimètre de mur, chaque pierre de la cave au grenier. L'exploration de l'escalier lui a révélé la cavité et les lettres. Mon père a toujours pensé que Blanche ignorait l'existence de cette cachette et de l'inscription de la bibliothèque. Je pense le contraire.

— Pourquoi ? voulut savoir Étienne.

— Parce que ces coffrages et les matériaux employés pour les réaliser étaient récents, en comparaison de l'ancienneté de la bâtisse. Or Blanche est née en 1883, elle a toujours vécu ici, et seule à partir de 1920 jusqu'à sa mort. J'en conclus donc qu'elle est à l'initiative de ces aménagements, et qu'elle a délibérément choisi de dissimuler certains souvenirs.

— Si l'inscription a bien été gravée en 1902 par Louise Read, cela signifie donc que Blanche et elle se connaissaient ? Si je vous suis bien, votre grand-tante Blanche n'avait que… dix-neuf ans à l'époque !

— Je suis persuadée qu'elles se connaissaient, approuva Anne. Ce qui me conforte, c'est que Blanche détestait qu'on cite le nom de Barbey d'Aurevilly devant elle. J'en ai été témoin. Mon père et elle se faisaient des scènes, car la passion que lui vouait mon père l'exaspérait. Elle a toujours refusé de s'en expliquer. Voilà pourquoi je suis sûre que Louise Read et elle se sont connues, et que, par Louise, Blanche savait quelque chose.

— Nous ignorons si votre grand-tante Blanche a elle-même caché les lettres, résuma Anatole. Mais nous savons que Louise Read les a détenues, puisque l'une d'elles lui est adressée par le fameux Valmesnil. Pourquoi les a-t-elle séparées du reste de la correspondance ?

— Elles évoquent le projet des *Diaboliques*, son fameux recueil, et notamment une nouvelle qui doit s'y trouver, « Une femme recluse ». Or aucune femme recluse n'apparaît dans les nouvelles publiées dans ce recueil ni dans aucun autre. Barbey a dû renoncer à la publier. Louise Read a pu estimer qu'il valait mieux effacer toute mention de cette histoire.

— Qu'avait-elle de si terrible à votre avis ? demanda Étienne.

— Peut-être rien, mais il faut tenir compte du contexte. L'édition des *Diaboliques*, en 1874, a provoqué un énorme scandale. Leur auteur y dépeignait le vice sous un jour que certains ont trouvé trop favorable. Il a eu beau protester qu'il ne s'agissait que de dénoncer ces turpitudes, ses adversaires y ont vu une fascination coupable pour l'impiété. Il a quitté Paris et s'est réfugié en Normandie, le temps que l'orage s'apaise. Mais il vivait dans la peur d'être arrêté. Je vois aussi une autre raison : ce texte racontait une histoire vraie. La famille Valmesnil est impliquée, or c'étaient ses amis. Sur le moment, il n'a sans doute pas mesuré l'impact qu'un tel récit pourrait avoir, ne voyant que son potentiel romanesque. Mais par la suite, je suppose qu'il a souhaité ménager la famille. Louise, fidèle aux instructions, a donc fait disparaître de sa correspondance officielle toute mention de ce texte.

— Ça se tient, convint Anatole. Barbey était coutumier de ces emprunts embarrassants à la réalité. Dans *Le Dessous de cartes d'une partie de whist*, il met en scène une comtesse, joueuse invétérée, qui s'éprend du fiancé de sa fille, passion qui la conduit au meurtre. À l'époque, une cousine de Barbey fut identifiée par les contemporains sous les traits de cette femme. L'affaire provoqua un scandale, ses proches l'accusèrent de faire commerce de confidences familiales. Barbey s'est fâché avec tous ses cousins !

— Cela pourrait s'appliquer à Blanche, dit Étienne. Elle aurait pu connaître des Valmesnil ?

— Vous avez visité le cimetière, n'est-ce pas ? demanda Anne. Moi aussi, je me suis posé la même question. Cette famille Valmesnil est un mystère, je n'en connais aucun descendant. François-René n'a eu qu'un seul fils, Jean, né en 1869. Nous ne disposons d'aucun autre renseignement. Ni sur l'épouse de François-René, dont on ne trouve trace nulle part, ni sur leur fils et une éventuelle descendance. Quant à ma famille, on n'y trouve aucun Valmesnil. Nous avons l'acte de naissance de mon arrière-grand-père Charles, car, par chance, une copie du registre d'état civil subsistait dans les papiers de famille. Il est daté de 1849. Aucun Valmesnil n'y est mentionné, ni côté maternel, ni côté paternel, ni même parmi les parrains. C'est le seul document qui nous reste, mais il établit que nous n'étions pas liés aux Valmesnil au cours de la seconde moitié du XIXe siècle, quand l'affaire de la femme recluse s'est produite.

— Comment ces lettres ont-elles pu tomber entre les mains de votre Blanche dans ces conditions ? demanda Étienne. La seule hypothèse est que Louise les lui ait remises. Mais alors, pourquoi la nouvelle n'est pas avec ?

— Soit Louise l'a conservée, soit Blanche l'a détruite. Il existe bien encore une troisième hypothèse, dit Anatole après un silence. Que Barbey ne s'en soit jamais séparé. Rappelez-vous les termes de la lettre, les circonstances d'écriture de ce texte sont hors normes. Ah, si seulement nous savions où il s'est réfugié pour l'écrire !

— C'était au moment du siège de Paris, rappela Étienne.

— Plus précisément, entre la fin du siège et le début de la Commune, ajouta Anatole, donc aux environs de mars 1871, une période de chaos. Il explique qu'il était en fuite, cherchant à gagner la province pour se mettre à l'abri de la violence qui régnait à Paris.

— Comment a-t-il pu fuir Paris à ce moment-là ? fit Étienne, dubitatif. A-t-il été caché ?

Anne n'avait rien dit jusque-là, elle leur lança un regard malicieux.

— Là-dessus, j'ai un indice. (Elle s'interrompit et les dévisagea tous les trois.) Venez avec moi, il faut que je vous montre.

D'un bond elle fut sur pied et ouvrit la porte de la cuisine. En deux enjambées, elle avait disparu dans l'obscurité. Étienne attrapa son manteau et se lança derrière elle, talonné par Cassandre. Anatole soupira, empoigna sa béquille et sortit de la maison en clopinant.

★

Quand Anatole parvint devant la maison d'Anne, il était exténué. De loin, il avait aperçu les silhouettes d'Étienne, Anne et Cassandre glisser le long de la rue noire, puis disparaître sous le porche de la maison, éclairé désormais de la fenêtre du premier étage.

Comme il arrivait, la croisée au-dessus de lui s'ouvrit et Étienne passa la tête.

— Vous vous en sortez ? lança-t-il.

— Ne vous en faites surtout pas pour moi, grogna Anatole, je…

Mais Étienne avait déjà refermé la fenêtre. Anatole soupira, franchit le seuil et attaqua l'escalier. Il se surprit à maudire Barbey d'Aurevilly, et cela lui rappela sa jeunesse.

★

À l'étage, il vit Anne trônant dans un fauteuil en velours vert. Penché sur elle, Étienne scrutait une photographie jaunie et en partie calcinée qu'elle tenait à la main. Anatole les rejoignit. La photo en noir et blanc représentait la façade d'un château classique de dimensions modestes, avec un perron à colonnes et deux niveaux de fenêtres à carreaux. À mieux y regarder, il s'agissait de la seule façade, car l'ensemble était en ruine, envahi par la végétation qu'on apercevait à travers les ouvertures des fenêtres sans vitres. Autour s'étendait une nature presque sauvage. En haut de la photographie, le titre comme les angles du cliché avaient été rongés par le feu. On distinguait à peine quelques caractères imprimés. Au dos, une simple mention manuscrite indiquait *1902*.

— D'où provient-elle ? demanda Étienne.

— Mon père l'a repérée dans les débris de l'incendie du château de Saint-Sauveur, dans les premiers jours de juin 1944. Cette carte était dissimulée dans la reliure en cuir d'un missel. Sous l'effet de la chaleur, la reliure s'est dilatée, puis déchirée. En ramassant le livre, mon père a aperçu l'échancrure. Il a découpé le cuir et trouvé le document.

— Vous voulez dire qu'il a gardé le livre, il ne l'a pas rendu avec les autres objets découverts dans les décombres après l'incendie ?

— C'était un collectionneur et il n'était pas malhonnête, protesta Anne, mais, sur le moment, la tentation l'a emporté. Le missel avait appartenu à Barbey d'Aurevilly, son nom était inscrit à l'encre rouge sur la page de garde. Posséder un objet personnel de l'écrivain le ravissait déjà, mais dénicher à l'intérieur ce document dissimulé lui a ôté tout jugement. Il n'a rien révélé à personne, sauf à moi bien des années plus tard.

— Les passionnés ont tous leurs petits moments de faiblesse, n'est-ce pas Anatole ? ricana Étienne.

— Que représente-t-elle ? dit l'autre, ignorant l'intervention.

— Aucune idée. S'il existait un domaine semblable dans la région, je le saurais. Ça ne peut pas être par ici.

— Pour quelle raison ?

— Regardez la légende en haut.

— Elle est illisible, dit Anatole, qui l'approcha de la lampe. Ah si… je distingue… *ctions de la Commune*. Le reste est effacé.

— La Commune de Paris ! reprit Anne. Vous vous rappelez que Barbey a fui la capitale juste avant. Ce tirage illustre *Les destructions de la Commune*. On publiait beaucoup de cartes postales commémoratives de ce genre au début du XXe siècle. Le cliché représente donc un ancien château dont la destruction date des combats de 1871.

— Mais au dos de la photo il est inscrit *1902*, objecta Étienne.

— Parce que le cliché a été réalisé cette année-là, balaya Anne. Même si la photographie existait en 1871, on ne pouvait pas obtenir des tirages de cette qualité. D'ailleurs il est clair que ces ruines sont déjà anciennes ; plantes grimpantes, lierre, ronces, c'est la photographie d'un édifice détruit et laissé à l'abandon depuis trente ans.

— Un château à la campagne, détruit sous la Commune, murmura Anatole. Donc sans doute situé dans les faubourgs ouest de la capitale, par où l'offensive des troupes gouvernementales a démarré.

— … ou bombardé par les armées prussiennes juste avant, corrigea Anne. N'oubliez pas que les combats ont déclenché des incendies. Cela confirme au moins que nous avons affaire à un château situé en région parisienne.

— Quel rapport avec Barbey d'Aurevilly ?

— Primo, cette photographie était dissimulée dans un missel qui lui appartenait. Secundo, nous savons qu'il a fui la capitale au mois de mars 1871, dans des circonstances obscures. C'est un des épisodes les plus mystérieux de sa vie. Je pense que ce cliché représente le château où Barbey a dû trouver refuge lors de sa fuite. À l'époque, ce domaine était encore debout, peut-être même habité. Il y a été recueilli et y a écrit la *Diabolique* manquante, celle sur la femme recluse, inspirée de sa propre réclusion à ce moment-là.

— Mais il est probable que ce monument a disparu aujourd'hui.

— Les ruines étaient encore debout en 1902, et jugées suffisamment dignes d'intérêt pour figurer sur des cartes postales, comme emblèmes des destructions. Peut-être a-t-il été restauré.

— Vous l'avez cherché ? demanda Étienne

Anne se leva, et ouvrit un buffet en bois massif. Elle en sortit une carafe et trois verres qu'elle remplit généreusement, tout en continuant son exposé.

— Bien sûr, mais c'est difficile d'identifier un monument à partir d'un document comme celui-ci. Cela pourrait être un hôtel particulier, ou un simple pavillon de parc, comme un véritable château. J'ai mis quelques amis sur le coup, Alistair Darnley, par exemple – sans succès.

Anatole se rembrunit mais ne fit aucun commentaire

— De nombreuses propriétés autour de Paris ont été détruites à cette époque, poursuivit Anne. Soit à cause de la guerre, soit sous la pression immobilière. Les villages autour de Paris comptaient chacun leur château, que l'urbanisation a fait disparaître. Passy, Bercy, Meudon, Marly, Saint-Cloud, il y en avait des centaines. Certains sont bien documentés, on en connaît l'apparence, comme Marly ou Meudon. Mais pour beaucoup d'autres, on ne dispose d'aucun plan ni représentation.

— Peu de chances qu'on retrouve celui-là, soupira Étienne en reposant la photographie. De toute façon, même si on mettait la main dessus, à quoi ça vous mènerait ?

— Mais au manuscrit, bien sûr ! lâcha Anne en reposant violemment son verre sur la table.

Anatole secoua la tête d'un air dubitatif.

— Barbey d'Aurevilly ne l'aurait pas abandonné sur place.

— Non, mais peut-être quelqu'un l'y a-t-il replacé.

C'était Cassandre, qui intervenait pour la première fois dans la conversation.

— Replacé ? demanda Étienne.

— Mais oui ! Relisez la lettre de François-René, le passage où il parle de la *Diabolique* : *... il me tarde de l'ensevelir de nouveau, et à jamais. Ce sera chose faite dans peu.* L'ensevelir de nouveau. Et s'il s'était rendu dans ce château, des années plus tard, pour cacher la nouvelle là où elle avait été écrite ?

Anatole se tourna vers Cassandre et la dévisagea avec perplexité.

— Il savait sûrement où Barbey s'était caché en 1871, son ami lui avait tout raconté, poursuivit Cassandre avec exaltation. Quand il écrit à Louise Read en 1896, vingt-cinq ans après, le château a déjà été détruit, mais il parle quand même d'*ensevelir de nouveau* le manuscrit. Où pouvait-il l'ensevelir *de nouveau* sinon là où il était né ? Donc, si en 1896 la cachette existait toujours malgré la destruction du château, alors elle peut exister encore aujourd'hui ! C'est sûrement une cachette enterrée ; un souterrain, une crypte ou un caveau dans le parc, par exemple.

À présent, l'admiration d'Anatole se lisait sur son visage, ses yeux pétillaient en regardant la jeune fille.

— Louise Read était dans le secret, acheva-t-il, c'est pour cela qu'elle a caché cette photo précisément dans le missel.

— Ce n'est qu'une théorie, rappela Étienne. Rien de concret. Une photo, deux lettres.

— Vous allez m'aider à rassembler des preuves, dit Anne d'un ton sans réplique.

Anatole s'assit lourdement dans le fauteuil, et déploya ses jambes douloureuses. Il dévisagea Anne et Cassandre, puis reporta sur Étienne un air interrogateur.

— On ne peut pas dire que vous ayez joué franc jeu avec nous jusqu'à ce soir, commença-t-il, en regardant Anne et sa fille.

— Comprenez-moi, je vous connaissais à peine. Je n'accorde pas facilement ma confiance. Je pensais que vous ne resteriez pas, puis que votre accident vous immobiliserait et vous empêcherait de fouiner. Enfin, vous parler de Barbey, vous raconter toute l'histoire, ça voulait dire en parler aussi à ma fille, elle est encore si jeune…

— Je crois que vous la sous-estimez, elle est très en avance pour son âge et mérite votre confiance, répliqua Anatole en regardant Cassandre avec un bon sourire.

Celle-ci se rengorgea sous le compliment et Étienne dévisagea avec surprise Anatole, qui, pour la première fois, reconnaissait tout haut une quelconque qualité à quelqu'un.

— Je suis sûre que nous devrions travailler ensemble, reprit Anne. Je vous ai dit tout ce que je savais, et personne dans mon entourage n'est au courant à part vous.

— Même pas milord Darnley ? demanda Anatole.

Anne eut un hochement de tête dubitatif.

— C'est un personnage pittoresque, il est drôle, mais pas très efficace au-delà de ses fanfaronnades. Il m'a aidée car il connaît bien le Cotentin, néanmoins il n'est pas très fiable une fois qu'il a un verre à la main.

Anatole partit d'un grand rire satisfait.

— Allons, dit-il en se frottant les mains. Nous allons vous aider, n'est-ce pas Étienne ?

Il se leva avec une énergie qui encore une fois surprit Étienne.

— Il va nous falloir identifier ce domaine, conclut-il, mais pas ce soir. Je propose de lever la séance et d'examiner demain le fruit de nos déductions nocturnes. Pouvons-nous garder cette photographie ?

10.

L'hôtel de Gisles

Étienne s'adossa au porche de l'église, comme le premier soir de leur arrivée à Valognes. Il était tôt, cette fois, et seuls quelques véhicules stationnaient sur la place en vue du marché de l'après-midi. Une lumière matinale teintait de rose les pierres sombres du sanctuaire où Étienne patientait en attendant le curé Revel. Ce dernier lui avait fixé rendez-vous afin de rencontrer son prédécesseur, Boisville. Un vieillard difficile, avait-il prévenu, mais après quinze jours de cohabitation avec Anatole Derk, Étienne se savait apte à tout supporter.

Depuis leur conversation avec Anne, une semaine auparavant, Anatole ne tenait plus en place, d'autant que sa mobilité s'améliorait rapidement. Il entendait traquer les moindres détails inconnus de la vie de l'écrivain dandy, éplucher les traces de son passage à Valognes et dans la région. Cela avait débuté par une fouille méthodique de l'hôtel d'Aboville, Anatole dirigeant les opérations, et appuyant ses directives de coups de béquille sur un Étienne étonnamment conciliant.

Le savant s'absentait pour de longs après-midi en compagnie d'Anne, avec laquelle il s'enfermait pour étudier les dossiers de son père. Ces conciliabules laissaient souvent Cassandre et Étienne en tête à tête, ce qui ne déplaisait pas à la jeune fille, habituée à une solitude parfois pesante.

Puis avait suivi une visite approfondie des hauts lieux du Cotentin où Barbey avait vécu. Sa maison natale de Saint-Sauveur-le-Vicomte, demeure privée et de ce fait non visitable, mais où Anatole avait tenté, une fois encore, une intrusion aussi illicite que vaine. Puis la demeure de l'oncle de l'écrivain, où un musée, cette fois officiel, les avait accueillis. Ils avaient pu examiner des fac-similés et des originaux de correspondance qui leur avaient confirmé sinon l'authenticité, du moins la ressemblance frappante avec la lettre qu'ils possédaient.

Enfin, ils avaient consacré d'interminables soirées à étudier la photographie qu'Anne leur avait confiée. Anatole voulait s'assurer qu'elle ne représentait pas un hôtel de la région. Après trois jours de quadrillage de Valognes et des alentours, une première conclusion s'imposait : les ruines représentées ne rappelaient aucun monument à proximité. L'hypothèse d'une demeure détruite, proche de Paris, se confirmait. Pourquoi un tel cliché s'était-il retrouvé dissimulé dans un livre ayant appartenu à Barbey ? Que signifiait-il ?

Alors qu'il réfléchissait, il aperçut soudain une silhouette familière qui émergeait de la rue, et reconnut Alistair Darnley. À cette heure matinale, il était seul. Préoccupé, il se retournait sans arrêt, comme s'il redoutait d'être suivi. Encore quelques mètres et Étienne pouvait distinguer les traits crispés de son visage. Tout à coup, Alistair tourna brutalement dans une ruelle. Mais au lieu de s'y engager, il s'immobilisa, puis s'embusqua dans le renfoncement de la ruelle, collé contre le mur d'angle, risquant de temps en temps un œil dans la direction qu'il venait de quitter. Étienne cherchait la raison de ce manège quand il vit Anne s'avancer à son tour. Absorbée par la lecture d'un plan, elle marchait sans regarder devant elle, et se rapprochait de l'endroit où Étienne pouvait voir Alistair, toujours dissimulé. À son approche, l'Anglais se tapit encore plus profondément dans l'ombre du mur. Soudain, Étienne éprouva comme un souvenir familier ;

la position d'Alistair à cet instant était identique à celle de l'inconnu qu'il avait vu se dissimuler dans l'angle du porche de l'église, la semaine précédente, avant de prendre la jeune femme en filature. C'était donc lui, pensa Étienne avec une vague appréhension. Mais que voulait-il ? Anne se rapprochait, c'est alors qu'Étienne vit Alistair extraire quelque chose de sa poche. De là où il se trouvait, il lui était impossible de distinguer l'objet. Soudain, le jeune homme eut la conviction qu'Alistair tenait une arme. Anne n'était plus qu'à quelques pas. Étienne vit l'Anglais lever son bras. Il voulut crier, or à cet instant une camionnette déboucha sur la place, lui masquant la scène qui se jouait. Étienne jaillit du porche, écoutant si un cri ou un autre bruit lui parviendrait. Mais rien, le silence. Il contourna le véhicule, allongea le cou, et vit alors Anne qui poursuivait son chemin sans encombre. Elle n'avait plus de plan à la main. Il scruta l'endroit où il avait aperçu Darnley. Personne. Il bondit vers la ruelle et atteignit l'angle juste à temps pour apercevoir une haute silhouette s'éloigner en courant. En une seconde, elle avait disparu. Étienne se retourna et chercha Anne des yeux, elle était invisible également.

À pas lents, il revint vers l'église. C'était la deuxième fois qu'il surprenait Alistair épiant Anne à son insu. Que signifiait cette scène étrange ? Alistair marchant à vive allure, Alistair se cachant dans l'angle d'une rue sombre, embusqué pour surprendre sa victime, Alistair brandissant son arme, mais ensuite ? Que s'était-il passé ? Avait-il frappé ? Impossible, elle aurait crié, elle n'aurait pas poursuivi son chemin comme si de rien n'était. Lui avait-il arraché le document qu'elle tenait ? Là aussi, elle aurait réagi. Quel était cet objet qu'il brandissait à son passage, et pourquoi s'était-il enfui ? Ignorait-elle la présence de Darnley ou alors s'était-elle arrêtée pour un rendez-vous convenu ?

Absorbé, Étienne sursauta quand le curé l'interpella. La visite chez Boisville lui revint en tête. Sous un soleil pâle qui faisait étinceler les pavés, le curé le guida dans le dédale des rues du vieux Valognes, où des constructions modernes voisinaient avec d'antiques demeures patriciennes miraculeusement préservées. Boisville habitait le rez-de-chaussée d'une maison étroite divisée en appartements. À l'intérieur, des pièces exiguës où l'architecte semblait s'être fixé comme règle de n'intégrer aucun angle droit et les occupants de les remplir avec des meubles encombrants.

— Ça fait plaisir de rencontrer des jeunes de temps en temps, chevrota le curé tout en leur servant d'effrayantes rasades de calvados dans des verres à moutarde. Étienne coula un regard à la pendule, se souvint que son petit déjeuner datait de moins d'une heure, et tenta une gorgée. Le breuvage lui coupa la respiration, aussi fut-il soulagé de laisser le jeune curé entamer la conversation. Il examina Boisville. Voûté et recroquevillé dans son fauteuil, il tenait son verre d'une main tremblante. Il semblait las mais son regard mobile et perçant contrastait avec le reste de sa personne.

— L'église de Valognes est très belle, glissa Étienne pour meubler la conversation.

— Vous parlez du blockhaus, grinça Boisville.

Revel examinait le fond de son verre avec circonspection, Étienne s'apprêtait à répondre, mais l'octogénaire abattit brutalement son verre sur la table et pointa un doigt chenu sur Étienne.

— C'est un monstre ! beugla le vieillard d'une voix soudain éclatante, qui fit trembler les assiettes empilées dans le vaisselier derrière eux. Une ignominie, un sacrilège, un attentat !

— Je vous demande pardon ? bredouilla l'étudiant.

— Le père Boisville est versé dans la préservation du patrimoine, il a monté une association pour la défense des monuments en danger, expliqua Revel en jetant à Étienne un regard qui disait clairement : « Pourquoi avez-vous abordé ce sujet scabreux ? »

— Cette église datait du XIe siècle, reprit Boisville en s'échauffant. Le chœur, remanié au XVe siècle, était un remarquable spécimen de style gothique flamboyant normand, couronné d'un dôme Renaissance unique en France. Même les révolutionnaires de 1793, même les Allemands n'avaient pas eu le front de la détruire. Elle a subi les bombardements alliés lors du Débarquement, mais on aurait pu la relever à l'identique. Seulement voilà ! Ce que les fanatismes successifs de cinq siècles entassés n'ont pas réussi à abattre, cette « restauration » des années soixante l'a accompli !

La transformation du curé était sidérante. Le vieillard avala son calvados et tonitrua de nouveau.

— Restaurer ! « Vandaliser » est le terme juste. La nef avait souffert, mais, sans états d'âme superflus, on a abattu ce qui restait. Coffrage béton et vitraux cubistes, nous voilà aujourd'hui avec ce caveau. Il a fallu ensuite entendre les journalistes se gargariser de cette « esthétique résolument moderne » et de la « légèreté de l'épiderme du béton brut ». Les années cinquante ont davantage ravagé la Normandie que les invasions vikings ou la guerre de Cent Ans.

Revel, toujours absorbé dans la contemplation du fond de son verre, murmura :

— Il faut tout de même souligner la rapidité de cette reconstruction, qui a permis aux fidèles d'avoir un lieu de prière.

— On a surtout voulu effacer toute trace du passé aristocratique de la ville ! asséna son prédécesseur tout en allongeant le bras d'un geste étonnamment souple vers la bouteille de calvados, qu'on avait tenté sans succès de placer hors de sa portée.

— Vous devez bien connaître les vieilles familles qui ont construit ces demeures, hasarda Étienne.

— Notre ami s'intéresse particulièrement à la famille Valmesnil, enchaîna Revel. Nous avons vu la sépulture de plusieurs de ses membres au cimetière.

— Une des plus anciennes familles de la région, en effet, se radoucit le vieillard. Mais qui s'en souvient ? Elle s'est éteinte il y a longtemps. Le nom restait connu dans le pays lorsque j'étais jeune. Les Valmesnil avaient possédé des terres importantes au XIXe siècle. Nombreux sont ceux, y compris de ma famille, qui y ont travaillé.

Il fit une pause afin d'interroger ses souvenirs. Étienne s'enhardit.

— Quand avez-vous commencé votre... poste dans cette paroisse ?

— Mon ministère ? Voyons... ça devait être en 1949 ou 1950, quelque chose comme ça. Je suis né en 1924, pas très loin d'ici. J'ai pris cette cure après mon séminaire. Vous auriez vu Valognes dans ces années-là ! Que de destructions.

— Il y avait forcément un hôtel Valmesnil en ville autrefois, poursuivit Étienne.

— Je crois bien que c'était même un des plus somptueux de la ville.

— À quoi ressemblait-il ? Il en reste quelque chose ?

— Attendez... Ma mémoire n'est plus ce qu'elle était, je ne réussis plus à me souvenir. Pourtant il devait bien exister.

— Peut-être dans vos archives sur le patrimoine en péril... ? suggéra Revel.

— Bonne idée ! S'il existe encore, on doit pouvoir en trouver une mention dans mes papiers.

Il se leva et gagna d'un pas mal assuré l'armoire normande qui écrasait le fond de la pièce. Il en sortit un lourd registre qu'Étienne l'aida à poser sur la table. Les trois hommes se penchèrent sur les pages jaunies par le temps.

Elles renfermaient une abondante documentation sur tous les monuments de la ville, privés ou publics, présentant un intérêt historique ; coupures de journaux, extraits de plans cadastrés, photographies anciennes ainsi que des notes manuscrites.

— Je me suis toujours intéressé à l'architecture, commenta le propriétaire sur un ton presque contrit. J'ai créé une association pour aider à financer des travaux dans des demeures anciennes. Mais elle n'a pas duré, le patrimoine était peu à la mode à cette époque, nous passions pour des illuminés. Ah, voilà. C'est celui-là, dit-il en exhibant une coupure de journal. Il ne portait plus le nom de la famille Valmesnil à ce moment-là, c'est pour cela que je ne parvenais pas à m'en souvenir.

Étienne se pencha sur la photo que lui tendait l'octogénaire et reconnut aussitôt l'hôtel devant lequel Revel et lui s'étaient arrêtés quelques jours plus tôt. C'était bien cette façade ondulée avec, à l'avant, la cour d'honneur en demi-cercle.

— L'hôtel de Gisles, s'exclama le curé Revel. Bien sûr, nous le connaissons.

— Par miracle, il a été épargné par les bombardements de 1944, ce qui lui a évité du même coup les anges exterminateurs de la reconstruction. C'est un des plus beaux édifices de notre petite ville.

— À qui appartient-il aujourd'hui ?

— Aucune idée. C'est devenu un musée. Il a été remeublé dans le style de l'Ancien Régime, l'époque de sa construction. Le rez-de-chaussée se visite et les jardins également.

— Comment savez-vous que c'est celui de la famille Valmesnil ?

Boisville chaussa ses lunettes et se plongea dans l'examen des documents.

— Je m'y suis intéressé quand la municipalité envisageait de percer une nouvelle rue qui aurait amputé la propriété d'une partie de son parc. Heureusement, ce projet a été abandonné. Nous avions monté un dossier, qui d'ailleurs a permis le classement de l'édifice tout entier. Regardez, tout est là.

Sa voix, jusque-là nerveuse, se faisait douce, presque un chuchotement, plein de révérence.

— L'hôtel est construit au début du XVIIIe siècle. On trouve un acte d'achat du terrain daté de 1712, c'est la famille Valmesnil qui le fait édifier. À la Révolution, il est mis sous séquestre et menacé d'être vendu comme bien national. Cela signifie sans doute que la famille avait émigré. On retrouve l'hôtel et la famille Valmesnil à Valognes à partir de 1799. Après, je n'ai pas d'autres documents. La famille s'est appauvrie probablement. L'hôtel est vendu à la bougie en 1902, par un certain Jean de Valmesnil, le dernier héritier. Voici l'affiche annonçant la vente publique. Le bien porte alors le nom que nous lui connaissons, « hôtel de Gisles ».

— « Vendu à la bougie » ? demanda Revel.

— C'était une forme d'enchères très populaire sous l'Ancien Régime, qui se pratique encore. On laissait monter les enchères le temps de consumer une bougie. L'enchère se terminait quand la bougie s'éteignait.

— Vous avez bien dit 1902 ? interrogea Étienne.

— Regardez l'affiche, 21 juin 1902. Ici, ajouta-t-il en tournant la page, voici le compte rendu de la vente, publié dans le journal. On trouve aussi la liste des personnes présentes. Tiens, c'est curieux, voici une de mes paroissiennes, la vieille demoiselle Blanche.

Étienne sursauta.

— Comment avez-vous dit ?

— Blanche d'Aboville Le Vast. Je l'ai connue au début de mon ministère, c'était déjà une dame âgée. En revanche, en 1902, lors de cette vente, elle devait être toute jeune. Elle appartenait à une autre vieille famille de la région, les d'Aboville. Sans doute connaissait-elle les héritiers qui vendaient.

— Anne d'Aboville, notre logeuse, nous en a parlé. C'était sa grand-tante. Mais c'était qui au juste ?

— Une vieille fille, excentrique. Elle vivait seule, très retirée, à l'hôtel d'Aboville.

— C'était une de vos paroissiennes ?

— Un pilier pour ainsi dire. Mlle Blanche était particulière. Elle pratiquait une religion trop exaltée à mon avis, s'infligeait brimades et sacrifices divers. J'essayais de la ramener à des sentiments moins extrêmes, mais elle avait une personnalité austère, et se mettait facilement en colère. Elle faisait partie du tiers ordre carmélite, ce qui lui conférait une sorte d'aura.

— Qu'est-ce que c'est ? demanda Étienne.

Ce fut Revel qui répondit.

— Une affiliation ouverte aux laïcs qui souhaitent prononcer des vœux, sans pour autant entrer dans le clergé. Elle implique des obligations et une certaine ascèse, sans toutefois quitter la vie civile. L'encadrement des postulants est assuré par des religieux, les carmélites en l'occurrence.

— C'était un choix bizarre, non ?

— Et même rare, répondit Boisville. À cette époque, une femme se mariait ou devenait religieuse pour de bon. Dans le cas d'une héritière d'Aboville, les prétendants ne devaient pas manquer. Elle m'a toujours donné l'impression d'une âme tourmentée. Elle semblait hantée par le malheur.

— Que voulez-vous dire ?

— Elle se sentait tenue d'expier je ne sais quoi. Une fois, elle m'a confié qu'elle devait racheter des fautes commises.

— Vous pensez qu'elle connaissait des Valmesnil ?

— Je vous le répète, ce n'était pas une femme qu'on pouvait faire parler à sa guise. Je crois surtout qu'elle a dû avoir un amoureux que la Grande Guerre a emporté, j'ai connu de nombreuses histoires de ce genre. Que de veuves ou d'éternelles fiancées à la fin de ces deux guerres ! Quoi qu'il en soit, j'ai toujours trouvé dommage que cette femme se soit repliée sur elle-même le reste de sa vie.

— Une femme recluse…, murmura Étienne.

— Exactement, confirma le curé en refermant son registre, elle s'était presque emmurée vivante dans son hôtel. Et on ne saura sans doute jamais pourquoi.

SECONDE PARTIE

11.

Une visite chez Rodin

Étienne contemplait d'un œil absent l'agitation du boulevard Saint-Michel, balayé de bourrasques de pluie. L'odeur du macadam humide lui parvenait à travers l'auvent entrebâillé qui protégeait la terrasse. À chaque passage de véhicule, une gerbe d'éclaboussures jaillissait du trottoir et constellait un peu plus le rideau qui le séparait de la rue encombrée. Il entoura sa tasse de ses mains. Pourquoi la pluie à Paris était-elle si triste ? Pourquoi la fontaine monumentale du boulevard Saint-Michel crachait-elle ses jets d'eau inutile sous ce déluge ?

Il était de retour à Paris depuis une semaine. Ce qui devait être un aller-retour en Normandie l'espace d'un week-end s'était transformé en une absence de deux semaines. Il lui semblait pourtant avoir quitté la capitale il y a des années et il se sentait étranger au mouvement de la ville. Les passants affairés se hâtaient vers le but de leur trajet, le martèlement de leurs talons révélait qu'ils savaient où ils allaient, qu'ils savaient ce qu'ils faisaient. Étienne, lui, ne le savait pas. Pourtant, Anatole lui avait clairement donné ses consignes.

— Vous n'allez pas rester ici des semaines et gâcher votre scolarité, c'est ridicule.

— Je ne peux pas vous laisser seul, dans votre état…

— Ne soyez pas stupide. Vous devez rentrer, c'est marqué là ! avait-il ajouté en agitant sous le nez le courrier fatidique reçu la veille, comme s'il s'adressait à un illettré.

Étienne avait détesté cette conversation, où Anatole le traitait comme un gamin capricieux. Pourtant, il admettait que la situation s'y prêtait. Son absence prolongée avait fini par inquiéter son entourage. Il avait reçu des appels de sa mère lui enjoignant de reprendre son semestre – il les avait ignorés. Une fuite en avant idiote. Et maintenant voilà que lui parvenait, transmis toujours par maman, le courrier de son établissement. Dans un langage administratif fleuri mais non moins ferme, le responsable pédagogique agitait la menace d'une prochaine exclusion, soulignant – en substance – que la formation des futures élites de la nation impliquait, de la part de ces dernières, un minimum d'assiduité.

— Vous vous êtes mis dans le pétrin, jeune homme ! avait pontifié Anatole, pointant sur Étienne une béquille accusatrice. Comptez-vous justifier votre enquête sur les terres aurevilliennes ; la faire valider comme un stage de fin d'année, un projet collectif ?

— Si on découvrait le manuscrit disparu, pourquoi pas ? avait riposté l'accusé.

— Vous n'êtes qu'un petit prétentieux, avait assené Anatole. Mais c'est sans doute ce qu'on vous apprend là-bas.

L'échange aigre-doux s'était poursuivi tard dans la soirée. Mais Étienne n'avait pas eu le choix. Il lui fallait rassurer parents et professeurs, reprendre le cours de son quotidien. À son départ, Anatole avait cherché à lui remonter le moral.

— Dites-vous que je vous envoie en mission. Vous retournez à Paris, mais pas uniquement pour reprendre vos études : vous continuez l'enquête là-bas.

Étienne avait eu un pauvre sourire. Il détestait qu'on le prenne pour un enfant. Cependant, Anatole avait insisté. Il fallait chercher ce château, il existait sûrement. Avec Internet, avait-il ajouté en agitant la main vers cette entité floue et inconnue pour lui, on pouvait à coup sûr l'identifier, retrouver une photo, croiser des informations. Ils se tiendraient informés, et pour appuyer cette promesse, Anatole avait même décidé de se doter d'un téléphone.

Muni de ce viatique, Étienne avait repris le chemin des cours, et affronté la colère froide de ses parents. Le soir, au lieu de travailler, il engloutissait une copieuse biographie de Barbey d'Aurevilly. Le jour, en bibliothèque, il délaissait le droit administratif pour des livres d'histoire sur le siège de 1870, les offensives prussiennes et la Commune. Il se passionna aussi pour la vie littéraire de cette fin du XIXe, parcourut les minutes du procès de Baudelaire, condamné en 1857 pour outrage aux bonnes mœurs, et qui avait eu la surprise de rencontrer en Barbey d'Aurevilly un défenseur inattendu. L'écrivain catholique avait pris parti pour l'auteur des *Fleurs du mal* dans de vigoureux articles, tous publiés dans des journaux conservateurs, lesquels n'avaient pas tardé à lui signifier que ses prises de position dérangeaient le lectorat. À nouveau, voilà Barbey sur le sentier de la guerre, tempêtant contre le système, le pouvoir, la presse, les critiques, l'hypocrisie et ce qu'il appelait les « ridicules du temps ».

Au fil de ses découvertes, Étienne s'attachait de plus en plus à l'écrivain, dont la ressemblance de caractère avec Anatole ne lui échappait pas. Il s'avouait moins que c'était Anatole qu'il cherchait à retrouver à travers ses lectures, car son compère grincheux lui manquait. Tous deux ombrageux, égoïstes, idéalistes, projetant un regard plein de soupçons sur le monde, les deux personnages en venaient presque à se confondre dans son esprit. Et comme Barbey professait une détestation farouche de l'architecture de son temps, indigne selon lui du goût des anciens, cela faisait également de Boisville une seconde réincarnation contemporaine de l'écrivain.

Mais ces lectures ne lui révélaient rien sur l'hypothétique refuge où l'écrivain avait abrité ses écrits et sa personne en 1871. Multipliant les recherches sur Internet, Étienne écuma virtuellement les châteaux, manoirs, pavillons de la région parisienne, navigua des Yvelines à la Seine-Saint-Denis, poussa jusqu'au Vexin, fit des incursions en Champagne. Mais ces recherches demeurèrent vaines. À aucun moment il ne croisa le nom de Barbey d'Aurevilly, ni la moindre allusion à un séjour de l'écrivain dans la région parisienne. À Paris, son rayon d'action se situait entre la rue Rousselet, dans le VIIe arrondissement, où il louait un appartement, les bureaux de son journal, son club, le café Tortoni. Étienne s'accrochait pourtant. Il se répétait les phrases des lettres retrouvées sous l'escalier. Mais le souvenir de ces mots commençait lui-même à s'effacer. Que disait Barbey à son ami Valmesnil, révélait-il une indication ? Avait-il vraiment écrit un texte pendant cette fuite hors de la capitale assiégée comme il l'affirmait ? Ou bien tout cela n'était-il pas un rêve, inventé par un littérateur enfiévré ?

Il n'avait aucune nouvelle d'Anatole ni d'Anne, et cela ajoutait à cette impression irréelle. Il imaginait, comme dans un roman gothique, revenir en Normandie pour découvrir qu'aucun des protagonistes n'avait jamais existé, sauf dans son imagination. On le regarderait d'un air ahuri quand il demanderait la maison d'Anne d'Aboville. Pour lutter contre ces pensées vertigineuses, il ne lui restait que la carte postale du château, confiée par cette dernière. Ce cliché représentait le seul lien tangible qui l'attachât encore à son rêve. L'unique preuve qu'il n'avait pas perdu le sens commun.

Étienne quitta la brasserie comme la pluie cessait. Courbé contre le vent, il erra droit devant lui, enjambant les flaques qui noyaient les caniveaux. Le gris du ciel et celui du fleuve se confondaient. Seul le feuillage des arbres du boulevard luttait contre la transformation du paysage en un film en noir et blanc. Étienne déambula le long des quais et s'arrêta face à la devanture d'un bouquiniste qui étalait un assortiment de cartes postales jaunies sur un pan de bois : les inévitables baisers de Doisneau et gargouilles grimaçantes de Notre-Dame.

— Vous aimez Rodin ?

La voix du bouquiniste le fit sursauter. Le petit vieux se tenait devant lui, pipe à la main, charentaises détrempées aux pieds.

— Pardon… Rodin ?

— Oui, Rodin, le sculpteur, répéta le bouquiniste d'une voix rocailleuse avec un geste impatient de sa pipe.

Suivant son regard, Étienne s'aperçut qu'il tenait encore sa carte postale entre les mains. Il dévisagea le bouquiniste d'un air incrédule. L'autre soupira, exhalant au passage de forts effluves de tabac et de café. Il replaça sa pipe au coin de sa bouche et articula comme pour un simple d'esprit.

— Auguste Rodin, le sculpteur. C'est chez lui ça, fit-il en désignant la carte du jeune homme. J'ai quelques gravures de ses œuvres si vous voulez. Là-bas, dit-il en indiquant l'extrémité de son stand d'un hochement de tête.

Étienne sortit de sa léthargie et rassembla ses souvenirs. Rodin avait vécu à Paris – mais quand ? – dans un atelier rue de Varenne, transformé depuis en musée. Il ne ressemblait en rien à l'édifice de la photo. De plus, il était situé en plein Paris, au pied des Invalides. Quel rapport avec la fuite de Barbey en 1871 ?

— Vous connaissez cette maison ? demanda-t-il enfin en désignant sa carte postale.

L'autre s'assit avec précaution sur un tabouret instable, secoua ses charentaises imbibées de pluie et releva la tête.

— Il me semble bien, faites voir. C'est une ruine sur votre photo, c'est étonnant. Autour, je ne reconnais pas le jardin. En revanche, cette façade, il n'y a pas de doute. C'est bien la maison de Rodin, plus exactement une bâtisse dans le jardin, derrière la maison. C'était son espace d'exposition ou quelque chose comme ça. Enfin, je vous dis ça, mais cela doit faire vingt-cinq ans que je n'y suis pas allé.

— Mais le musée Rodin, hésita Étienne, rue de Varenne, il ne ressemble pas à ça ?

— Je ne vous parle pas de celui-là ! répondit le vieux en haussant le ton, ce qui déclencha une formidable quinte de toux. Je vous parle de sa maison, celle où il s'est installé plus tard : à Meudon-sur-Seine, comme ça s'appelait à l'époque.

Meudon ! Le cœur d'Étienne battit plus fort. Ses recherches l'avaient mené de ce côté-là, car il y avait bien un château à Meudon jusqu'en 1870, bombardé et détruit dès le début du conflit. Mais tous les clichés et reproductions qui le représentaient montraient qu'il n'avait rien à voir. C'était un vaste château royal, bien plus imposant que la photographie donnée par Anne, en pierre de taille, brique rouge et ardoise. Peut-être existait-il un autre château à Meudon, dans les environs du grand ? Étienne ne tenait plus en place. Il échafaudait déjà un plan pour être à Meudon dès le lendemain.

— Vous êtes sûr qu'il s'agit de la maison de Rodin à Meudon, sur ce cliché ?

— Difficile à dire, mâchonna le bouquiniste, à présent concentré sur l'ouverture d'un litron de vin extrait des profondeurs de son comptoir. Disons qu'elle lui ressemble. Et pourquoi tenez-vous tant à le savoir ? ajouta-t-il en remplissant un gobelet sale qui avait contenu du café.

Étienne hésita. Il ne savait trop quoi lui confier d'ailleurs. S'il avouait être sur la piste d'un manuscrit inédit et disparu, il y avait de fortes chances que le vieux lui rît au nez. Il se présenta prudemment comme un étudiant en architecture travaillant sur les destructions de 1871. Le vieux écoutait en sirotant son « café ».

— Vous pouvez toujours aller voir. C'est une jolie villa. Quand j'étais jeune, j'y allais souvent. Je voulais faire les Beaux-Arts, vous savez, ajouta-t-il en clignant de l'œil. (Il s'était resservi et son œil s'allumait d'un nouvel éclat.) On allait peindre dans les jardins quand il faisait beau. Je me souviens d'une fille avec qui un jour…

Étienne l'interrompit :

— Donc vous êtes bien certain qu'il s'agit du même endroit que celui sur cette photographie ?

— Les deux colonnes de la façade, les marches, le portique néoclassique et les deux fenêtres latérales, sans aucun doute, je l'ai dessiné cent fois. C'est curieux parce que je le reconnais, et en même temps ce n'est pas le même. Autour, ça ne colle pas, comme je vous disais, fit-il en souriant béatement.

Étienne sentit que la troisième tasse serait fatale à son enquête.

— Je ne comprends pas, c'est le même ou ce n'est pas le même ?

— Ah vous m'embrouillez à la fin, s'agaça le vieux. C'est cette maison, et en même temps elle est différente. Je vais vous dire, si vous cherchez une maison qui a connu la Commune, les Prussiens ou je ne sais quoi, ce n'est pas celle-ci, martela-t-il en désignant la bouteille au lieu de la photographie, vu que Rodin a aménagé tout ça plus tard, vers 1910. À présent, je vais fermer, il se remet à pleuvoir.

★

Il s'écoula une semaine avant qu'Étienne ne puisse envisager de se rendre à Meudon. La période dictait de préparer des examens. Il évita la bibliothèque pour ne pas être tenté de s'aventurer vers les manuels d'histoire, et resta claquemuré chez lui. Pourtant, ses pensées vagabondaient. Se pouvait-il qu'il eût enfin percé le mystère ? Fallait-il faire confiance à un bouquiniste qui égrenait ses souvenirs et avait peut-être tout confondu ? Il avait reconnu la maison, puis n'en était plus sûr, pour finir par lui dire carrément que ce n'était pas celle-là.

Un soir, rongé par le doute, Étienne faillit téléphoner à Anatole pour le consulter mais un reste d'orgueil le retint. Il n'avait toujours aucune nouvelle de Valognes. Cela l'intriguait et l'attristait à la fois. Anatole avait-il abandonné l'enquête et coulait-il une convalescence paisible en ayant oublié toute cette histoire ? Ce qui le taraudait, c'était plutôt que l'irascible écrivain eût découvert quelque chose, et l'ait gardé pour lui.

À son départ, ils étaient convenus que pendant qu'Étienne chercherait autour de Paris la retraite mystérieuse évoquée par Barbey, Anatole de son côté creuserait la piste de l'hôtel de Gisles. Dernier témoin de l'existence valognaise des mystérieux Valmesnil, vendu par l'ultime héritier en 1902, l'hôtel de Gisles pouvait représenter la clé de l'énigme. Pourtant, s'il abritait aujourd'hui un musée, il y avait peu de chances d'y opérer des découvertes inédites. Malgré tout, Étienne doutait. Et si Anatole le laissait délibérément à l'écart ? L'avait-il envoyé se fourvoyer dans des recherches vaines autour de Paris pour garder le champ libre en Normandie ? Même Cassandre lui manquait sans qu'il se l'avouât. Continuait-elle à fureter autour de leur maison ? « Leur » maison. Il y pensait comme à la sienne.

Le samedi suivant, enfin, Étienne prit la route de Meudon. Après dix minutes de marche, il se perdit dans un quartier pavillonnaire avant de déboucher, presque par hasard, sur une grille bordant un parc et supportant l'enseigne « Musée Rodin ». Il franchit l'enceinte, suivit une allée de gravier qui le mena au logis et s'arrêta. Devant lui la façade nord de la demeure et une première déception : elle ne ressemblait en rien à la photographie.

C'était une petite maison bourgeoise en brique rouge et toit d'ardoise, flanquée d'un donjon décoratif ; un pavillon étroit sans la moindre ressemblance avec ce qu'il cherchait. Étienne éprouva un moment de déception, mais résolut d'explorer le reste de la propriété. Se détournant du perron conduisant à l'accueil du musée, il suivit machinalement une allée sur sa gauche menant au jardin. Les parterres lui parurent trop taillés, les allées trop droites, les arbres trop alignés. Où était le fouillis romantique de ruines et de ronces de sa photographie, ce château à moitié éboulé, d'où Étienne s'attendait à voir émerger à tout instant un Barbey d'Aurevilly hirsute et véhément, son manuscrit à la main, tandis que la canonnade déchirait le ciel ?

Poursuivant ses réflexions, il atteignit un promontoire à l'arrière de la maison, bordé d'une balustrade en pierre. Il admira distraitement la vue sur la vallée de la Seine, puis se retourna pour jeter un œil à la construction qui fermait la terrasse à droite et se figea, médusé. Le château était là ! Juste devant lui. Le fronton triangulaire, les quatre colonnes, les pilastres, et la volée de marches, encadrée de part et d'autre par deux hautes fenêtres arrondies, à petits carreaux. Étienne sortit de sa poche la photographie et compara. La pierre avait perdu de sa blancheur, mais il n'y avait pas de doute. C'était bien le même château, sa façade du moins, qui semblait enserrée à présent dans un bâtiment plus vaste et plus récent auquel elle s'adossait.

D'autres différences le frappèrent encore. Sur la photographie, les ruines s'estompaient dans des fourrés denses ; ici, elles étaient prolongées par des murs intacts. Là, une lande sauvage où la nature avait repris ses droits, ici une cour dégagée, impeccablement ratissée et agrémentée d'une pièce d'eau, s'ouvrait devant le péristyle. Se pouvait-il qu'une restauration ait accompli ce prodige ? Étienne détailla les abords du lieu. Il remarqua que la maison du sculpteur, qu'il avait découverte en arrivant, s'élevait sur une sorte d'éminence, le jardin et le péristyle néoclassique s'étendant en contrebas vers la terrasse surplombant la Seine. Sur la photographie, on ne retrouvait pas cette implantation. Sans erreur possible, la prise de vue n'avait pas été réalisée à cet endroit, il s'agissait d'un autre lieu. Mais alors, cette ressemblance n'était-elle qu'une coïncidence ? Existait-il deux châteaux identiques ?

Cette fois, Étienne n'y tint plus et composa le numéro d'Anatole.

12.

La mémoire des noms

Depuis huit jours, l'humeur d'Anatole se dégradait par paliers. Elle atteignait un seuil dangereusement bas en ce samedi matin, lorsqu'il découvrit que sa réserve de café avait, elle aussi, touché le fond. Ce fut le coup de grâce. La perspective de démarrer la journée sans ce breuvage salvateur lui ôta toute foi en l'avenir, il s'écroula sur la chaise de cuisine et fit le point sur l'ampleur du désastre.

Cela faisait plus de deux semaines qu'Étienne avait quitté Valognes, et ne donnait plus aucune nouvelle. Les jeunes vivent leur vie, constatait-il avec amertume, et ce verdict l'accablait. L'aventure aurevillienne avait amusé Étienne quelques jours, mais le retour à la vie parisienne avait dû être fatal à son engagement. Fallait-il l'en blâmer ? Anatole l'en blâmait bien entendu, mais à quoi bon ? Étienne était un dilettante, et lui un aigri relégué dans cette basse-cour humide, trompant l'ennui en compulsant des manuscrits jaunis. En cette fin de matinée, il n'avait pour tout divertissement qu'une vieille boîte de Scrabble exhumée d'un coin poussiéreux du salon, et dont il avait étalé les pièces devant lui. Mais son imagination même le fuyait, et à part écrire en damier son propre nom, il n'avait rien accompli de productif de toute la matinée.

Anne d'Aboville s'était manifestée à plusieurs reprises, mais Anatole déplorait qu'elle ne lui consacre pas davantage d'attention. Surtout, il l'avait aperçue plusieurs fois en ville en compagnie d'Alistair Darnley, et cette vision l'exaspérait sans qu'il s'en avoue la raison. Cassandre avait fait de brèves apparitions, seules distractions de l'esseulé dans sa retraite. Néanmoins, son unique préoccupation la portait vers Étienne, dont elle réclamait inlassablement des nouvelles. Anatole n'intéressait plus personne.

Il interrompit ses réflexions pour écouter les bruits de la maison. Il s'était remis à pleuvoir ce matin, de petites gouttes constellaient les carreaux. Un jour blafard déposait une lumière pâle sur les faïences de la cuisine. À cet instant, Anatole se sentit vieux, reclus dans ce bout du monde. Peut-être Barbey avait-il connu des matinées semblables, à l'hôtel Grandval-Caligny, à quelques centaines de mètres de là ? Quand il s'était retiré à Valognes pour échapper aux scandales parisiens, vilipendé par la presse, lâché par ses amis, peut-être avait-il ressenti cette solitude, ce sentiment de relégation et de vide, à contempler un jour livide à travers des carreaux. La vanité de la comparaison le fit sourire. L'écrivain perclus se leva, traversa le vestibule vers un des fauteuils du salon. Depuis deux semaines, il avait abandonné les béquilles. Il se laissa tomber dans une bergère fatiguée et couva du regard les rangées de livres alignés dans la bibliothèque. C'était là qu'ils avaient découvert, le premier soir, l'inscription gravée. Les livres avaient été remis en place, mais Anatole n'avait pas besoin de la voir pour se la représenter dans les moindres détails. Bercé par la pluie, il glissa dans une mélancolie agréable et ferma les yeux.

★

Il était seul à présent, le silence retombait autour de lui, même si des grondements assourdis lui parvenaient encore. L'oreille tendue, il demeura aux aguets, mais plus rien. La troupe avait dû s'éloigner par l'arrière du parc, en direction du fort. Il se redressa. Tâtonnant dans l'ombre, il retrouva le couloir étroit qui remontait en pente douce. Ses doigts suivaient prudemment la courbe du mur, il avançait un pas après l'autre, collé à la paroi, son seul repère. Enfin l'escalier, l'ascension prudente et à l'aveugle. À présent, il agrippait des deux mains la paroi. Enfin ses doigts rencontrèrent une autre surface, il repéra la rainure, glissa sa main et pesa de tout son poids. Le pan de mur pivota sur lui-même, dévoilant un carré de ciel noir. Il avança et sentit la tiédeur de la nuit d'août l'envelopper. Le ciel s'éclaircissait d'une lueur qui n'était pas l'aube, mais un halo de fumée rouge. Il se tourna vers le foyer incandescent à l'horizon, découvrit le fort, livré aux flammes, dont s'échappaient des flots d'étincelles qui éteignaient les étoiles. Au grondement de la canonnade répondaient l'explosion de la poudre, des cris, la fusillade. Il avança dans la cour, se retourna et contempla la masse du petit château qui se découpait sur le brasier à l'arrière-plan.

Le galop d'un cheval résonna sur les pavés. Un cavalier remontait la rue contournant les communs de la propriété. Dans moins d'une minute, la monture pénétrerait dans la cour. Il se rencogna prestement dans l'ombre du porche, et attendit. Au moment où le chevaucheur atteignait le seuil de la cour, une formidable explosion retentit. Anatole sursauta.

★

Il demeura immobile de longues minutes, les yeux obstinément fermés, comme rentré en lui-même. Mais le cauchemar se décomposait peu à peu et quittait sa mémoire. Il lutta pour accrocher coûte que coûte les dernières images de ce rêve, mais seule surnagea dans sa conscience celle du fort incendié dominant la colline, son austère géométrie disparaissant derrière des volutes de fumée orange. Devant lui, intact, le petit château, sa façade blanche bravant le brasier au loin.

— Je sais, se murmura Anatole à lui-même. Je sais où il est.

Il ouvrit les yeux. Son téléphone sonnait.

Au prix d'un effort violent, il secoua sa torpeur et se mit au diapason d'un Étienne surexcité qui s'égosillait dans l'appareil. Ce dernier débita d'un trait ses découvertes, et Anatole finit par reconstituer le puzzle de ses propos décousus. Mais il ne réussissait pas à placer un mot, Étienne lui coupant sans arrêt la parole, le tout noyé dans un brouhaha métallique indiquant qu'il appelait d'un quelconque transport en commun.

— Meudon, vous dites ? Attendez, laissez-moi réfléchir. C'est étrange, mais cela rejoint une pensée qui m'est venue. Cela dit, je ne vois pas ce que Rodin vient faire là-dedans, et Meudon n'est pas au bon endroit, par rapport à mon idée. Vous devez faire une erreur quelque part. Allô ?

La communication coupa opportunément à cet instant. Anatole contempla l'écran muet du téléphone d'un air soupçonneux. Il s'apprêtait à rappeler quand on sonna à la porte. Il ouvrit d'un air las, et découvrit sur le seuil Blaise Méhidier.

★

— Que puis-je pour vous ? articula péniblement Anatole quand la respiration lui revint.

— Je passais dans le coin et l'idée m'est venue de vous rendre visite, répondit Blaise Méhidier avec un fin sourire. Vous êtes parti bien vite l'autre jour, nous n'avons même pas eu le temps de nous saluer. Monsieur Anatole Derk, c'est bien ça ?

— Entrez, je vous en prie, dit Anatole comme l'autre franchissait déjà le seuil avant même d'y être invité.

— Cela fait longtemps que je n'étais pas revenu dans cette maison, elle est charmante, dit Méhidier en pénétrant dans le salon et jetant un coup d'œil ravi autour de lui. Ces hôtels valognais ont gardé une telle noblesse, vous ne trouvez pas ? ajouta-t-il avec un grand geste vers les solives du plafond.

Anatole ne répondit pas. La gorge nouée, il étudiait le visage de Méhidier pour déterminer ses intentions. L'avait-il reconnu, ou bien la visite était-elle aussi innocente qu'elle le paraissait ? À première vue, Méhidier semblait d'excellente humeur, mais Anatole le savait du genre de ceux que la préparation d'un mauvais coup rend extrêmement joyeux.

— Votre camarade n'est pas là ? demanda l'archiviste.

— Il a repris ses cours à Paris, et il y effectue aussi quelques recherches pour moi, ajouta Anatole, soulagé de détourner la conversation.

— Des recherches pour vous ? Que cherchez-vous donc ? demanda Méhidier.

Tout en parlant, il arpentait le petit salon, et s'arrêta devant les bibliothèques, qu'il examina avec intérêt avant de poursuivre sa promenade en direction de la cheminée.

Soucieux d'éloigner la curiosité de Méhidier, Anatole expliqua brièvement qu'ils recherchaient un château peut-être disparu, situé en région parisienne. Il justifia cette recherche par des intérêts généalogiques. Tout en parlant, il veillait à se poster dos à la grande fenêtre du salon de façon à offrir à Méhidier sa silhouette à contre-jour. Ainsi maintenu dans l'ombre, il espérait ne pas éveiller la moindre réminiscence si l'archiviste s'attardait sur son visage. Mais l'autre continuait à déambuler dans le salon. Enfin il s'installa voluptueusement dans l'un des fauteuils placés devant la table. Anatole soupira intérieurement, son interlocuteur comptait donc s'attarder.

— C'est passionnant. Vous ne connaissez pas le nom de ce château ? fit Méhidier, sa curiosité de chercheur en éveil.

— Hélas, nous n'avons qu'une mauvaise photographie du début du siècle, sans aucune indication. Le château a peut-être brûlé lors de la Commune, c'est tout ce que nous savons.

— Brûlé, bien sûr, murmura Méhidier. (Rêveur, il triturait machinalement les pièces du Scrabble placées devant lui.) Il est certain, reprit-il tout à son jeu, que si vous n'avez ni le nom de l'endroit ni la certitude qu'il en reste des traces, votre quête relève de l'impossible.

Il eut un rire grêle et se renversa dans le fauteuil, faisant tomber au passage quelques pièces du jeu qu'il se pencha pour ramasser. « Mais enfin quand s'en ira-t-il ? » implora silencieusement Anatole en le regardant entreprendre un classement minutieux des lettres ramassées.

— Et pourtant, répondit Anatole, nous sommes certains qu'il en reste quelque chose, nous trouverons. D'ailleurs, ajouta-t-il en voyant que l'obsessionnel ne l'écoutait plus et contemplait d'un œil morne les carrés rangés devant lui, je pourrais vous montrer cette photo. Peut-être cela vous dira-t-il quelque chose ?

Il sortit de sa poche une photocopie de la carte postale et la tendit à Méhidier. Celui-ci allongea le bras et la prit sans lever les yeux. Il y jeta un bref coup d'œil. Il y eut un silence. Son regard prit brutalement une fixité inquiétante. Anatole se mordit les lèvres. Il redoutait maintenant d'avoir commis une grave erreur en dévoilant cet indice. Enfin Méhidier parla. Il détacha lentement son regard de la table et le vrilla sur Anatole.

— Les apparences sont souvent trompeuses, dit-il enfin d'une voix très différente, presque un sifflement.

Anatole retint sa respiration, tandis que le petit homme se levait et s'éloignait lentement de la table. Il laissa tomber du bout des doigts la carte sur le manteau de la cheminée, comme s'il tenait un objet empoisonné, et revint vers le vestibule, contournant de loin Anatole sans le quitter des yeux. Ce dernier avait l'impression d'être épié par un serpent déplaçant furtivement ses anneaux autour de sa victime. Parvenu sur le seuil, Méhidier susurra :

— Vous retrouverez ce château, on trouve toujours ce que l'on cherche, croyez-moi. Question de temps. Peut-être aura-t-il changé d'apparence, ou changé simplement de nom. C'est si facile mais si déroutant, les changements de nom. Vous ne trouvez pas ?

Avant qu'Anatole ait pu lui répondre, Blaise Méhidier glissa ses anneaux vers la porte d'entrée et la claqua d'un mouvement si violent qu'Anatole en sentit l'écho jusqu'au plus profond de lui-même. Il demeura un long moment incapable de faire un mouvement. Puis il s'avança d'un pas hésitant vers la table. Les pièces du Scrabble avaient été alignées avec un soin maniaque par Méhidier dans leur petit présentoir. Mais à la place des mots « Anatole Derk » qu'il avait lui-même composés le matin, il déchiffrait à présent « Léonard Keat ». Il revit le regard soudain fixe de Méhidier et s'écroula dans le fauteuil.

★

Étienne retourna plusieurs jours de suite à la villa des Brillants. Il interrogea les guides-conférenciers mais ne put établir aucun lien entre cette maison et les événements de la Commune. Quelques allusions à l'écrivain normand n'eurent aucun succès. Par une journée ensoleillée, il erra dans le parc. À chaque pas, il s'arrêtait pour observer sous différents angles l'étrange bâtisse dont la silhouette gardait son mystère. L'ensemble formait un rectangle dont la façade néoclassique n'occupait qu'une extrémité. Il s'agissait d'un espace d'exposition où Rodin présentait, pour les visiteurs, ses œuvres les plus monumentales. Le sculpteur avait dessiné lui-même les plans de sa propriété, acquise sur des parcelles vierges en 1911, bien après la Commune, et même bien après la mort de Barbey d'Aurevilly. Mais avant la mort de Louise Read, pensait-il. Il se rappelait, en effet, avoir lu quelque part que Louise était décédée à la fin des années vingt, âgée de près de quatre-vingts ans. Le missel, où la photo d'Anne avait été découverte, avait appartenu à Barbey, puis à Louise, qui en avait fait don au musée de Saint-Sauveur. C'était le seul lien tangible qui reliait Barbey d'Aurevilly au monument qu'Étienne avait sous les yeux et dont il était absolument certain, désormais, que c'était bien le même. Louise Read connaissait-elle Auguste Rodin ? L'artiste avait-il joué un rôle dans la fuite de 1871 ?

Ses réflexions l'avaient conduit ce jour-là le long d'un massif de buis au centre duquel trônait une fontaine, encadrée par des bancs en pierre. Il y prit place. Sa rêverie fut interrompue par l'arrivée d'un groupe d'étudiants et leur professeur. S'installant bruyamment autour de la fontaine, ils déballèrent une profusion de nourriture, et démarrèrent un pique-nique et de stridentes conversations. Étienne soupira et réalisa qu'il commençait à ressembler à Anatole dans son aversion pour le genre humain. Un autre soupir lui répondit ; l'adulte encadrant le groupe se laissait tomber à l'autre extrémité de son banc. Ils se saluèrent.

— Vous connaissez bien cet endroit ? fit Étienne.

— Je viens chaque année avec mes élèves. C'est un cursus d'histoire de l'art, expliqua l'enseignant en déballant son sandwich. Aujourd'hui nous visitons la galerie des Plâtres, ajouta-t-il en désignant la mystérieuse construction.

— La galerie des Plâtres ? C'est Rodin qui l'a réalisée ?

— Dans l'ensemble, c'est lui. Cette façade sur la galerie, c'est surtout de la récup'.

Étienne le laissa engloutir quelques bouchées avant de risquer une nouvelle question.

— De la récup' ?

— Je veux dire : un rajout provenant d'un autre bâtiment. Rodin l'a racheté sur un domaine en déconstruction à l'époque. Il l'a fait transporter ici et l'a remonté pierre par pierre pour décorer son atelier. C'est du vrai XVIIIe, pas de la copie. Où a-t-il bien pu trouver cela ?

— Exactement, enchaîna Étienne avec avidité. Où, à votre avis ?

Le professeur prit le temps de réfléchir.

— Attendez, je peux vous le dire.

Il lâcha son sandwich, inventoria le contenu de son cartable et en sortit un fascicule usé.

— C'est sans doute une propriété de la région. De nombreux domaines ont été détruits autour de Paris à la fin du XIXe siècle. La banlieue parisienne a connu une explosion démographique considérable entre 1850 et 1900 ; avec le développement des activités industrielles, manufactures et usines, etc., il a fallu loger ces nouveaux ouvriers. Les grandes propriétés ont été grignotées, les demeures détruites, leurs parcs vendus à la découpe à des promoteurs. On compte au moins une centaine de châteaux en Île-de-France qui ont disparu ainsi. Puis ces anciens villages urbanisés ont été annexés à la capitale vers 1860, comme Passy, Bercy, Vaugirard ou encore Grenelle.

Pendant qu'il parlait, Étienne tordait le cou pour tenter d'apercevoir la page que le professeur recouvrait avec sa main. Intarissable sur les mutations urbaines, il ne semblait pas pressé d'aborder la mystérieuse façade à colonnes blanches devant eux. Enfin il se pencha sur le grimoire.

— Ah oui, ça me revient maintenant. C'est la façade du château d'Issy, lâcha-t-il enfin.

— Le château d'ici ?

— Aujourd'hui, Issy-les-Moulineaux. C'est juste à côté de Meudon. Une triste histoire.

— Détruit pour faire place à des logements lui aussi ?

— Ce château était déjà en ruine au moment où le quartier s'est urbanisé. Bombardé par les Prussiens en 1870, incendié en 1871 par les Versaillais, ou les communards, on ne sait pas trop. Il s'élevait non loin du fort militaire d'Issy. L'armée gouvernementale devait passer par là pour prendre Paris par l'ouest, ça a dû être chaud dans le coin.

— Et ensuite, le pressa Étienne, après l'incendie, que s'est-il passé ?

— Après 1871 ? Le domaine est resté à l'abandon plusieurs décennies, la végétation a envahi ce qui avait résisté au feu, c'est devenu une ruine romantique. Autour de 1900, des cartes postales le représentent, envahi par la végétation. Puis, le domaine a été vendu, le parc morcelé, le château rasé. Auguste Rodin est arrivé à ce moment-là. Il a racheté la façade *in extremis* et l'a placée ici.

— Mais pourquoi s'intéressait-il à ce château tout spécialement ? demanda Étienne.

— Aucune idée. Je pense que Rodin souhaitait simplement garder une trace de ce style qui, à son époque, était très décrié. C'était aussi une façon de donner un cachet en ajoutant un élément ancien, une « fabrique » à l'anglaise.

Étienne n'écoutait plus, ni la voix du professeur, ni le brouhaha des étudiants. Il se retourna vers la façade classique. À partir de la réalité qu'il avait devant lui, il reconstituait mentalement le château du temps de sa splendeur. Le temps aboli, il voyait tout à coup ce que ce château avait dû être, et comment il avait fini ; il vit sa façade blanche luire dans une nuit de cauchemar éclairée par les flammes des incendies allumées dans toute la plaine. Des ombres passaient devant le brasier, accompagnées de cris et de grondements, une brume rougeâtre enveloppait le château, cerné par le feu. Tout était là. Il avait devant lui les vestiges d'un incendie dévastateur, sauvegardés pierre par pierre par un sculpteur passionné. Et la carte postale jaunie, qu'il tenait toujours entre ses mains, répondait maintenant, enfin, à ce qu'il avait sous les yeux. C'était bien une vue du château d'Issy, en ruine mais encore en place, que Louise Read avait dissimulée entre les pages d'un missel aux alentours de 1902. Puis le château avait disparu. Mais alors, le secret qu'elle avait voulu enfouir, et que renfermaient ces pierres, Rodin l'avait-il découvert ?

— Étonnante reconstitution, n'est-ce pas ? lança une voix moqueuse tout près de lui.

Étienne se retourna. L'enseignant avait disparu, ses élèves également. Dans le contre-jour d'un soleil déclinant de fin d'après-midi, Anatole Derk se tenait debout devant lui.

13.

Le château disparu

Anatole avait tenu à visiter la villa malgré les réticences d'Étienne. Le musée fermait ses portes au public mais Anatole n'en avait cure. Étienne découvrit à cette occasion que le misanthrope avait des relations, du moins une réputation ; un mot de lui prononcé à la réceptionniste suffit pour extraire le directeur de son bureau. Lequel lui permit avec affabilité, mais non sans une pointe d'anxiété, de parcourir les espaces désormais débarrassés de visiteurs. Remis de sa blessure, Anatole avait adopté une espèce de canne qui lui conférait une nouvelle respectabilité. Il déambulait entre les sculptures et, de temps en temps, en désignait une à l'admiration d'Étienne d'un moulinet de canne aussi élégant que dangereux. Le directeur suivait à distance, dissimulant son inquiétude derrière un sourire muséographique.

Heureusement, l'héritage de Rodin était intact quand les trois hommes ressortirent de l'atelier. Anatole s'assit un moment sur les degrés de l'escalier. Étienne s'absorba dans la contemplation du paysage, ce qui permit au directeur de se retirer vers son domaine administratif. Le crépuscule approchait.

— Vous n'avez donc pas laissé tomber l'affaire, contrairement à ce que j'ai pensé, dit enfin Anatole. Grâce à vous, nous tenons une piste sérieuse. Comment avez-vous fait ?

Étienne n'avait pas encore révélé à Anatole sa conversation avec le professeur d'architecture. Pour une fois qu'il avait une longueur d'avance, il comptait en profiter. D'un ton doctoral, il informa Anatole que cette façade provenait bien d'un château de l'Ouest parisien. Anatole l'écoutait distraitement, puis il poussa un long soupir.

— Il ne reste plus rien du château d'Issy, dit-il enfin.

— Comment savez-vous que c'est ce château-là ? lâcha Étienne, sidéré. Je viens juste de l'apprendre cet après-midi !

— Ça serait long à vous expliquer, un souvenir qui m'est revenu.

— Vous croyez que cette explication va suffire ? s'insurgea le jeune homme. J'ai passé des semaines à crapahuter dans la région pour aboutir, presque miraculeusement, à cette découverte. Et vous débarquez pour m'annoncer que vous la connaissiez depuis le début !

— Ce qui compte, c'est que nous savons maintenant où chercher, reprit Anatole sans s'émouvoir, puisque nous avons identifié le château de la photographie comme celui d'Issy. C'est probablement à l'intérieur que Barbey s'est réfugié en 1871. Il n'en reste rien aujourd'hui, hormis ce bout de façade, mais peu importe.

— Il me semble que cela importe beaucoup au contraire.

— L'essentiel est de déterminer ce qui a pu s'y dérouler, et d'expliquer ainsi pour quelle raison ce cliché a été conservé et caché. Cela doit avoir un lien avec l'histoire de ce manuscrit disparu.

— Cela ne me dit pas comment vous avez découvert, sans bouger de Valognes, que nous cherchions ce château précisément, répéta Étienne, buté.

— Vous saurez tout, mon cher collègue et néanmoins ami. Mais avant, il faut que nous quittions ces lieux, nous n'avons plus rien à faire ici. À propos, où dormons-nous cette nuit ? Vous allez rire, je suis parti si vite de Valognes ce matin que j'y ai oublié les clés de mon appartement parisien. Je ne vais quand même pas payer un serrurier pour casser ma porte à cette heure-ci. Vous pourriez m'héberger ?

★

— Les origines du château d'Issy remontent au XVIIe siècle, commença Anatole. À cette époque, Issy et Meudon étaient non seulement des terres agricoles, mais également une villégiature pour l'aristocratie.

Il s'interrompit pour admirer les reflets grenat qui chatoyaient dans son verre. Confortablement installé dans le salon familial des parents d'Étienne, il contemplait d'un œil appréciateur la décoration, les nuances à la mode qui tapissaient les murs, l'éclairage tamisé. Rien ne rappelait l'ameublement rustique de la maison de Valognes. À leur arrivée, la mère d'Étienne les avait accueillis sans surprise apparente. Étienne s'était empêtré dans des explications auxquelles elle avait coupé court en désignant d'un geste bien élevé la porte de la chambre d'amis. Étienne n'avait pas insisté. Il savait qu'il ne perdait rien pour attendre et que la mise au point viendrait plus tard. Sa mère détestait le déballage devant des étrangers. Et étranger, Anatole l'était au plus haut point, à en juger par la façon dont elle l'avait toisé de bas en haut, lorsqu'elle avait ouvert la porte. Mais contre toute attente, Anatole avait su se concilier les faveurs de la maîtresse de maison, en lui offrant une série complète de ses œuvres dédicacées, apportées de chez son éditeur, chez qui il avait fait un saut en chemin. Dès lors, Anatole avait conquis la place, la mère d'Étienne se passionnait désormais autant que son fils pour les vestiges du château d'Issy.

— Le terrain fut acheté en 1681 par un magistrat du parlement de Paris, reprit Anatole. Plus tard, la famille des princes de Conti racheta le domaine.

— Des cousins de Louis XIV, je le sais.

— Bien ! félicita Anatole. À cette époque, le parc fut aménagé, on ajouta une orangerie. Le dernier prince de Conti vendit vers 1777. À la fin du Second Empire, la propriété appartient à un organisme de crédit. Le château est conservé mais le parc est loti. La pression immobilière augmente, c'est la révolution industrielle, les abords de Paris se couvrent d'usines. Issy, Billancourt, ces villages deviennent des banlieues ouvrières. Dès 1860, les paysages des bords de Seine chers aux impressionnistes se hérissent de cheminées d'usines, de hauts-fourneaux, d'entrepôts. Puis la guerre franco-prussienne éclate. Pourquoi faites-vous cette tête ?

— Je me demande toujours pourquoi, si vous saviez tout ça, vous n'avez pas reconnu le château tout de suite quand Anne nous a montré la carte postale, il y a des semaines, marmonna Étienne. Vous nous avez fait perdre du temps.

— Il faut parfois des coïncidences pour qu'on fasse certaines connexions, dit sentencieusement Anatole. L'idée m'est venue que je connaissais peut-être ce château sous un autre nom, ou un autre aspect, et grâce à cette idée j'ai pensé au musée Rodin de Meudon.

Anatole s'abstint d'en dire davantage sur les circonstances de cette révélation, notamment sur la visite qu'il avait reçue et le rôle qu'elle avait joué dans sa découverte. Après le départ de Blaise Méhidier, il était demeuré dans un état d'extrême agitation avant de prendre une résolution : fuir Valognes au plus vite. Il maudissait son étourderie ; parce qu'il avait laissé traîner sur la table les pièces du Scrabble formant son nom, il avait mis involontairement Méhidier sur la piste. Ce dernier, jouant avec les lettres, avait reconstitué son nom presque par hasard. Anatole redoutait la suite des événements et ne voyait de salut que dans la fuite. Après avoir rassemblé ses affaires, il avait gagné la gare en hâte et était monté dans le premier train pour Paris. En chemin, à chaque arrêt, Anatole redoutait de voir la porte de son compartiment s'ouvrir et l'inquisiteur Méhidier apparaître. Il ne s'était détendu qu'après Lisieux et avait réfléchi aux événements de la matinée. Qu'avait dit l'archiviste avant de s'en aller ? Il avait évoqué les changements de nom, preuve qu'Anatole était démasqué. Mais pourquoi cette phrase continuait-elle à le tourmenter, comme si un double sens s'y attachait ? Bercé par le balancement du train, Anatole s'était endormi.

— Vous connaissiez le musée Rodin ? répéta Étienne.

— Bien sûr. Mais je n'avais pas fait le rapprochement. Et puis c'est arrivé, il y a une semaine. Je crois que je somnolais quand, tout à coup, une image s'est imposée. Dans cet état de demi-sommeil, le château s'est matérialisé devant moi, je l'ai vu en flammes, comme si j'y étais, comme si j'assistais à la scène, et en arrière-plan le fort d'Issy, lui aussi embrasé, selon une représentation bien connue de la fin du XIXe siècle. Et c'est alors que j'ai fait le lien. Le château d'Issy était au cœur des combats. Une batterie avait été installée dans le jardin. Dans la nuit du 4 mai 1871, un projectile l'atteint et met le feu au bâtiment.

— Le 4 mai 1871… La lettre où Barbey décrit sa fuite de Paris assiégé est datée du 7 juin 1871. Un peu plus d'un mois plus tard.

— Soit le temps qu'il a dû mettre pour rallier Valognes, dans une France en pleine débâcle. J'imagine bien Barbey d'Aurevilly errant dans ces faubourgs de Paris livrés au chaos, cherchant un abri, et se réfugiant par hasard dans ce château qu'il trouve sur sa route, juste avant sa destruction.

— Mais pourquoi aurait-il fui la capitale dans de telles conditions ? Ne valait-il pas mieux se terrer chez soi et attendre la fin des hostilités ?

— Vous ne réalisez pas l'enfer que fut cette période pour les Parisiens, répondit Anatole du ton lugubre qu'il aurait pris pour évoquer un souvenir personnel. On mangeait les rats, les chats, les semelles de chaussures. La violence était omniprésente. N'oubliez pas que la ville était aux mains d'un mouvement insurrectionnel. À cette époque, Barbey était une figure du parti de la réaction, un monarchiste notoire. Il a dû s'apercevoir que raser les murs ne suffirait pas. À la faveur de la poussée versaillaise à l'ouest, il s'est lancé entre les lignes. Une fuite solitaire et nocturne, au milieu des brasiers allumés, c'était tout à fait le style du personnage.

— Mais comment a-t-il pu, seul, se glisser entre les lignes de belligérants et gagner la Normandie ?

— C'est ce qu'il nous faut découvrir. Pour cela, nous devons absolument aller à Issy. Je suis sûr que c'est là qu'il a trouvé refuge.

— Mais tout a été détruit. Il n'y en a plus aucune trace aujourd'hui, Rodin a sauvé *in extremis* la façade de la démolition. Mais le domaine a disparu !

— Je sais bien, mais il faut néanmoins que nous allions nous rendre compte. Je ne peux pas croire qu'il n'en reste vraiment plus rien. On ne peut anéantir un tel morceau d'histoire. Peut-être reste-t-il des caves, nous irons frapper aux portes s'il le faut et déranger de braves gens dans leurs pavillons, je m'en moque !

★

Le lendemain, ils se retrouvèrent à la sortie du métro qui desservait le centre-ville d'Issy-les-Moulineaux, au sud-ouest de la capitale. Anatole avait tenu à venir seul de son côté, ayant quelques mystérieuses visites à effectuer au préalable. Il était donc près de dix-sept heures lorsque Étienne vit la silhouette massive d'Anatole apparaître à la sortie du métro. Deux brasseries se partageaient les angles du carrefour. Anatole désigna une petite rue qui grimpait vers les hauteurs de la ville. Ils s'y engagèrent. Étienne fut frappé par le dénivelé à cet endroit. La ville semblait accrochée à une colline.

— Il y avait ici des vignes au Moyen Âge, commenta Anatole, qui lisait dans ses pensées. Le château était bâti sur une hauteur, et le parc s'étendait en longueur sur le flanc de la colline.

— On a du mal à imaginer un château de campagne dans ce quartier, dit Étienne, qui levait le nez vers les rangées d'immeubles. C'est encore loin ?

— Nous y sommes, répondit Anatole en s'arrêtant à un croisement.

Étienne regarda autour de lui, intrigué. La rue n'offrait aucun aspect particulier ; une allée pavillonnaire bordée de platanes. À l'angle, une étrange construction blanche, arrondie, affublée d'un toit en pointe, était accolée à un bâtiment moderne en verre qui s'élevait derrière elle. L'assemblage de ces deux structures donnait un effet incongru. Des enfants dévalaient en skate les pavés en pente.

— Qu'y a-t-il ? demanda le jeune homme en regardant autour de lui.

— Nous sommes à l'entrée du parc du château d'autrefois, annonça Anatole. Ceci, fit-il en désignant l'édifice blanc, correspond à un des pavillons de l'entrée principale. Le parc s'ouvrait sur une allée centrale, suivant le tracé de la rue aux platanes devant vous. Le château était tout au bout de cet axe, à environ deux cents mètres. Ici, il y avait deux pavillons qui se faisaient face symétriquement et devaient encadrer une porte cochère, ou une grille. Seul le pavillon de gauche a été conservé, ajouta-t-il. C'est le dernier vestige du château d'Issy.

Étienne observa le pavillon en penchant la tête. Il n'aurait su dire s'il lui paraissait rond ou pointu. Une tourelle se prolongeait par une façade concave formant un quart de cercle, sans doute symétrique avec le pavillon jumeau disparu. L'ensemble formait autrefois un demi-cercle permettant aux attelages de tourner à cet endroit. De minuscules fenêtres trouaient la tourelle, coiffée d'un toit d'ardoise aux arêtes pointues. Étienne contourna la bâtisse et découvrit un pigeonnier à l'arrière, il n'offrait au regard qu'une façade cylindrique aveugle. Il revint à son point de départ. Anatole marchait de long en large, scrutant le revêtement asphalté du trottoir.

— En dehors de ce pavillon de gardien, c'est tout ?

— Je ne m'attendais pas à trouver si peu de restes, avoua Anatole dans un grognement. Je pensais qu'au moins les communs auraient été conservés. Mais rien. Regardez ça ! lança-t-il brusquement en pointant du doigt les pavillons paisibles qui s'alignaient devant eux. C'est scandaleux. Comme disait Charles Quint, on a détruit ce que l'on ne voyait nulle part, pour y construire à la place ce que l'on voit partout ! Les promoteurs immobiliers sont des êtres sans scrupule.

— Charles Quint s'est exprimé sur les promoteurs immobiliers ?

— Il parlait de la mosquée de Cordoue. Mais c'est la même chose !

Ils s'engagèrent dans l'allée bordée d'arbres, Anatole s'époumonant et formant de grands moulinets avec sa canne. L'étudiant tenait ses distances, désireux de persuader les rares passants qu'il ne le connaissait pas. Poursuivant son réquisitoire, Anatole descendit la rue à grands pas. Arrivé à l'intersection suivante, il s'arrêta. Devant eux s'ouvrait un carrefour au-delà duquel un jardin public offrait l'ombre de ses platanes aux habitants du quartier.

— Voilà, dit-il tristement. Ici démarrait le parc. Dix-huit hectares à l'époque des princes de Conti. Il n'en reste qu'un lambeau érigé en square dans les années trente. Les misérables !

Étienne tenta un commentaire admiratif sur le parc, mais Anatole rebroussait déjà chemin, pestant contre les promoteurs, les acquéreurs, le temps qui passe, le monde qui courait à sa perte. Étienne observait les maisonnettes alignées, et tentait de recréer dans son esprit la perspective qui, des deux pavillons d'accueil, conduisait au château. Il parvenait presque à se représenter les carrosses s'engouffrant sous le porche et qui, après avoir déposé leurs prestigieux visiteurs, se dirigeaient vers les communs, qui devaient se situer quelque part, ici à droite ou à gauche de l'allée… Tout à coup, il s'arrêta. Un détail venait de traverser son champ de vision, puis avait disparu. Il tenta de retrouver le cours de sa pensée, et revint sur ses pas. Où était-ce ? Il fit lentement un tour sur lui-même, scrutant la rue, les maisons basses, l'immeuble à droite, puis de l'autre côté de la rue. Anatole, qui avait poursuivi son chemin, s'aperçut soudain de son absence, et le rejoignit.

— Que faites-vous à rester en arrière ?

— Là, regardez ! fit Étienne en lui prenant impatiemment le bras et désignant du sien la cour de l'immeuble sur le trottoir de droite.

Anatole suivit des yeux le bras, puis le doigt, puis la direction qu'il indiquait. Il ouvrit la bouche et se figea à son tour. Étienne avait déjà traversé la rue et agrippait les barreaux de la haute grille fermant la copropriété, un ensemble d'immeubles datant des années soixante-dix. En un clin d'œil, Anatole fut à ses côtés. L'instant d'après, il escaladait déjà l'obstacle.

— Vous êtes fou ! s'exclama Étienne en le tirant en arrière par les poches de son pantalon. C'est une propriété privée !

Le spectacle de ces deux agités gesticulant devant la grille, le plus jeune retenant le plus vieux par la taille, constituait une attraction inaccoutumée dans ce quartier tranquille. Une vieille dame qui venait à leur rencontre changea de trottoir d'un air indigné, serrant contre elle son sac à main. Étienne ne doutait pas que d'ici dix minutes la maréchaussée municipale ferait son apparition. Heureusement, la hauteur de la grille eut le dernier mot, Anatole renonça à son ascension et retrouva sa respectabilité.

Ils scrutèrent avec avidité l'objet de leur attention, de l'autre côté de la grille. Il s'agissait d'un bas-relief tarabiscoté en pierre de taille qui occupait le mur du fond de la cour de l'immeuble. De loin, Étienne distinguait des animaux marins, encadrant une sorte de vasque en forme de coquillage. La sculpture ancienne très travaillée formait un contraste frappant avec le mur en béton qui la soutenait, bizarrerie qui avait attiré le regard d'Étienne depuis l'autre côté de la rue. À cet instant, un résident sortit. Anatole lui tint obligeamment la grille ouverte, puis les deux complices se glissèrent d'un air dégagé à l'intérieur de l'enceinte, refermant le ventail derrière eux. Parvenus au fond de la cour, ils contemplèrent l'étrange édifice.

— Une fontaine, murmura Anatole.

En effet, la vasque était surplombée d'un col-de-cygne qui avait dû, autrefois, verser un filet d'eau dans la vasque de pierre ovoïde. De part et d'autre, des tritons à mi-chemin entre dauphin et cheval encadraient la fontaine en un entrelacs vertical qui s'élevait à plusieurs mètres du sol.

— Qu'est-ce que ça fait là ? demanda Étienne, sidéré de trouver cette délicate sculpture échouée au pied d'une copropriété des années soixante-dix, comme en témoignaient les balcons en plexiglas bruns et les coulures noirâtres sur le béton de la façade.

— Nous sommes à l'entrée du domaine, juste après la cour d'honneur, réfléchit Anatole. Le château est situé plusieurs centaines de mètres plus loin. Par conséquent, cet ensemble d'immeubles se dresse à l'endroit précis où devaient se trouver, au XVIIIe siècle, les écuries, les remises de voitures. La fontaine devait alimenter la cour des communs, servir d'abreuvoir. C'est probablement un élément qui appartenait aux écuries du château.

— Comment ça se fait qu'elle ait été conservée ?

— C'est à peine croyable, acquiesça Anatole. Quelqu'un a dû avoir une illumination lors de la délivrance du permis de construire, et exiger qu'on la maintienne. Il est certain qu'il s'agit d'un élément qui date du château des

Conti ! Avec ce pavillon d'entrée, c'est le dernier vestige encore debout.

— Vous croyez qu'elle fonctionne encore ? interrogea Étienne en examinant le col-de-cygne moussu et la vasque remplie d'un mélange de terre et de détritus accumulés.

— Peu probable. Mais il est possible qu'elle soit encore reliée à un réseau de canalisations, qui assurait non seulement de quoi boire pour les hommes et les animaux, mais qui alimentait aussi les jardins. Peut-être que ces canalisations empruntent des galeries souterraines.

Anatole se penchait à présent sous la vasque arrondie. Il marmonnait des paroles incompréhensibles pour Étienne, examina minutieusement le bord de la vasque, puis le col, puis les sculptures animales fantastiques. Ses doigts couraient le long des cavités irrégulières de la pierre. Étienne, de son côté, jetait des coups d'œil inquiets vers le hall d'entrée de la résidence, s'attendant à voir déboucher quelque gardien courroucé. À cette heure du soir, la rue heureusement était déserte. Le soleil avait déjà disparu à l'horizon. L'ombre des immeubles les recouvrait, accompagnant l'avancée de la pénombre d'une brise soudain plus froide.

— Vous sentez ce froid ?

Étienne tourna la tête, et vit Anatole accroupi au pied de la fontaine. Il se pencha. Pas de doute, c'était par là, le long d'une longue rainure, qu'un coulis glacé filtrait entre deux blocs de pierre.

— Il y a un vide derrière, poursuivit l'écrivain, et qui communique quelque part avec l'extérieur, sinon on ne sentirait pas ce souffle aussi fort.

— Une galerie ?

Anatole ne répondit pas et continua à explorer le dessous de la vasque. Étienne soupira.

À ce moment-là, un choc sourd se produisit, accompagné d'un crissement. Étienne vit Anatole peser de tout son poids contre le bord de la vasque, qui pivota lentement sur elle-même. Encore quelques efforts, puis l'écrivain se redressa et reprit son souffle, satisfait. D'un geste théâtral, ses yeux étincelants d'excitation, il désigna à Étienne sa découverte, un boyau sombre dont s'échappait un courant d'air glacé et humide.

14.

Pris au piège

Anne d'Aboville avait rendez-vous avec Alistair, mais elle ne parvenait pas à s'extraire de la torpeur qui la tenait depuis le début de l'après-midi. C'était inhabituel chez cette femme toujours en campagne. Aujourd'hui, elle avait besoin de réfléchir.

Après la soirée au cours de laquelle elle avait partagé avec ses nouveaux alliés les dernières découvertes de son père, elle avait vu partir Étienne, puis Anatole pour Paris, à la recherche de ce qu'elle-même cherchait depuis si longtemps. D'un côté, elle éprouvait du soulagement d'avoir de l'aide. Anatole l'avait tenue informée de leurs progrès et elle tâchait de partager leur enthousiasme. Mais au fond, elle demeurait détachée. Une part d'elle-même voulait les rejoindre, mais un instinct plus fort la retenait à Valognes. Elle savait pourtant que le secret de Barbey devait nécessairement se trouver au bout de ce voyage. Anatole et Étienne avaient identifié la mystérieuse propriété en ruine sur la photographie. De plus, sans se l'avouer, Anatole lui manquait. Les derniers jours partagés en sa compagnie lui avaient procuré une joie qu'elle n'avait pas éprouvée depuis des années. Parfois, sous le regard inquisiteur de sa fille, elle s'était même sentie rougir. Alors, pourquoi ne se précipitait-elle pas à Paris maintenant ? Parce qu'elle avait du travail, des clients à satisfaire. Mais aussi pour ne pas être obligée de laisser Cassandre seule ou de l'emmener avec elle.

Anne songea à sa fille, un sujet qui la mettait mal à l'aise ces derniers temps. Que pensait Cassandre de tout cela ? La jeune fille ne se livrait pas et s'était faite plus impénétrable encore récemment. Anne devait bien admettre qu'après toutes ces révélations Cassandre avait des raisons de lui en vouloir. Apprendre que sa mère menait secrètement cette enquête familiale sans la partager avec elle avait attisé sa rancune. Mais peut-on partager ses secrets avec une enfant de douze ans ? Anne se chercha des raisons pour justifier son silence, et comme toujours, en trouva sans peine. Sa fille était trop jeune, trop sensible, trop immature. Elle soupira. Le raisonnement sonnait de plus en plus faux, surtout depuis cette phrase prononcée par Anatole ce fameux soir. Cassandre était en avance pour son âge ? Et qu'avait-il dit d'autre, qu'Anne la sous-estimait, ne lui faisait pas assez confiance ? Pour la première fois, Anne avait éprouvé de la culpabilité en entendant ces mots et, depuis, la voix d'Anatole revenait la tourmenter. La solitude de sa fille lui apparut soudain, palpable. Pourquoi ne lui consacrait-elle pas plus de temps ? Bien sûr, Cassandre était plus mûre que son âge, une réalité qu'Anne s'efforçait d'ignorer, parce qu'elle avait peur d'y trouver le symptôme d'une enfant en manque d'attention. Elle repensa à son propre père, aux années qu'il avait consacrées à sa recherche solitaire, et à elle-même, adolescente, essayant de l'aider, de se hisser à la hauteur de l'adulte pour qu'il partage son univers avec elle, sans succès. Bêtement, elle était en train de reproduire le même schéma. Ce constat l'attrista, et admettre que c'était Anatole qui l'avait conduite à mettre le doigt dessus acheva de l'exaspérer.

Elle secoua la tête pour chasser ces visions, et se leva. Elle ne devait pas être en retard. Au téléphone, Alistair s'était montré insistant. Que lui voulait-il précisément aujourd'hui ? Avant de sortir, elle mit de l'ordre sur la table, renferma les archives dans l'armoire. La dernière pensée qui l'atteignit en franchissant le seuil de sa maison fut qu'elle avait oublié de laisser un mot à Cassandre, mais elle n'eut pas le temps de faire demi-tour. Le coup qu'elle reçut à la tête la fit vaciller, elle tenta de se rattraper à la poignée de la porte, encore entrouverte, et se retourna. Un second coup l'atteignit à la tempe, elle s'effondra sans connaissance.

★

Étienne s'avança le premier dans le boyau. Anatole suivait. Ils avaient hésité à refermer derrière eux la margelle béante, mais ne sachant pas ce qu'ils trouveraient à l'autre bout, ils avaient finalement préféré la laisser en place, confiants dans l'obscurité de la nuit tombée, qui protégerait leur expédition. Le conduit lui-même était plongé dans le noir. Anatole s'arrêta au bout de quelques pas.

— On ne peut pas se lancer dans ce trou sans lampe torche. On va se perdre ou se tuer au moindre obstacle. Vous n'avez pas pensé à en emporter une ?

— Et vous ?

— Quand j'avais votre âge, on avait toujours sur soi des allumettes, on savait se débrouiller dans toute situation ! maugréa Anatole, en fouillant ses poches.

— Je pense qu'on va s'en sortir, dit flegmatiquement Étienne, tirant son téléphone de sa poche.

L'instant d'après, l'écran lumineux projetait sur les parois du boyau leurs ombres fantasmagoriques. Étienne se contenta cette fois d'un sourire ironique et s'engagea le premier. Anatole suivit, rangeant l'inutile boîte d'allumettes d'un geste agacé.

Ils progressaient dans un tunnel étroit, suffisamment haut pour tenir debout, sur un sol en terre battue. Au bout d'une cinquantaine de mètres, le rayon de lumière dévoila une paroi verticale moussue qui obturait le fond du boyau. Étienne balaya les recoins de mur à la recherche d'une issue.

— Attention ! s'écria Anatole tout à coup en le retenant par le bras et le tirant en arrière. Étienne dirigea son faisceau lumineux vers le sol. Juste à ses pieds, un large trou d'au moins un mètre livrait passage à un escalier à vis qui descendait à la verticale et qu'Étienne n'avait pas pu voir dans l'obscurité. Les premières marches, très raides, étaient encombrées de gravillon et de mousse. Les deux hommes se regardèrent.

— Je passe devant, dit Étienne avec autorité.

— Amateur ! Vous ne voyez même pas où vous mettez les pieds, nous venons d'en avoir la preuve. Laissez passer l'expérience.

— Autant que je m'en souvienne, la dernière fois que « l'Expérience » a pris l'escalier, cela s'est terminé par huit jours d'hospitalisation et un mois de plâtre. Soyez raisonnable.

— Si je vous suis et que je tombe à nouveau, je tomberai sur vous, vous êtes prêt à prendre le risque ?

— Tenez le téléphone, vous serez plus utile. Croyez-vous que cet escalier mène quelque part ? Il est à moitié éboulé.

— Il va falloir déblayer au fur et à mesure. Mais regardez, les marches sont en pierre.

— Il est donc très ancien ?

— Trop tôt pour le dire. Mais ce matériau porte à croire qu'il date du premier château.

Anatole se mit à quatre pattes et ausculta les premières marches.

— Cela ressemble à ce qu'on appelait un « passage de curé ».

— Un passage de curé ?

— Presque tous les châteaux, surtout à la campagne, en avaient un. Cela servait à s'échapper lors d'un siège, d'une attaque ou tout autre événement fâcheux.

— Pourquoi « de curé » ?

— Parce que c'est lors des persécutions religieuses qu'il fallait pouvoir se mettre à l'abri en hâte. On en a bâti de nombreux au cours des guerres de Religion. Le principe est toujours le même : le passage secret démarre d'une pièce du château, chapelle, bibliothèque, ou couloir, et aboutit, *via* un souterrain, à bonne distance en pleine campagne. Nous devons nous trouver à la sortie de l'un de ces passages, et nous l'empruntons à l'envers.

— Vous voulez dire que nous allons vers le château ?

— Vers son emplacement historique du moins. Ce conduit devait servir à rallier les communs en toute discrétion, pour ensuite récupérer une monture et s'enfuir. Il est sans doute antérieur au château lui-même. Venez m'aider !

Étienne rejoignit Anatole, qui débarrassait déjà les premières marches des cailloux et des mottes de terre agglutinées. Au bout de quelques minutes, l'entrée de l'escalier était dégagée. Ils entamèrent la descente à pas prudents. Les petites marches tournaient étroitement autour de la vis centrale de l'escalier au point qu'ils durent se courber en deux pour la suite de la progression. Leurs manches frottaient contre les parois humides. Enfin, Étienne sentit à nouveau sous ses pieds un plan en terre battue. Il s'avança, braquant le rayon au sol au cas où une autre excavation sournoise l'attendrait.

L'instant d'après, Anatole s'extrayait à son tour du viret, dont les dimensions s'accordaient mal à sa silhouette massive. Ses cheveux en brosse avaient abondamment essuyé les voussures de l'escalier, au point qu'Étienne dut retenir une exclamation en voyant surgir derrière lui une tignasse hirsute voilée de toiles d'araignée, encadrant un visage apoplectique dont les yeux lançaient des éclairs. Tournant le dos à cette vision de cauchemar, le jeune homme orienta son téléphone pour éclairer l'espace devant eux. Il s'agissait d'une vaste salle basse ornée de voûtes en ogive à l'aspect gothique sévère. Des coulures de salpêtre dégoulinaient des colonnes. De forme octogonale, la crypte possédait des murs en pans coupés abritant chacun une chapelle basse. Anatole et Étienne les visitèrent une à une. La première ne contenait que des gravats, la deuxième était vide. La troisième avait accueilli des sculptures qui gisaient en plusieurs morceaux sur le sol.

— Il n'y a aucune arrivée d'air. Comment on respirait ici ? demanda Étienne, qui braquait toujours son halo lumineux dans toutes les directions.

— Mal, probablement, répondit Anatole. Mais sans doute mieux qu'aujourd'hui à l'époque où cette voûte a été réalisée. Elle devait se situer sous le parc du château et disposer de bouches d'aération dissimulées dans la végétation, dit-il en braquant le téléphone vers le plafond de l'une des chapelles et montrant à Étienne des ouvertures noires dont s'échappait à présent un mélange de mousse et de terre. Le lotissement progressif du quartier a obturé les conduits, et aujourd'hui c'est un trou humide. On ne pourrait pas survivre deux jours dans ce tombeau.

Mal à l'aise, Étienne inspira une grande goulée d'air vicié, sans parvenir à chasser la sensation oppressante qui lui comprimait la poitrine. Il repensa à la fontaine dont ils avaient laissé la margelle ouverte, et dut lutter contre une envie pressante de fuir. Il rejoignit Anatole, qui avait disparu dans un coin sombre.

Il s'agissait de la dernière niche, dissimulée sous l'escalier d'où ils avaient débouché. Contrairement aux autres, celle-ci était fermée d'une porte épaisse et vermoulue. La serrure disparaissait sous une couche de rouille. Les gonds à demi arrachés du mur laissaient pendre le panneau de bois. Anatole s'empara du téléphone et braqua la lumière, à travers les gonds arrachés, vers l'intérieur de la petite pièce, tout en collant son visage contre la brèche ouverte.

— Que voyez-vous ? demanda Étienne.

— Je crois que c'est ce que nous cherchons, souffla Anatole en appuyant encore davantage son visage contre la porte.

Le jeune homme soupira. Un sentiment fugitif d'amusement l'empêchait de se concentrer. Devant lui, Anatole se tordait le cou pour tenter de capter une meilleure vue de l'intérieur du réduit, mais ne parvenait pas à distinguer quoi que ce soit. À la fin, Étienne tira l'explorateur en arrière. Un Anatole charbonneux émergea à la lumière, offrant cette fois un faciès positivement effrayant.

— Il faut enfoncer cette porte, dit le spectre hirsute.

— Évidemment, rien de plus simple ! riposta Étienne. Vous croyez que je vais me jeter dessus l'épaule en avant, en prenant mon élan comme dans les films, pour aller ensuite m'écraser contre le mur pendant que vous entrerez en enjambant mon cadavre ?

— L'idée est tentante, mais je pensais simplement à démonter ces gonds rouillés qui tombent déjà en morceaux, répondit Anatole en époussetant son veston couvert de terre. Je n'ai même pas besoin de vous pour cela. Faites donc une petite sieste pendant que je procède. Mais ne comptez pas sur moi pour vous réveiller quand j'aurai fini.

Il attaquait déjà les charnières, à l'aide d'une pince qu'il tira de sa poche. Ce ne fut pas une mince affaire mais au bout de quelques minutes la porte céda et le panneau de chêne s'abattit au sol, soulevant un nuage de poussière âcre.

Anatole avança. Une minuscule pièce voûtée se révélait sous le halo de lumière blanche. Étienne distingua d'abord une forme sombre, semblable à un coffre, collée contre une paroi. En face, une sorte de hamac de corde pendait au mur. L'autre bout avait dû être accroché aux montants de la porte désormais abattue. Une épaisse poussière en suspension ondulait dans le rayon de lumière. Étienne éprouvait un picotement désagréable aux yeux et une odeur soufrée le prenait à la gorge. Les murs étaient recouverts de mousse et de toiles d'araignée. Celui du fond disparaissait sous un amoncellement. Il s'approcha et reconnut des vêtements, des journaux, des livres, des débris de bois calcinés, plusieurs bouteilles recouvertes d'une couche de cendre poisseuse. Levant les yeux, il aperçut au plus haut point de la petite voûte une ouverture bouchée, identique à celles qu'ils avaient déjà aperçues dans les précédentes chapelles. La gorge irritée et les yeux rougis, il chercha Anatole, qui tournait autour du coffre. De près, il vit qu'il s'agissait en réalité d'un bureau, couvert lui aussi de cendre et de résidus calcinés. Anatole prit délicatement le téléphone et promena le faisceau blanc sur la surface du bureau. Apparurent un petit tas de bougies consumées, un chandelier renversé, des plumes, un encrier, plusieurs pipes en écume, une bouteille et un verre brisés. Anatole sortit un mouchoir de sa poche et essuya précautionneusement la suie qui recouvrait le meuble. Plusieurs feuillets jonchaient la table. Étienne frotta ses yeux irrités. Ils étaient vierges sauf un ou deux recouverts de dessins torturés et incompréhensibles.

Anatole se redressa.

— Nous y sommes, murmura-t-il. Le bureau ! Le bureau de Barbey d'Aurevilly !

Il se pencha et reprit son dépoussiérage. D'autres feuillets apparurent.

— Regardez celui-ci, et celui-là. Des écrits de Barbey. De sa propre main !

— Comment pouvez-vous en être sûr ? dit enfin Étienne. Ce ne sont que des dessins. Ils peuvent appartenir à n'importe qui.

— Cette encre rouge, ces flèches hérissées de pointes. C'est tout à fait sa marque de fabrique, il dessinait sur tous ses manuscrits, sa correspondance, et même ses projets d'articles.

Étienne tenta de se remémorer les extraits de correspondance et les fac-similés de manuscrits qu'il avait pu consulter lors de ses recherches. Il revit également les deux lettres découvertes dans l'escalier de la maison de

Valognes et qu'il avait déchiffrées. De fait, les dessins lui semblaient familiers, mais une part de lui restait incrédule.

— Vous croyez vraiment que c'est ici que Barbey s'est réfugié, qu'il a vécu en 1871, et que personne n'y est entré depuis ?

— J'en suis certain, répondit Anatole. D'un point de vue scientifique, c'est une possibilité des plus sérieuses, compte tenu du contexte, et de l'histoire de ce site. Mais d'abord, regardez ces documents de près : l'utilisation de cette encre rouge, ces enluminures tarabiscotées. Ensuite, considérez l'état de la pièce où nous nous tenons : cette couche de débris que nous avons dû essuyer prouve assez l'ancienneté de ces manuscrits. Ils sont intacts depuis qu'ils ont été recouverts de cette épaisseur de cendre qui ne peut provenir que d'un violent incendie. Un incendie vieux d'au moins cent cinquante ans. Vous comprenez ce que cela signifie ?

Étienne écouta le silence, respira la suie qui lui laissait un goût acide dans la bouche. Personne n'avait franchi le seuil de cette pièce ni troublé la sombre immobilité de ce sépulcre depuis près d'un siècle et demi, il avait encore du mal à réaliser.

— Au reste, je suis sûr que des éléments plus concrets doivent permettre d'établir la vérité auprès des jeunes esprits sceptiques, reprit Anatole en s'adressant à Étienne depuis le fond du caveau.

Il examinait l'amas d'objets hétéroclites. Frissonnant dans le noir, Étienne se rapprocha à tâtons. Anatole, à genoux sur le sol, exhumait de la suie une pile de journaux. Certains étaient sagement pliés, d'autres roulés en boule.

— Il a dû faire du feu, marmonna-t-il, en dépliant les feuillets les uns après les autres.

Étienne approcha le rayon du téléphone et lut par-dessus son épaule. Il découvrit une dizaine de numéros du journal *Le Gaulois*, datés de février 1871. Le dernier, du mercredi 1er mars 1871, portait en en-tête une proclamation : *Les troupes prussiennes devant entrer demain dans Paris,* Le Gaulois *suspend sa publication. Il ne la reprendra que le jour où l'armée allemande aura quitté la capitale de la France. Pendant tout ce temps, l'administration du* Gaulois *adressera à ses abonnés un compte rendu des séances de l'Assemblée nationale*. Suivait plus bas un long article sobrement intitulé « Restons calmes ». Le rire d'Anatole résonna dans la crypte.

— Les journalistes de l'époque avaient du cran quand même ! Les Prussiens sont aux portes, le faubourg en flammes, l'Empereur prisonnier, l'anarchie règne à Paris, mais nous vous adresserons toujours le « compte rendu des séances de l'Assemblée nationale ».

Il attrapa une autre liasse. *Le Constitutionnel*, lui, avait prudemment interrompu sa parution dès le début du mois de février 1871.

Anatole s'assit sur ses talons, pensif.

— Barbey d'Aurevilly fuit le chaos parisien. Il est ici début mars 1871. Pour parvenir jusqu'ici, il a donc franchi la barrière de Vanves, défendue par les insurgés. Comment a-t-il fait ?

Pendant qu'il parlait, Étienne était retourné inspecter le bureau. Il venait de repérer un tiroir sous la surface noircie et s'escrimait à l'ouvrir en tirant sur la poignée vermoulue. Anatole le rejoignit et, à deux, ils parvinrent à faire coulisser le meuble, dans un crissement plaintif. De nouveaux feuillets apparurent, en bien meilleur état cette fois, recouverts d'une fine écriture, et toujours des mêmes dessins ésotériques à l'encre rouge. Étienne s'en empara.

— Magnifique ! s'écria Anatole dans un cri qui résonna sous la voûte. Enfin des manuscrits authentiques ! Regardez, on les dirait écrits hier. Ce bon vieux tiroir nous les a gardés précieusement à l'abri des avanies du temps. Vous vous rendez compte ? Vous vous rendez compte ? répéta-t-il.

Sa voix amplifiée par les arches de pierre se répercutait à l'infini dans un écho éclatant. Étienne en vint à craindre que les antiques blocs ne s'effondrent sous les vibrations qu'Anatole leur infligeait.

— Alors que voyez-vous ? Des lettres ? Un roman ? Nous cherchons une nouvelle, rappelez-vous, une nouvelle qu'il dit avoir écrite ici. Elle est forcément là. Est-ce celui-ci ? Donnez votre téléphone, on ne voit rien. Dépêchez-vous.

Étienne parcourut les feuillets, une vingtaine de pages couvertes d'une écriture irrégulière et parsemées de taches d'encre, puis il les tendit à son acolyte impatient. Ce dernier s'en empara avec avidité et se plongea dans la lecture. Un silence tomba, seulement entrecoupé par des grognements et des exclamations étouffées du lecteur.

— Il se moque de nous ! clama-t-il enfin. Ce sont ses notes de teinturier, un reçu de son parfumeur, et une relance polie de son chapelier à qui il devait encore quarante francs au 15 janvier 1871 ! Aucune littérature !

— Au moins, ça prouve que c'est bien Jules Barbey d'Aurevilly qui a séjourné ici, dit Étienne, qui parcourait les reçus. Son nom figure en haut.

— Pourquoi aurait-il emporté ces factures insignifiantes dans sa fuite ?

— Il espérait peut-être qu'à la faveur de la débâcle il n'aurait pas à les payer, suggéra Étienne d'un ton moqueur. Il les aura emportées pour éviter qu'on les lui mette sous le nez une fois la paix revenue.

— Blasphème ! Barbey d'Aurevilly payait ses dettes à ses fournisseurs. C'était un homme d'honneur, tonna Anatole, déclenchant un grondement formidable sous la crypte, et cette fois Étienne fut sûr d'entendre des gravillons se détacher du mur. Non, assena Anatole, il y a forcément autre chose.

Ils reprirent leur fouille minutieuse, mais le tiroir ne leur révéla rien de plus. Le reste de la pièce ne contenait pas d'autres papiers que les piles de journaux. Ils finirent par se rasseoir au sol, fourbus et poussiéreux. Anatole soupira.

— C'est à n'y rien comprendre, dit-il enfin. Dans la correspondance que nous avons trouvée à Valognes, Barbey évoque clairement son refuge et le texte qu'il y aurait écrit. Nous savons à présent que c'est ici. Pourquoi ne le trouvons-nous pas ? Aurait-il eu une autre cachette dans ces couloirs ?

— Peut-être l'a-t-il emporté en quittant l'endroit ?

— Il aurait alors figuré dans les papiers connus de sa main, ou alors il aurait été joint par Louise Read aux lettres qu'elle avait mises de côté et que nous avons retrouvées. On en revient toujours là. Si elle avait le texte de cette nouvelle, pourquoi ne l'a-t-elle pas caché avec les lettres ? Réponse : parce qu'elle ne l'avait pas. Or elle a hérité de tout son mobilier, son appartement parisien, et sa chambre à Valognes. Donc si elle ne l'avait pas, c'est que Barbey l'avait caché. Il devrait être ici.

— Nous ne pouvons pas rester là, dit Étienne en désignant son portable dont la luminosité faiblissait.

La perspective de se retrouver sans lumière dans cette crypte humide ne lui disait rien qui vaille. Mais Anatole ne l'entendait pas ainsi. Il voulut refaire le tour de toutes les niches, une à une, à la recherche d'un autre endroit où l'écrivain aurait pu dissimuler une cachette. Étienne le suivait avec anxiété, captivé malgré tout par cette recherche.

Enfin ils regagnèrent l'escalier à vis. L'ascension fut plus pénible qu'à l'aller, ils étaient rompus quand ils débouchèrent de nouveau dans le boyau. Avec soulagement, Étienne aperçut à cinquante mètres au bout du tunnel le trou de lumière formé par la margelle ouverte. La nuit était totale à présent, le téléphone d'Étienne indiquait qu'il était près de minuit, mais la clarté de la lune créait un halo bleuté qui les aidait à se diriger. Anatole progressait lentement, s'arrêtant à chaque pas pour tâter les parois, toujours en quête d'une issue, d'une cavité. Étienne pressait le pas, s'arrêtait pour l'attendre, exaspéré. C'était déjà la quatrième fois qu'Anatole faisait halte et cette fois Étienne perdait patience. Il s'apprêtait à l'invectiver vertement quand, soudain, un bruit métallique retentit du côté de la sortie. Étienne se retourna. Il n'était plus qu'à quelques mètres. Une silhouette se tenait devant l'ouverture, une lampe à la main. L'individu lança le faisceau lumineux dans l'obscurité, éblouissant Étienne, qui poussa un cri et se couvrit les yeux. Au même moment, la margelle de la fontaine commença à pivoter. Étienne comprit en un éclair, se précipita en direction de l'individu qui manœuvrait lentement l'ouverture. Trop tard. Le trou se referma avec un grondement sourd dont l'écho retentit de longues secondes.

Anatole fut tout à coup aux côtés du jeune homme.

— Que s'est-il passé ? demanda-t-il.

Pour toute réponse, le téléphone d'Étienne s'éteignit. Ce fut le noir et le silence.

15.

Réclusions

Étienne ne sut combien de temps ils gardèrent le silence. Ils tendaient l'oreille. De l'autre côté de la paroi obturée, aucun bruit. À plusieurs reprises, Étienne se jeta contre le mur, en pure perte. À tâtons, il chercha une faille, un renfoncement, une rainure où prendre appui pour faire pivoter le panneau qui bouchait la sortie, mais ses mains ne rencontrèrent que la surface lisse, humide et froide.

Pendant ce temps-là, Anatole s'était laissé glisser le long du mur et réfléchissait, assis en tailleur, la tête appuyée contre la paroi.

— Il faut retourner en arrière, dit-il enfin. Il y a sûrement une autre issue, ou une autre entrée à ce passage.

— Vous rêvez ! Nous sommes fichus, bégaya Étienne, qui luttait contre la panique. Même en supposant qu'il existe une autre issue, elle a dû être détruite depuis longtemps.

— Peut-être, mais c'est notre seule chance. Nous sommes à la sortie du tunnel, ne l'oubliez pas. Il doit y avoir une entrée quelque part, à partir d'une pièce à l'intérieur du château. Même si ce dernier n'existe plus, le fait est que les souterrains sont intacts. Il y avait sûrement plusieurs accès, *via* les communs, le parc, la chapelle. Allons, tout n'est pas perdu, assura Anatole. Nous devons nous mettre dans les pas de l'écrivain, lui-même a bien dû arriver par quelque part.

— Vous pensez que Barbey n'est pas entré comme nous par cette fontaine ?

— Comment aurait-il connu cette entrée-là ? Nous-mêmes ne l'avons découverte que par hasard, et parce que la fontaine était le seul vestige encore présent dans le quartier, elle a donc attiré notre attention. Mais quand Barbey a échoué ici, pourquoi aurait-il remarqué une fontaine ordinaire ? En revanche, il y avait le château, c'est par le château qu'il a dû gagner les souterrains dont il a découvert l'accès.

— On doit retrouver l'entrée d'un tunnel, cachée à l'intérieur d'un monument, alors qu'il a disparu ?

— C'est cela même ! répondit Anatole en se remettant sur ses pieds. De toute façon, nous n'avons pas le choix. En route !

Étienne essaya de dominer son angoisse, mais le raisonnement d'Anatole ne parvenait pas à le rassurer. Seuls, emmurés vivants dans ce souterrain, ils n'avaient pas la moindre chance de trouver du secours, d'être entendus s'ils criaient à l'aide. Malgré tout, il fallait chercher une issue coûte que coûte, c'était leur seule chance. Étienne savait qu'Anatole avait raison, et le sang-froid du colosse finit par le rasséréner. Ils rebroussèrent chemin l'un derrière l'autre.

Après une longue progression à tâtons dans le noir, ils retrouvèrent l'escalier à vis, puis débouchèrent de nouveau dans la crypte voûtée. Ils avançaient lentement, se guidant au contact des parois. Ils refirent pas à pas le tour de la crypte et revisitèrent chacune de ses niches, à la recherche d'une issue. Mais aucune d'entre elles ne révéla le moindre passage, cette crypte constituait un cul-de-sac dont on ne pouvait pas s'échapper. Les minutes s'écoulaient, alors qu'ils passaient d'une paroi à une autre en sondant chaque mur. Étienne sentait son courage l'abandonner, une peur panique grandissait en lui, il ne parvenait plus à lutter contre cette angoisse. Il devinait Anatole qui cherchait à ses côtés, mais ne le distinguait pas dans le noir. Au moins l'obscurité lui permettait-elle de dissimuler les larmes qui lui montaient aux yeux, pour rien au monde il n'aurait voulu qu'Anatole le vît pleurer.

Revenu au pied de l'escalier en colimaçon, Étienne, au désespoir, se laissa glisser au pied des marches. Il entoura ses genoux de ses bras, y enfouit son visage et laissa couler ses larmes en silence. Quand il releva la tête, il comprit qu'Anatole était penché sur lui. Il ouvrait la bouche pour parler quand l'écrivain lui posa la main sur l'épaule.

— Vous sentez Étienne ? De nouveau, la même chose ?

— Quoi ? bredouilla le jeune homme, ravalant difficilement ses sanglots.

— De l'air, très frais, comme sous la fontaine tout à l'heure.

Étienne tenta de se concentrer et ferma les yeux. C'était vrai, un souffle très léger lui courait dans le dos. Il se retourna ; sur ses joues humides, un coulis d'air froid séchait ses larmes. Ensemble, ils palpèrent l'arrière des degrés de pierre contre lesquels il s'était adossé. Enfin, ce fut Étienne qui trouva. L'escalier à vis masquait un renfoncement dans le mur. Il crut d'abord à une nouvelle niche, non explorée, mais en se coulant dans l'ouverture étroite, il découvrit un nouveau passage, à peine plus large qu'une coursive. Anatole le suivit avec difficulté. Ils cheminèrent à pas prudents. Le couloir s'incurvait en continu, ce qui indiquait qu'ils contournaient la vaste crypte par l'arrière. Après avoir parcouru un demi-cercle, le couloir redevint rectiligne, mais aussi plus large, ce qui ne déplut pas à Anatole, dont la haute stature devait se recroqueviller pour ne pas accrocher les aspérités de la paroi humide.

À mesure qu'ils avançaient, ils commencèrent à distinguer des contours autour d'eux. Au noir complet succéda la pénombre sans qu'ils parviennent à identifier la source de luminosité qui les entourait. Enfin, Anatole désigna à Étienne de petites ouvertures dans le plafond du tunnel. Les mêmes que celles aperçues dans la crypte, mais certaines n'étaient pas obturées et laissaient filtrer une infime lueur de jour ainsi que de l'air frais. Puis une maçonnerie régulière apparut ; ils avançaient dans un véritable couloir en brique, ponctué d'anneaux métalliques scellés au mur. Ils aboutirent enfin à une grille à deux lourds battants. Ils réussirent à l'entrouvrir pour se glisser de l'autre côté. Encore quelques mètres et ils débouchèrent au pied d'un nouvel escalier. Étienne entama l'ascension, mais au bout d'une quinzaine de marches, sa tête heurta douloureusement une trappe de bois arrondie comme le couvercle d'un fût de chêne, qui condamnait la sortie. Il s'adossa à la paroi et reprit son souffle.

— Essayez ça, lui dit Anatole en lui tendant un couteau extrait d'une de ses nombreuses poches.

À l'aide de l'outil, Étienne racla le contour du socle de bois, déclenchant une avalanche de gravillons et de terre. Il avançait méticuleusement et bientôt sentit le couvercle bouger. Glissant la lame entre les interstices qu'il avait dégagés, il fit jouer le couteau, jusqu'à soulever la pièce. S'arc-boutant aux parois de l'escalier, il poussa de toutes ses forces. Anatole le rejoignit. À deux, ils parvinrent à déplacer le bloc de quelques centimètres, mais le poids du panneau les surprit et le couvercle retomba. À la seconde tentative, ils réussirent enfin à le repousser et à libérer une issue. L'un après l'autre, ils s'extirpèrent du trou, et se laissèrent tomber à côté de l'ouverture béante, à bout de souffle. Étienne crut s'évanouir de soulagement en respirant la fraîcheur nocturne. Où qu'ils fussent, ils étaient bien *dehors* ! Reprenant leur respiration, ils écoutèrent. Dans la nuit profonde, seul leur parvenait l'écho d'un ruissellement d'eau.

★

Anne chercha à ouvrir les yeux, mais dut y renoncer tant la douleur était forte. Tournant lentement la tête de droite à gauche, elle reconnut un mur, le long duquel elle était assise. Se redressant, elle s'aperçut qu'elle avait les mains attachées dans le dos. Tout son corps lui faisait mal, des épaules jusqu'aux genoux ; l'étau qui enserrait sa tête était le plus douloureux. Elle avait du mal à respirer. Sentant son cœur battre la chamade, elle tenta de maîtriser son angoisse en inspirant profondément, jusqu'à ce que ses muscles se détendent. Elle parvint enfin à entrouvrir les yeux.

Elle se trouvait dans une espèce de petit salon. Autour d'elle, la pénombre estompait les contours des objets. Deux hautes fenêtres laissaient passer des rainures de jour à travers des persiennes et des rideaux de velours. Juste à côté d'elle, Anne découvrit un lit très haut, au tissu fatigué, surmonté d'un baldaquin. Elle tenta de se mettre sur ses pieds, mais éprouva soudain une brûlure intense autour de ses poignets. Elle se tortilla, et réalisa qu'elle était attachée à l'une des colonnes du lit. La corde qui lui liait les mains était solidement fixée. Tournant la tête de l'autre côté, elle sursauta et laissa échapper un cri étouffé. Quelqu'un se tenait devant elle ; une femme de petite taille, vêtue d'une robe à panier s'évasant sur le sol, avec des manches en dentelles, coiffée d'un bonnet blanc dont s'échappaient des rubans. L'inconnue la contemplait d'un regard de cire. Un mannequin.

Anne poussa un soupir, se laissa aller de nouveau contre le mur et tenta de mettre en ordre ses idées. Pourquoi était-elle ligotée ? Que signifiait ce décor de théâtre ? Elle promena son regard sur le mobilier, la cheminée de marbre à gauche de laquelle un second mannequin était assis devant une harpe dont le bois luisait dans la pénombre. Elle ne reconnaissait rien, et pourtant, elle avait l'impression d'avoir vu cette scène. Elle essayait de reconstituer ses souvenirs quand un craquement retentit ; dissimulée dans la boiserie, une porte s'ouvrit.

Dès qu'elle le vit dans l'encadrement de la porte, et malgré la pénombre, elle le reconnut immédiatement. Il tenait un plateau d'une main qu'il déposa devant elle, referma avec douceur le battant, puis inspecta ses poignets entravés.

— Si vous me promettez de ne rien tenter, je vous libère quelques minutes, afin que vous puissiez manger, fit-il en désignant le plateau d'un geste du menton.

Incapable de répondre, elle le dévisageait, incrédule. Il hésita, puis opta pour libérer une seule de ses mains, dans laquelle il mit une fourchette, puis il approcha le plateau et prit place dans une bergère en face d'elle. Méfiante, Anne attaqua néanmoins le contenu de l'assiette, sans le quitter des yeux.

— C'est à vous que je dois d'être enfermée ici ? Vous qui étiez mon ami ?

— Vous n'êtes là que depuis à peine quelques heures, ce n'est pas si terrible. Et vous voyez, je vous traite bien. Ça finira très vite si vous êtes coopérative.

— Qu'est-ce que vous voulez ?

— La même chose que vous, mais vous avez pris un peu d'avance, donc je n'ai trouvé que ce raccourci pas très élégant pour gagner du temps. Je veux savoir où est le manuscrit.

— Quel manuscrit ? Je n'en ai aucun.

— Bien sûr que si. Cette fameuse *Diabolique*, vous l'avez. Ou bien vous êtes sur le point de l'avoir, et ça revient au même. Dites-moi où elle est.

— Comment voulez-vous que je le sache ? Si vous en connaissez l'existence, vous savez aussi que ça fait des années que je la cherche sans résultat.

Anne réfléchissait. Il était au courant de tout, ça ne servait à rien de gagner du temps. Qui l'avait renseigné, sinon Anatole et Étienne, les deux seuls à qui elle en avait parlé ? Comme s'il lisait dans ses pensées, l'autre poursuivit.

— Vos amis parisiens, savez-vous s'ils ont fait des découvertes intéressantes ces temps-ci ?

Anne posa sa fourchette avec lassitude.

— Je l'ignore, mentit-elle. Je ne sais pas ce qu'ils sont devenus depuis qu'ils sont rentrés à Paris.

— Je suis persuadé du contraire, vous savez parfaitement où ils sont allés et pourquoi. Ils cherchaient ce fameux château et l'ont trouvé. Mais je peux vous livrer des nouvelles encore plus fraîches. À l'heure qu'il est, ils sont probablement en train de se dessécher à l'intérieur d'un souterrain secret dont j'ai refermé la porte sur eux hier soir avant de reprendre le train.

Anne ouvrit de grands yeux.

— Vous n'avez pas fait ça ? Vous les avez enfermés, eux aussi ?

— Comme vous, en effet. Excepté le fait qu'ils ne sont pas près de revoir la lumière du jour, contrairement à vous si vous répondez un peu mieux à mes questions.

— Je ne répondrai à aucune question, vous êtes un assassin ! tempêta-t-elle en repoussant violemment le plateau.

— Ravi de constater que le sort de vos camarades vous préoccupe, bien que vous ne les connaissiez que depuis peu. Vous serez donc encore plus réceptive à mes demandes s'il s'agit de protéger votre fille.

Anne sentit son cœur s'arrêter dans sa poitrine.

— Quoi, ma fille ?

— Votre fille, Cassandre. Où est-elle, tiens, votre fille ? Sachez que personne ne l'a vue depuis hier. Il semblerait qu'elle ait disparu. Mais elle peut réapparaître si sa mère…

— Qu'avez-vous fait de ma fille ? hurla Anne en se dressant sur les genoux et en tentant de s'arracher au montant du lit où elle restait ligotée.

Son ravisseur se leva, attrapa au vol le poing par lequel elle le menaçait et lui rattacha avec une force surprenante la main dans le dos. Sa voix devint autoritaire.

— On se calme, et on m'écoute, madame. Oui, votre fille ne réapparaîtra que lorsque j'aurai récupéré le manuscrit. Et puisque votre grand ami Anatole n'est plus là pour vous aider, il va falloir ne compter que sur vous-même.

— Je ne vous crois pas ! riposta Anne avec colère. Anatole et Étienne ne sont pas nés de la dernière pluie, ce n'est pas un dégénéré comme vous qui a pu leur tendre un piège aussi grossier.

— Encore une fois, vous manquez de jugement, chère madame. Tiens, d'ailleurs, celui que vous appelez Anatole, savez-vous seulement que ce n'est pas sa véritable identité ?

Anne ouvrait la bouche pour protester, mais cette dernière question la laissa muette de saisissement. Son interlocuteur se mit à rire.

— Vous n'êtes pas la seule à savoir mentir, ma chère ! Il vous a gentiment baladée depuis qu'il est ici. M. Anatole Derk s'appelle en réalité Léonard Keat, et il a suffisamment à se reprocher pour avoir jugé utile de changer de nom et le cacher, même à sa nouvelle amie. Voyez comme votre confiance était bien placée.

Anne se laissa aller contre le lit, assommée, tandis que l'autre se redressait et reprenait le plateau.

— Je vous laisse réfléchir à votre sort, et surtout à celui de votre fille. Elle est brillante, cette petite, ça serait dommage… enfin, à vous de voir.

— Vous n'allez pas vous en tirer comme ça, gémit Anne dans un dernier effort, il y aura des recherches pour nous retrouver, elle et moi.

— Sûrement, mais comme vous avez toléré chez elle cette mauvaise habitude de fuguer à toute occasion, il s'écoulera quelque temps avant qu'on s'alarme de son sort. La disparition de votre Anatole pourra alors servir. Je ferai en sorte qu'il soit accusé, faites-moi confiance. Je reviendrai dans quelques heures prendre votre réponse.

— Vous… vous étiez mon ami, souffla-t-elle, accablée.

Il s'arrêta, la regarda fixement pendant un instant, voulut parler, puis se ressaisit et lui tourna le dos.

Anne écouta la porte se refermer et resta dressée sur les genoux, aux aguets, suivant les pas de l'homme qui s'éloignaient dans les profondeurs de la demeure. Quand elle n'entendit plus rien, elle s'effondra sur le sol, anéantie.

16.

Le pacte

Anatole et Étienne étudiaient l'endroit où ils avaient abouti : un abri rectangulaire, éclairé par quatre ouvertures grillagées. Au travers, ils distinguaient une large pièce d'eau dans laquelle la lune se reflétait.

Anatole se redressa péniblement pendant qu'Étienne inspectait les abords immédiats du trou dont ils émergeaient. Le lieu servait de débarras pour des jardiniers, comme en témoignaient les arrosoirs, râteaux, pelles, empilés, et un long tuyau d'arrosage enroulé dans un coin. Contre un mur, un système complexe de vannes et de manivelles présidait aux destinées de la pièce d'eau.

Quelques minutes plus tard, deux silhouettes furtives entrouvrirent l'une des grilles, longèrent le rebord moussu du bassin, puis sautèrent sur la terre ferme, sous l'œil surpris des canards.

— Où sommes-nous ? murmura Étienne.

Le bâtiment dont ils émergeaient soutenait une terrasse arborée ornée d'une balustrade en pierre, surplombant la pièce d'eau. Sa façade plongeait dans l'eau verte du bassin. À distance, elle paraissait aveugle, et rien ne permettait de soupçonner l'existence d'une remise, et encore moins d'un souterrain qui y aboutissait. Une allée bordée de massifs de fleurs contournait le bassin, puis s'élevait en pente douce vers la terrasse d'où l'on dominait l'étang.

— Si j'en juge par le paysage et la direction que nous avons suivie sous terre, dit enfin Anatole, nous devons être dans ce qui reste du parc du château.

— Le jardin public que nous avions vu au bout de la rue en arrivant ? suggéra Étienne.

— C'est vraisemblable, approuva Anatole. En empruntant le passage sous l'escalier, nous avons suivi le tracé de l'ancienne allée d'honneur, qui conduisait de l'entrée principale jusqu'au château, et dont la perspective se poursuivait sûrement jusqu'aux limites de la propriété. À présent, souvenez-vous ; le parc du château a été loti au début du XXe siècle, mais, par chance, une partie a été préservée et aménagée en parc public. Ce que vous voyez, poursuivit-il en désignant la façade bordant la pièce d'eau, je parie que c'est ce qui reste de l'orangerie du château. Aujourd'hui, c'est un local technique pour les jardiniers. Cela paraît incroyable et, pourtant, personne n'a jamais remarqué cette trappe de bois qui dissimulait un passage secret.

— Donc l'Orangerie abritait la seconde issue du souterrain ?

— Nous n'avons parcouru que la galerie reliant les anciennes écuries à l'Orangerie. D'autres ramifications ont certainement dû nous échapper dans le noir, notamment celle – elle existe forcément – qui partait du château lui-même et se raccordait à notre souterrain. Si nous l'avions trouvée, qui sait ? Peut-être aurions-nous abouti dans les anciens sous-sols du château, aujourd'hui devenus la cave d'un particulier, sous un pavillon, rêva Anatole. Peut-être le particulier aurait-il été en train d'admirer sa réserve de grands crus millésimés reposant au fond de sa cave. Il aurait été charmé de nous voir surgir derrière ses casiers à bouteilles, surtout avec notre tête, regardez-nous !

Tout en parlant il désignait à Étienne leur reflet dans l'eau. À la clarté de la lune, le jeune homme découvrit son visage barbouillé de suie surmonté de cheveux hirsutes.

Ses joues portaient encore les traces de ses larmes noircies par la poussière. Il les essuya d'un geste brusque.

Une pensée lui revint.

— Et cette silhouette qui a refermé le passage sur nous ?

— Ah ah ! dit Anatole en se retournant soudainement. Ses yeux lançaient des éclairs. Vous avez vu ça ? Nous aurions été faits comme des rats, prisonniers, asphyxiés, morts de faim et de soif, sans cette autre issue ! Un miracle.

— Je croyais que vous étiez sûr qu'il existait une autre sortie ? Vous paraissiez parfaitement serein quand on s'est retrouvés piégés.

— Je n'en savais rien du tout, je peux bien vous le dire maintenant, avoua Anatole. Je vous voyais bouleversé, il fallait bien que le vieil Anatole eût l'air de savoir ce qu'il faisait. Qu'aurais-je dit à votre mère si nous avions fini momifiés dans ce caveau ? Remarquez, je ne lui aurais rien dit du tout car on ne nous aurait jamais retrouvés.

Étienne sentit un frisson glacé lui parcourir le dos. Il respira avec bonheur l'air frais qui lui avait tant manqué sous terre.

— Vous pensez que c'est ce qu'« il » voulait ? Nous assassiner ?

— « Il » n'a pas refermé au hasard, mais après avoir éclairé le boyau avec sa torche. Il vous a forcément aperçu, d'autant plus que vous avez crié. C'était un acte délibéré. Mais nous savons au moins une chose, c'est que l'individu ignore l'existence de cette autre sortie, sinon il nous aurait attendus ici et on serait tombés nez à nez avec lui.

Étienne sentit ses jambes flageoler. Il jeta un regard anxieux autour de lui, où chaque buisson lui parut abriter un danger nocturne. À son angoisse s'ajoutaient la fatigue de la nuit blanche et les émotions vécues cette nuit sous la terre. Envahi de lassitude, il s'affaissa sur le rebord du bassin.

— Mais qui c'était ? Qui savait que nous viendrions ici ?

— Qui savait que nous viendrions ici ? Anatole répéta la phrase comme en écho puis se tut.

Plongé dans une de ses méditations soudaines, il fixait sans la voir la surface de l'eau verte, qui ondulait au passage d'un canard.

— Nous savons maintenant que la nouvelle n'était pas cachée dans cette retraite. C'était pourtant ce que les lettres semblaient indiquer. À moins que…

— On a donc fait tout cela pour rien ? soupira Étienne en étouffant un bâillement.

— Au contraire. Ne voyez-vous pas que nous avons considérablement progressé ? Je crois que je commence à comprendre. Rappelez-vous les termes de la lettre.

— Valmesnil dit l'avoir ensevelie pour toujours. Vous pensiez que c'était le lieu où Barbey l'avait écrite. Et vous vous êtes trompé, voilà.

— Je ne vous parle pas de cela, fit Anatole d'un geste agacé. Mais de ce qu'il dit à Louise Read, l'injonction qu'il lui adresse. Oui, tout s'éclaire à présent… Cela ne pouvait être que ça.

Tout à coup, il leva la tête. L'éclat de son regard brilla dans l'obscurité.

— On nous a suivis jusqu'ici, murmura-t-il. Quelqu'un de Valognes. Et maintenant qu'on nous croit morts, on va essayer de… Oh, il faut retourner à Valognes ! lança-t-il en se redressant d'un coup.

Étienne le dévisagea d'un air las. Il se sentait incapable du moindre effort après les heures qui venaient de s'écouler.

— À Valognes, et tout de suite ! répéta Anatole. Nous devons y retourner sur l'heure, sinon tout est perdu !

Et avant qu'Étienne ait eu le temps de lui répondre, Anatole galopait déjà vers l'entrée du parc et se fondait dans la nuit, zigzaguant sur les pelouses, entre les arbres et les bancs de pierre.

★

Le train filait depuis deux heures à travers une pluie fine. Le bocage normand fuyait sous les yeux d'Étienne, dont la tête appuyée sur la vitre dodelinait à chaque secousse. Ils avaient dépassé Caen. Depuis Paris, Anatole s'était enfermé dans un mutisme dont Étienne, instruit par l'expérience, se gardait de le tirer. Il avait d'abord cru que l'écrivain dormait. Mais il apercevait de temps en temps un filet de regard filtrer à travers les paupières closes, et devinait qu'une intense réflexion agitait les replis caverneux de son cerveau. Puis Anatole avait tiré de son sac un exemplaire usé de *L'Ensorcelée*, l'avait ouvert d'un air de conspirateur, et un silence encore plus pesant s'était installé dans le compartiment.

Étienne s'endormit. Un rêve angoissant dont il ne parvenait pas à se souvenir hantait encore son inconscient quand il ouvrit les yeux et vit qu'Anatole le regardait fixement. Il sursauta.

— Vous avez rêvé de notre agresseur de cette nuit, dit l'expert aurevillien.

— Pas vous ? rétorqua Étienne en s'étirant.

— Pas spécialement. J'ai réfléchi.

— On peut connaître le fruit de vos réflexions ?

— Quelqu'un nous a suivis lors de notre expédition à Issy-les-Moulineaux. Peut-être quelqu'un qui a une longueur d'avance sur nous, qui connaissait l'existence de ce souterrain et a attendu exprès qu'on s'y engage pour nous y piéger.

— Ou il a simplement profité de l'opportunité de se débarrasser de nous, sans l'avoir prémédité.

— C'est possible. En tout cas, ce qui est sûr, c'est que nous étions bien les premiers à découvrir la retraite de Barbey. Vous avez vu comme moi l'endroit, la porte fermée, la poussière et les objets intacts. Nous étions les premiers à nous aventurer en ces lieux depuis plus de cent trente ans !

— Ce qui ne nous a pas avancés à grand-chose, puisque nous n'avons découvert aucun manuscrit.

— Mais nous avons établi un point capital : le récit de fuite évoqué par Barbey dans sa lettre est authentique : le souterrain existe, cachette, traces d'incendie, tout y est. Nous avons trouvé des factures qui attestent son passage. Donc si nous avons la preuve historique que les lettres sont authentiques, alors ce qu'elles racontent l'est également. Il s'est produit un drame impliquant l'épouse de ce Valmesnil, un sort tragique, lequel a inspiré à Barbey d'Aurevilly une *Diabolique* inédite autour d'une figure de « femme recluse ». Ce texte original existe, c'est certain désormais !

— Sauf que nous n'avons toujours pas le plus petit indice permettant de le localiser. Cassandre pensait que Valmesnil était revenu le cacher dans le refuge de Barbey. Mais aucune trace que quelqu'un soit passé dans la crypte après l'incendie de 1871. Donc s'il n'est pas venu, c'est qu'il n'avait pas la *Diabolique* en sa possession. On revient au point de départ.

— Je crois au contraire que nous progressons à grands pas. Cette lettre est bien la preuve irréfutable qui nous renseigne quant au sort de la *Diabolique*.

— Ah, votre illumination de la nuit dernière, c'est vrai. Désolé, j'ai beau chercher, je ne comprends pas.

Anatole extirpa un papier d'entre les pages de *L'Ensorcelée*, Étienne découvrit qu'il avait emporté une copie des deux lettres trouvées dans l'escalier de Valognes.

— *Avec cette lettre, j'accomplis ma part du marché, je ne doute pas que vous honorerez votre parole et accomplirez la vôtre*, lut Anatole d'un ton sépulcral. Sa part du marché, entendez-vous ?

— Et alors ? Il demandait à Louise le secret sur cette correspondance, nous l'avons déjà compris.

— C'est bien plus que ça ! proclama Anatole, pointant vers le haut un doigt professoral. Ils avaient conclu un véritable pacte, un échange même ! Voilà mon illumination de la nuit dernière, comme vous dites, il s'agissait d'un échange.

— Un échange ? Entre Louise et François-René ?

— Un échange donnant-donnant : il lui adresse par courrier la dernière lettre manuscrite qu'il a reçue de Barbey d'Aurevilly. À son tour à elle d'accomplir sa part du marché, c'est-à-dire la réciproque, lui envoyer en échange ce qu'elle lui avait promis. Et qu'avait-elle pu lui promettre en échange de cette lettre ?

— La *Diabolique* ! s'écria Étienne.

— Enfin vous y êtes ! La lettre de 1871 contre la *Diabolique*. Je crois que Louise Read possédait la nouvelle dès le départ, dès la mort de Barbey, en 1889. Il avait même pu la lui confier bien avant de mourir, car il n'avait confiance qu'en elle. François-René voulait la récupérer pour s'assurer du secret sur son drame familial car lui, il n'avait que la lettre en sa possession, qui y faisait allusion. De son côté, Louise voulait la correspondance.

— Mais à quoi ça rimait d'échanger l'un contre l'autre ? Si Valmesnil tenait à son secret, la lettre de son ami représentait un risque presque aussi grand que la *Diabolique* elle-même. Comment a-t-il pu accepter de s'en défaire ?

— L'une ne va pas sans l'autre, si vous réfléchissez bien. Prise isolément, la *Diabolique* n'est qu'un récit de fiction ; bien que scandaleuse, elle ne suffit pas à incriminer qui que ce soit de réel, on peut penser que Barbey a pris la peine de modifier les noms, c'est ce qu'il avait fait pour ses autres nouvelles. Seule la lettre permet de faire le lien entre la véritable famille Valmesnil et la *Diabolique*. Mais là aussi, en elle-même, cette lettre ne révèle aucune information sur la teneur du récit.

— Mais pourquoi François-René aurait-il privilégié la possession de la *Diabolique* plutôt que de la lettre ?

— Il a dû estimer que, des deux textes, la *Diabolique* était le plus dangereux. À la fin de sa vie, Barbey d'Aurevilly était un écrivain célèbre, Valmesnil savait que la postérité s'arracherait le moindre inédit du grand homme, d'autant plus que *Les Diaboliques* étaient, et restent encore aujourd'hui, son œuvre la plus célèbre. Le risque de voir la septième *Diabolique* publiée à court terme était donc réel. Louise aurait pu céder à cette tentation à des fins financières. Alors qu'une simple correspondance aurait eu moins de valeur sur le « marché » des écrits posthumes, surtout après que les derniers protagonistes contemporains auraient disparu. Voilà pourquoi je suis sûr qu'il s'agissait bien d'un échange : Valmesnil devait récupérer la nouvelle grâce à Louise, qui, elle, rentrait en possession de la correspondance.

Étienne réfléchissait. L'ensemble du raisonnement s'ajustait de manière cohérente.

— Redoutable, ce Valmesnil, pour intégrer à ses propres calculs ceux de la postérité.

— Le bonhomme semble fascinant, acquiesça Anatole. J'ai d'ailleurs fait quelques recherches sur lui à mon arrivée à Paris, avant de venir vous retrouver à Meudon.

Anatole extirpa de sa sacoche une liasse de notes froissées.

— Les deux compères se sont connus vers 1857. À l'époque, Barbey d'Aurevilly commence à être reconnu à Paris, mais il séjourne souvent dans le Cotentin. François-René, lui, est un politique. Il soutient Louis-Napoléon Bonaparte en 1848.

— Ça plaisait à Barbey, ça ?

— Probablement pas, mais pas sûr qu'il était au courant car Valmesnil aimait agir dans l'ombre. À cette époque, le Prince-Président prépare déjà sa prise de pouvoir ultérieure, et Valmesnil fait partie des premiers conjurés. Il est de toutes les conspirations, lors de sa campagne, puis lors de son coup d'État en 1851. Des témoins décrivent un homme cynique et malfaisant, joueur, buveur et volontiers violent. Il compte plusieurs duels à son actif où il tue presque chaque fois son adversaire.

— Un homme charmant !

— Réputé pour être un séducteur de filles, voire d'épouses, il se battait avec des maris trompés, des frères jaloux ou des pères déshonorés. Il se serait même battu au sabre avec une femme.

— On dirait déjà du Barbey d'Aurevilly…

— Ce genre de personnage a dû l'inspirer. Curieusement, poursuivit Anatole, les frasques de Valmesnil n'entravent pas sa faveur à la Cour. Il reste un familier discret du couple impérial, notamment grâce à son mariage en 1855 avec une des dames d'honneur de l'impératrice Eugénie.

— Ah ça y est ! Vous avez trouvé trace d'une épouse ?

Pour toute réponse, Anatole fouilla plus profond encore dans son cartable et d'autres feuillets froissés apparurent. À ce moment le train ralentit à l'entrée d'une gare et le contenu du cartable se renversa intégralement sur le sol. Il lui fallut plusieurs minutes et un chapelet de jurons avant de reprendre son récit.

— Difficile à localiser, l'épouse, car étrangère. Espagnole, comme l'Impératrice. Lors du bal donné à Compiègne en 1853 pour le mariage impérial, François-René de Valmesnil rencontre une de ses dames d'honneur, une Andalouse, comtesse de Montellano. Sur elle, je n'ai réuni que très peu de renseignements, son nom apparaît dans la liste des invitées au bal, c'est tout. Ce qui est sûr, c'est que Valmesnil l'épouse en 1855. Le couple fréquente un temps les séries de Compiègne, mais après 1858, Valmesnil se retire sur ses terres normandes. C'est à cette époque que Barbey d'Aurevilly et lui entretiennent une correspondance irrégulière. À peine cinq lettres connues, qui n'ont jamais été publiées.

— Et celles que nous avons exhumées ?

— Non seulement inédites mais inconnues. Ce qui me laisse penser qu'il y en a peut-être eu d'autres, escamotées volontairement par Louise Read. Elle a fait en sorte que ce personnage passe au second plan de la vie de l'écrivain, ce qui explique qu'il n'est mentionné nulle part dans les travaux biographiques qui lui sont consacrés. Ce qui m'amène à une autre question que vous ne m'avez pas posée, et heureusement car j'ignore la réponse.

— Laquelle ?

— Louise Read a-t-elle honoré sa parole et accompli sa part du marché ? L'échange a-t-il eu lieu, a-t-elle vraiment rendu la *Diabolique* comme son correspondant l'exigeait ?

— Qu'est-ce qui vous fait penser qu'elle aurait pu refuser ?

— D'après la pierre tombale que vous avez vue au cimetière, François-René de Valmesnil est mort en 1896. La même année que celle de la lettre qu'il a adressée à Louise et que nous avons lue. Imaginez que Louise n'ait pas tenu parole, parce qu'elle éprouvait de l'aversion pour le personnage, ou tout simplement que Valmesnil soit décédé fortuitement avant qu'elle ait eu le temps de s'exécuter. Que se passe-t-il alors ? Louise est en possession des lettres et de la nouvelle. Elle peut en disposer à sa guise, plus personne ne viendra les lui réclamer, le dernier témoin a disparu.

— Qu'a-t-elle pu en faire ?

— Je l'ignore comme vous, mais je constate qu'en 1902 son nom est gravé dans la bibliothèque d'une vieille demeure habitée à l'époque par Blanche d'Aboville, laquelle vouera toute sa vie une détestation tenace à l'écrivain.

— Vous pensez que Louise aurait pu confier le tout à Blanche ?

— Pourquoi pas ? Mais pourquoi à elle particulièrement ? Pourquoi Blanche d'Aboville, une jeune fille âgée d'à peine dix-neuf ans en 1902, forcément étrangère aux événements racontés par Barbey en 1871 ?

17.

Le dessous des cartes

Dès la descente du train, Anatole et Étienne décidèrent de rendre visite à Anne afin de l'informer de leurs dernières découvertes. Ils n'étaient qu'à une centaine de mètres de chez elle quand un détail insolite attira leur attention. Les fenêtres donnant sur la rue étaient entrouvertes et, à travers les rideaux gonflés par le vent, ils pouvaient voir des meubles renversés. Anatole parvint le premier à la porte, qui s'ouvrit d'une simple poussée. Le salon n'offrait plus qu'une scène de désolation. Coussins éventrés, bibliothèques fouillées, leur contenu répandu sur le sol. À l'étage, le buffet normand, toutes portes ouvertes, ne révélait que des étagères vides. Au pied du meuble, le sol disparaissait sous un amas de papiers piétinés et de livres ouverts, pages arrachées qui pendaient encore de leur reliure.

Aucune trace d'Anne ni de Cassandre.

Revenus dans la pièce principale, ils se concertèrent. Étienne était d'avis de saisir la police. Anatole ne voulait pas en entendre parler. Ils consacrèrent un quart d'heure à cette querelle, avant d'envisager les explications d'un tel cambriolage.

— Pourquoi une fouille aussi systématique et cette rage de destruction ? Regardez, continua Anatole. (À quatre pattes par terre, il examinait les débris.) On a minutieusement arraché les pages de ce livre, cette photo est découpée en tout petits morceaux. Ce volume, la couverture cartonnée a été lacérée dans l'épaisseur. Ce ne sont pas des voleurs, mais des fous !

— Ils cherchaient quelque chose de très précis, caché dans un livre ? suggéra Étienne.

— La carte postale ! s'exclama Anatole. Celle du château d'Issy ! Anne la renfermait dans une boîte en fer-blanc, ces anciennes boîtes d'allumettes avec de la publicité. Vous la voyez dans ce capharnaüm ? Si elle n'est plus là, alors nous pouvons être sûrs que c'est ce qu'ils sont venus chercher.

Ils entreprirent une fouille détaillée mais sans succès.

— Tâchez de vous rappeler, reprit Anatole, le soir où Anne nous l'a montrée, vous êtes arrivé avant moi. Avez-vous vu d'où elle la sortait ? Nous ne savons pas si les voleurs l'ont emportée, ou s'ils n'ont pas réussi à mettre la main dessus, mais j'ai bon espoir que ce soit la seconde option. Madame a plus d'un tour dans son sac.

Étienne réfléchissait, lorsqu'un coup discret frappé à la porte les fit se retourner. Dans l'embrasure se tenait le Pr Clamorgan, qui les dévisageait d'un air effaré.

— À votre mine, vous nous croyez les auteurs de ce saccage, lança Anatole. Il n'en est rien, nous arrivons à l'instant.

Le professeur franchit lentement le seuil et contempla la scène. Son saisissement l'empêchait d'articuler un mot. Enfin, il reposa sur eux un regard ébahi et balbutia.

— Que s'est-il passé, comment êtes-vous ici, et où est Mme d'Aboville ?

— Bonne question ! Vous-même, quand l'avez-vous vue pour la dernière fois ?

Le professeur réfléchit.

— Eh bien, attendez, je crois que c'était avant-hier peut-être. Je l'ai croisée qui se rendait chez un client, je crois, je ne sais plus. Nous avons bavardé un instant, en haut de la rue.

— Et Cassandre ?

— Cassandre ? Je ne la vois jamais. Vous voulez dire, reprit-il, qu'elles auraient disparu toutes les deux ?

Anatole s'assit lourdement sur une chaise et se prit la tête dans les mains. Étienne ne savait que dire.

— Vous revenez de Paris ? finit par énoncer le professeur pour meubler le silence.

— Que cherchait le cambrioleur à votre avis ? fit Anatole sans répondre.

— De l'argent, sans aucun doute, déclara Clamorgan.

— Dans les livres de la bibliothèque ? En vidant les rayonnages un à un et en arrachant les pages des livres ?

Le professeur passa en revue les étagères d'un air abasourdi.

— Je vois, reprit-il. Selon vous il ne s'agit pas de simples voleurs mais d'une fouille ciblée ; des individus qui s'intéresseraient aux recherches d'Anne et sa famille ? À propos, vous savez qu'Alistair Darnley est introuvable également ? Voilà trois jours que j'essaie de le contacter. Il a disparu. Vous ne pensez pas qu'il faudrait prévenir la police ?

Anatole et Étienne échangèrent un regard tendu.

— Que savez-vous de la famille d'Aboville, d'une certaine Blanche, par exemple ? voulut savoir Anatole.

Le professeur remit une bergère sur ses quatre pieds et prit place au milieu du salon. Même assis, sa haute silhouette envahissait tout l'espace.

— Rien, pour ainsi dire. Cela ne fait qu'une dizaine d'années que je réside à Valognes. De plus, mon travail m'oblige à passer une grande partie de mon temps à Caen. Anne et moi sommes de simples voisins, c'est une des premières personnes que j'ai connues ici car elle m'a aidé à trouver mon appartement, elle est dans l'immobilier, vous le savez. Nous n'avons jamais évoqué sa famille. Il y a Barbey d'Aurevilly, évidemment. J'ai cru comprendre que les ascendants d'Anne l'avaient fréquenté, n'est-ce pas ? C'est pour ça que vous me parlez de cette Blanche ?

— C'est la question que nous nous posions, reprit Étienne.

— L'idée est plaisante, qu'une aïeule d'Anne ait pu connaître l'écrivain et raconter ses souvenirs à sa petite nièce. Mais pourquoi vous intéressez-vous à elle ?

— Nous pensons qu'elle pourrait avoir détenu un manuscrit secret et inédit de la main de Barbey d'Aurevilly.

— Passionnant ! fit le professeur en joignant les mains d'un geste presque enfantin. Je brûle d'en savoir plus.

Anatole se rembrunit mais Étienne l'ignora. Au point où en étaient les choses, il n'était plus temps d'enquêter secrètement, Anne et Cassandre avaient disparu, il leur fallait de l'aide. Il entreprit alors le récit de leurs récentes découvertes, tout en se gardant néanmoins d'évoquer leurs péripéties parisiennes et le souterrain où ils avaient failli finir leurs jours. Le professeur réfléchit longuement.

— Si je comprends bien, ce cambriolage signifierait que d'autres sont à la recherche du même manuscrit que vous. Où avez-vous dissimulé les lettres que vous avez trouvées ?

— Anne les a conservées, répondit brusquement Anatole comme Étienne ouvrait la bouche. Nous ne savons pas où elle les a rangées, c'est sans doute également ce que cherchaient les visiteurs. Ce qui me préoccupe plus, c'est l'absence de Cassandre. Ces individus ont pu s'en prendre à elle.

— Il faut avertir la police, je vous le dis depuis une heure, maugréa Étienne.

— Si elle n'a pas reparu avant ce soir, avertissez la police, en effet, intervint le professeur. Mais laissez passer encore une journée, cette jeune fille est fugueuse, vous le savez, inutile de déclencher un branle-bas de combat prématuré. Et si je vous aidais à la chercher ? Je peux aussi demander à d'autres amis de se joindre à nous ? Justement ce matin, j'ai croisé Blaise Méhidier, qui…

— Non ! coupa Anatole d'une voix vibrante. Non, répéta-t-il doucement, nous allons suivre votre conseil, attendre ce soir, et… et avertir la police ensuite, lâcha-t-il à contrecœur.

Le professeur se leva et se dirigea vers la porte d'entrée. Sur le seuil, il se retourna.

— En revanche, je me permets de vous donner un conseil, si vous la retrouvez, interrogez-la. Cette petite en connaît bien plus qu'elle veut en dire.

— Sur la nouvelle disparue ?

— Certainement, et aussi sur l'histoire de sa famille, la grand-tante Blanche et le reste. C'est elle, la clé de l'affaire si vous voulez mon avis, et c'est aussi pour cela que sa disparition est inquiétante. Retrouvez-la, c'est le plus urgent à ce stade.

★

Après le départ du professeur, ils reprirent la fouille de la maison et retrouvèrent enfin la boîte en fer-blanc d'où Anne avait extrait le cliché qui les intéressait. Mais celle-ci ne contenait plus que des vues de Valognes prises au début du siècle, sans lien avec leur enquête.

— Vous n'avez pas paru enchanté de ses questions, fit observer Étienne tout en étalant les cartes sur la table. Pourquoi lui cacher où sont les lettres ?

— Pourquoi en parler ? Vous avez une fâcheuse tendance à vous confier au premier venu, cela vous jouera des tours, rétorqua Anatole.

— C'est vrai, avec vous j'aurais dû me méfier, approuva Étienne. Mais il avait l'air prêt à nous aider. Ce n'est pas parce que vous détestez la moitié du genre humain que vous devez nous priver de la moindre main tendue.

— Je ne déteste pas la moitié du genre humain, mais au moins les trois quarts, rectifia Anatole. Au reste, je ne suis pas le seul, Cassandre ne l'aime pas non plus, et avec un prénom pareil, son instinct est infaillible.

— Vous dites ça parce qu'elle a le même sale caractère que vous. Vous faites bien la paire tous les deux, toujours avec vos cachotteries et jouer vos tours en dessous.

Anatole s'arrêta net au milieu du salon, une pile de livres dans les bras.

— Vous venez de prononcer votre première parole sensée de la journée, camarade. Venez !

Lâchant avec fracas son fardeau, il gagna le vestibule à grandes enjambées et gravit l'escalier qui menait à l'étage. Étienne le rejoignit dans la chambre de Cassandre. Elle occupait les combles, sous les toits de la maison, traversée de poutres apparentes en chêne. Il y régnait un désordre indescriptible. Ce n'était pas le produit d'un cambriolage cette fois, mais la marque de fabrique d'une occupante désordonnée. Tout ce qui aurait dû être placé en hauteur traînait sur le plancher, et tout ce qui aurait dû se trouver sur le plancher encombrait les endroits les plus divers. La chaise de bureau disparaissait sous les vêtements, le bureau sous des piles de photos de vacances éparses. Des sacs et des écharpes pendaient des poutres obliques. Sur le lit, des chaussures dépareillées ; sur le sol, les draps chiffonnés. Sur la table de nuit, une longue chaussette de laine servait de marque-page à un livre de poche. Étienne demeurait interdit, tandis qu'Anatole parcourait le champ de bataille d'un regard aiguisé.

— Je suis sûr que c'est elle qui l'a cachée, fit-il enfin.

— La fameuse aiguille dans la botte de foin, maugréa Étienne.

Anatole fit quelques pas dans la chambre, se courba pour contourner les poutres. Il inspecta les photos qui jonchaient le bureau, se pencha, et saisit l'une d'elles au milieu de la pile.

— Et voilà, fit-il en agitant sous le nez d'Étienne la fameuse carte postale qu'ils avaient cherchée tout l'après-midi.

— Mais… comment ? dit Étienne, abasourdi.

— C'est le principe bien connu de *La Lettre volée*, mon ami, fit Anatole dans un gloussement. Cassandre a sûrement lu cette nouvelle policière d'Edgar Poe. Pas vous ? Le meilleur endroit pour cacher un objet, c'est de le placer bien en évidence. Poe a construit une magistrale intrigue sur ce postulat tout simple. Décidément, cette petite me plaît, elle est futée. À propos, saviez-vous que Barbey admirait Edgar Poe ? Il fut de ceux qui, avec Baudelaire, contribuèrent à le faire connaître en France. Allons, redescendons.

De retour au salon, ils examinèrent de nouveau la vue du château dont ils savaient à présent que c'était le château d'Issy, à l'époque où ses ruines se dressaient encore dans le parc de la propriété. Étienne scruta chaque détail du cliché, confrontant cette image jaunie avec les souvenirs de sa visite au domaine de Meudon où Rodin avait réinstallé la façade rescapée.

— À votre avis, murmura Anatole, penché sur son épaule, d'où partait le souterrain ?

Étienne se posait la même question. Peut-être les pièces à l'avant étaient-elles des pièces de réception, avec des boiseries dissimulant un mécanisme ? Peut-être une autre pièce plus discrète à l'arrière de la maison, un bureau, une bibliothèque, un fumoir ? Peut-être tout simplement sous un escalier monumental, ou derrière la cheminée d'une cuisine ? Aujourd'hui détruit, le château garderait à jamais son secret. Anatole retourna la carte et relut l'inscription qui figurait au dos : *1902*. Il fronça les sourcils.

Étienne soupira et rassembla les cartes postales. En se levant, il heurta le pied de la table. Les cartes lui échappèrent et s'éparpillèrent sur le sol.

— Vous avez vu ? dit Anatole.

— Je n'avais pas vu le pied de la table, désolé.

— Je ne parle pas de cela. Vous avez vu comment elles sont tombées ?

— Euh… non.

— Refaites le même geste, et vous verrez.

Étienne ferma les yeux, inspira profondément, et entreprit de satisfaire la nouvelle lubie de son camarade.

— Je me lève, elles m'échappent des mains, et se répandent sur le sol.

— Vous ne comprenez pas, non ! Regardez. Elles ne tombent pas toutes de la même manière.

Étienne fronça les sourcils.

— Comme elles sont légères, elles volent un peu, elles tombent en se balançant. Et alors ?

— Elles ne font pas toutes le même bruit. Allons, refaites la scène, ordonna Anatole.

Étienne s'exécuta et lança la volée de cartes dans les airs. Il leva sur Anatole un regard interrogateur.

— Encore ! exigea l'expert en acoustique. Et, par pitié, écoutez bien.

Le jeune homme renouvela l'expérience. Cette fois il comprit.

— Elles touchent le sol sans bruit ! Sauf la carte du château d'Issy ; elle rend un son mat, comme un carton.

— Et vous en concluez quoi ? sourit Anatole.

— Elle est plus lourde ! dit lentement Étienne.

Un grognement d'excitation lui répondit. Anatole était déjà à quatre pattes et ramassait l'objet. Le carton était effectivement plus lourd, beaucoup plus épais, et gondolé par endroits. Il éleva la carte au niveau de ses yeux, et scruta la tranche.

— Comment n'avons-nous rien vu ? murmura-t-il les yeux brillants. Deux cartons collés l'un contre l'autre, de même taille.

— Il y a une seconde carte ! s'exclama Étienne, qui trépignait à ses côtés. Ou peut-être un plan du château, ou peut-être une lettre encore, ou peut-être…

— Et cette date que nous lisons, elle est au dos de la seconde carte, pas de la première, interrompit Anatole.

Sans un mot, il pivota sur ses talons et gagna la cuisine. Étienne l'observa mettre à bouillir une casserole d'eau et s'emparer d'un couteau. Penché au-dessus de la casserole fumante, Anatole exposa la carte à la vapeur. Puis il glissa doucement la lame effilée entre les deux couches de carton. L'opération prit plusieurs minutes, Anatole progressait avec une infinie lenteur. Enfin, il sépara les deux feuillets, qui se détachèrent dans un craquement. Il écarta de la casserole son visage rouge et humide de condensation et agita d'un air joyeux les deux morceaux de carton pour les faire sécher, avant de les poser sur la table. D'un même mouvement, ils se penchèrent anxieusement sur les deux photographies. Le château d'Issy à droite. Et à gauche… Étienne écarquilla les yeux, Anatole sourit, puis ils échangèrent un regard triomphant. Tous deux avaient reconnu la même chose. Sans aucun doute possible.

Soudain un courant d'air leur parvint du fond de la pièce et la porte claqua. Ils se retournèrent ; échevelée et les yeux brillants de colère, Cassandre les dévisageait d'un air sauvage, un long fusil braqué sur eux.

18.

Anita

Une heure plus tard, ils avaient ramené Cassandre rue des Religieuses et discutaient tous les trois devant un feu de cheminée. La nuit tombait et, avec elle, un crachin persistant. Étienne éprouvait un vif soulagement de voir la jeune fille saine et sauve. Anatole lui-même ne dissimulait pas son plaisir à la retrouver, même si Étienne soupçonnait que cette satisfaction devait beaucoup au fait que sa réapparition évitait, pour le moment, de mêler la police aux événements. Mais Anne demeurait introuvable.

Cassandre leur raconta les péripéties de l'avant-veille. Elle était rentrée tard ce soir-là, et n'avait pas trouvé sa mère à la maison, ce qui était inhabituel. À peine arrivée, elle avait entendu des bruits à l'étage, et battu en retraite dans le jardin. Dissimulée, elle avait vu une silhouette descendre l'escalier, et assisté impuissante au pillage. Bouillonnant de rage, elle avait ramassé plusieurs pierres à ses pieds, pour les jeter une à une sur l'homme qui perquisitionnait, brisant les vitres du rez-de-chaussée. L'individu surpris avait détalé dès que les premiers éclats de verre l'avaient atteint. Restée maîtresse du terrain, Cassandre avait ensuite passé la nuit dans la maison dévastée, et attendu sa mère, qui n'avait pas reparu. Ce dernier point ne semblait pas la troubler outre mesure. Tout à sa colère, elle ruminait des projets de vengeance au moment où Étienne et Anatole avaient investi la maison. Croyant au retour de l'individu, et décidée à employer les grands moyens, elle s'était retranchée au grenier, d'où, armée d'un fusil antique décroché du mur, elle était descendue surprendre le voleur. À en juger par l'aisance avec laquelle Cassandre avait épaulé l'arme imposante (et chargée), Anatole ne doutait pas qu'ils venaient d'échapper à une mort certaine. Il remâchait depuis de sombres sentences sur les enfants qui n'étaient plus des enfants.

Comme si elle venait de lire dans ses pensées, Cassandre se tourna vers lui et désigna l'une des deux cartes postales posées sur la table :

— Un nouvel indice ? Vous l'avez reconnu, n'est-ce-pas ?

— Tu le connais ? demanda Anatole

— Je l'ai visité plusieurs fois. Vous pensez qu'il a un rapport avec le manuscrit de la famille Valmesnil ?

— Possible.

— Vous pensez qu'il n'existe plus aucun Valmesnil aujourd'hui, c'est bien ça ? Et si ça n'était pas vrai ?

— On a tourné le problème dans tous les sens, rappela Étienne. Qu'est-ce qui te fait croire qu'il resterait des Valmesnil encore vivants ?

Cassandre fit la moue.

— Vivants… ou morts, il y en a que vous ne connaissez pas encore, en tout cas.

— Et toi tu les connais ? interrogea Anatole patiemment.

— Vous devriez retourner au cimetière de Valognes. Quand on cherche des morts, c'est là qu'on les trouve. Vos Valmesnil, ils sont tous là-bas.

— Nous le savons. Nous avons vu la tombe de François-René, enterré avec son fils, Jean. Étienne y a passé du temps. Mais la tombe de Blanche n'y est pas.

— Vous ne savez rien, jeta Cassandre d'un air méprisant. Vous n'avez pas cherché comme il faut, je vous l'ai déjà dit, et je vous ai même donné un indice. Les morts ne vous diront rien si vous ne les écoutez pas.

— Tu les écoutes, toi ?

— Il faut bien quand on est archéologue. Il faut écouter. Moi, personne ne m'écoute, ajouta-t-elle tristement.

Dans le silence qui suivit, Anatole et Étienne échangèrent un regard. Le visage de Cassandre s'était assombri. Anatole lui prit doucement la main, elle releva la tête et un éclair pétillant dansa dans ses yeux. C'était la première fois qu'Étienne remarquait que ses yeux étincelaient comme ceux d'Anatole quand elle était heureuse ou contrariée. Ils faisaient vraiment la paire, se répéta-t-il. Cassandre se pencha vers eux et murmura sur un ton confidentiel :

— J'ai passé des heures dans ce cimetière. Et j'y ai vu ce que tu n'as pas vu, dit-elle en se tournant brusquement vers Étienne et en le tutoyant. D'ailleurs, j'y vais, dit-elle soudain.

Elle se leva vivement, se débarrassa de la couverture, qu'elle laissa tomber sur Anatole et secoua ses cheveux roux.

— Où vas-tu ? s'inquiéta Étienne.

— Vous croyez qu'on va retrouver maman en restant à ronronner devant la cheminée ? Je vais chercher le sale type qui a retourné la maison. Il aime les morts lui aussi, j'en suis sûre. Salut !

Elle traversa le salon au pas de charge, bousculant Étienne au passage et, avant qu'Anatole ait eu le temps de réagir, disparut au-dehors. La porte claqua sur le rideau de pluie.

Anatole se dépêtra maladroitement de ses couvertures et émergea du fauteuil.

— Bon Dieu, ça recommence ! s'écria-t-il.

— Que se passe-t-il ?

— Il se passe qu'elle vient de filer une fois de plus, cette écervelée, ça va encore mal tourner, cette histoire. On ne peut pas rester là.

— Que fait-on ?

— Mais on la suit, voyons ! rugit Anatole, qui décrochait déjà sa vareuse. Elle sait quelque chose, mais têtue et orgueilleuse comme elle est, elle ne veut rien dire. Ou alors, elle nous l'a déjà dit peut-être, et nous n'avons rien compris. Venez, on y va !

— Mais il pleut ! protesta Étienne, qui tâtait les vêtements secs qu'il venait d'enfiler.

Un juron d'Anatole lui répondit, il se précipitait déjà dehors. Étienne, après un soupir, attrapa manteau et écharpe et le suivit dans la nuit noire.

La pluie redoublait. Le vent s'était levé et des bourrasques leur giflaient le visage. Ils traversèrent la cour en sautillant par-dessus les flaques. Cassandre était déjà loin, sa frêle silhouette disparaissait en haut de la rue, à peine éclairée par le halo d'un réverbère.

— Elle va au cimetière. À cette heure, par ce temps ! fulmina Anatole. Cette petite est la dernière représentante d'une dynastie de fous furieux.

Ils s'élancèrent à la suite de la jeune fille. Dans les rues désertes de Valognes, le feuillage des arbres ployait sous le vent et projetait des gouttelettes d'eau à leur rencontre. Au loin, Cassandre obliqua à droite vers le cimetière. Parvenus à l'angle, ils se retrouvèrent dans une large rue déserte. Mais Cassandre était invisible.

— Où est-elle passée ? grogna Anatole. Sa voix trahissait une vive inquiétude.

Ils poursuivirent au pas de course le long des façades de la rue quand soudain une ombre se détacha d'un porche et leur barra la route.

— Pardon, je ne vous avais pas vus. Oh, mais, c'est vous ? Que faites-vous ici à une heure pareille ?

Le curé Revel les dévisageait curieusement.

— Et vous ? aboya Anatole d'un ton rauque.

— Je sors de chez Boisville, comme vous le voyez, répondit Revel en désignant la sombre bâtisse derrière lui. Et vous, en balade ? Que faites-vous ici ? redemanda-t-il avec insistance.

— Vous n'avez croisé personne ? répondit Anatole, ignorant sa question. Il fit mine d'avancer vers l'entrée de la maison dont Revel venait de refermer la porte avec soin, mais le curé se cala contre le chambranle d'un mouvement ferme.

— Non, personne. Me direz-vous à la fin ce que vous cherchez ?

— Cassandre d'Aboville, répondit Étienne.

— ... et si on ne la retrouve pas, je vous jure que ça va chauffer pour vous ! ajouta Anatole, pointant son index vengeur sous le nez du jeune prêtre.

Une lueur froide passa dans les yeux du curé. Il ne bougea pas.

— Je n'ose imaginer ce dont vous me soupçonnez, cher monsieur. Je suis désolé mais je n'ai pas vu Cassandre. Vous savez comme moi que c'est une jeune personne qui ne tient pas en place. N'ayez pas peur, elle sait très bien se défendre. Et si vous voulez mon avis, vous êtes sur le bon chemin, dit-il en désignant le cimetière au bout de la rue. Je parie que c'est là que vous la trouverez. Et si vous ne la trouvez pas, sachez que j'ai un « alibi » pour l'heure qui vient de s'écouler, ajouta-t-il d'un ton grave. Le curé Boisville vient de rendre son âme à Dieu, entouré de sa sœur et de moi-même, je viens de lui administrer l'extrême-onction. Sur ce, messieurs, je vous souhaite une bonne soirée.

Le curé s'écarta de la porte, salua d'un hochement de tête et disparut en direction de l'église, dont la masse osbcure émergeait de l'averse.

Anatole soupira. Étienne ouvrit la bouche mais Anatole le fit taire.

— Sans commentaire, je vous prie. Ce n'est pas parce que c'est un curé qu'on doit l'écarter du cercle des suspects. Ça aurait très bien pu être lui.

— Vous êtes vraiment abominable ! Vous l'avez accusé gratuitement, alors qu'il vient de voir mourir son prédécesseur ?

— Ça, je vous le concède, c'est embêtant. Il y a encore des tas de choses que ce Boisville aurait pu nous apprendre, sur Blanche notamment. Quelle tuile !

— Vous êtes abominable, répéta Étienne.

— Dépêchez-vous ! Ce qui est abominable, c'est ce qui va peut-être arriver si on ne retrouve pas Cassandre au plus vite.

— De quoi avez-vous peur ? reprit Étienne en élevant la voix pour dominer la rumeur de l'averse.

— Ah, je n'en sais rien. Mais Anne est introuvable, et le milord Darnley a disparu depuis trois jours, ce qui correspond au moment où nous étions à Issy et où un assassin a cherché à nous éliminer ! Que faut-il de plus pour vous convaincre que nous devons absolument retrouver cette enfant ?

Pliés en deux contre les rafales de vent, ils atteignirent enfin le cimetière. Dans l'obscurité, ils traversèrent à pas comptés les alignements de pierres tombales sur lesquelles la pluie ruisselait. Devant le caveau des Valmesnil, une silhouette agenouillée. Cassandre. Anatole se rua, mais Étienne le retint par le bras. La jeune fille se leva.

— Vous en avez mis du temps ! Pourtant, je savais que vous viendriez. C'est beau, n'est-ce pas ? lança-t-elle en écartant les bras et en désignant l'immensité de ciel et de pluie qui les enveloppait.

— Cassandre, commença Anatole, vous… heu, tu, enfin, ce n'est pas possible, tu nous as fait peur, tu ne te rends pas compte !

Il s'interrompit, cherchant ses mots. Cassandre éclata de rire.

— Vous avez eu peur, hein ? Et c'est pour ça que vous êtes venus. C'est très bien. Je voulais que vous veniez, et vous l'avez fait !

Étienne observait Anatole à la dérobée. Il paraissait complètement dérouté, hésitait entre colère et soulagement. Jamais Étienne ne l'avait vu si désemparé. Cassandre continuait de les regarder de ses yeux rieurs, et pour une fois Anatole ne trouvait rien à dire.

— Pourquoi tu nous as fait venir jusqu'ici par un temps pareil ? demanda Étienne.

Cassandre cessa de rire, se rapprocha d'eux et murmura, comme si elle craignait que les occupants du cimetière ne l'entendent :

— Je voulais vous montrer quelque chose. Elle désigna le caveau des Valmesnil et l'inscription. Vous voyez ? François-René de Valmesnil, c'est le vieux. Jean de Valmesnil, c'est son fils, bon, ça on le sait. Mais ce n'est pas tout.

— Comment ça ? fit Étienne.

Anatole ne parvenait toujours pas à articuler un mot.

— Ce que je veux dire, c'est qu'il y a d'autres Valmesnil enterrés ici, répondit-elle dans un souffle. Venez, je vais vous montrer.

Elle prit doucement Anatole par la main. Ce dernier se laissa faire comme un enfant. Depuis qu'il avait retrouvé Cassandre, il semblait ne plus avoir de volonté propre. Tel un somnambule, il la suivit à travers les tombes. Ils traversèrent plusieurs rangées de sépultures jusqu'aux limites du cimetière. Là s'étendait de la pelouse sauvage ; fougères et herbes folles poussaient librement jusqu'au mur d'enceinte, le long duquel des arbustes grimpaient dans un enchevêtrement tortueux et mal entretenu. Cassandre longea le mur encore une cinquantaine de mètres. Ils avaient atteint l'extrémité du cimetière à présent, dans un renfoncement du mur où un chêne solitaire, rabougri, abaissait ses branches jusqu'au sol. Étienne sentait l'eau pénétrer l'intérieur de ses chaussures, il était transi. Cassandre s'arrêta. La pluie continuait de tomber dru, au point qu'ils distinguaient à peine l'arbre de l'ombre du mur. Elle reposa doucement sa main sur le bras d'Anatole et de l'autre main désigna le sol devant eux.

— Regardez.

Ils scrutèrent l'emplacement qu'elle indiquait. Juste sous l'arbre, l'angle d'une pierre tombale affleurait au pied des racines. Celles-ci, en se développant sous la terre, avaient déplacé la pierre qui émergeait du sol, comme soulevée par une secousse tellurique. Étienne s'accroupit et braqua la lumière de son téléphone. Le rideau de pluie s'illumina et les gouttes scintillèrent dans le halo lumineux comme il lisait à haute voix l'inscription émergeant de la nuit :

ANITA DE VALMESNIL
NÉE COMTESSE DE MONTELLANO
1837-1869

★

— Elle avait trente-deux ans, fit Étienne, qui parla le premier. Ils observaient tous les trois l'inscription, sous laquelle un médaillon de bronze ovale, verdi par le temps, dessinait le profil d'une jeune femme aux cheveux relevés en chignon. Anatole restait muet de saisissement.

— C'est bien l'épouse de l'autre, là-bas, n'est-ce pas ? fit Cassandre en désignant le caveau Valmesnil à une centaine de mètres.

— L'épouse de François-René, d'origine espagnole, articula enfin Anatole. Celle qu'il a rencontrée lors du mariage de l'Empereur. C'est incroyable, Cassandre, tu savais cela depuis longtemps ?

— Assez, fit-elle avec un sourire fier. J'avais dit à Étienne qu'il fallait retourner au cimetière, mais vous n'avez jamais voulu m'écouter.

— Même à cette époque, trente-deux ans c'est bien jeune pour mourir, dit Étienne.

— Il y a peut-être une explication à cela, fit Anatole, regardez l'année de son décès, 1869. Leur fils, Jean, qui est enterré là-bas, ajouta-t-il en désignant le caveau familial au loin, est né la même année.

— Vous croyez qu'elle serait morte en couches ?

— C'est le plus probable. Mais cela n'explique pas pourquoi elle est enterrée en dehors du caveau familial, et aussi loin ?

— Peut-être avait-elle quitté son mari ?

— Alors qu'elle venait de mettre au monde leur fils et unique héritier ? Ça n'a pas de sens.

Le silence retomba. Cassandre contourna la sépulture, et regarda les deux hommes en face d'elle.

— Il y avait peut-être un obstacle, dit-elle d'une voix douce. Elle n'avait pas droit à un vrai enterrement.

— Mais pourquoi ? demanda Étienne.

— Elle n'est peut-être pas morte en couches. Elle est morte… d'une manière qui ne permettait pas à cette époque de l'enterrer avec le reste de la famille.

Étienne fronça les sourcils.

— On refusait la terre chrétienne aux suicidés, continua Cassandre, imperturbable. L'Église n'organisait pas de cérémonie et bien souvent l'accès au cimetière était exclu. Les dépouilles allaient à la fosse commune. C'était une mort honteuse qui éclaboussait toute la famille.

Tout en parlant, elle revint se poster à leurs côtés.

— Pour échapper à l'opprobre, les familles tentaient de maquiller ces suicides en accidents, ou usaient de leur influence pour étouffer le scandale. François-René de Valmesnil appartenait à la plus prestigieuse famille de la région, alors…

Elle se tut. Anatole réfléchit un moment.

— C'est une hypothèse valable, dit-il enfin. Félicitations, Cassandre. Si elle a effectivement mis fin à ses jours, son époux s'est trouvé devant un dilemme. Maquiller son décès, ou ruser pour parvenir à un compromis. Il a pu jouer de son influence pour obtenir un emplacement au cimetière pour sa femme et un enterrement religieux malgré tout. Le curé a dû renâcler, mais Valmesnil était redoutable, alors il a cédé. En revanche, ça ne pouvait pas être un enterrement officiel dans le caveau de famille, mais une cérémonie confidentielle, à l'écart, presque secrète, pour une dernière demeure isolée aux confins de l'enceinte.

— Ça devait être une nuit noire comme celle-ci, déclama Cassandre d'un ton mélodramatique, il pleuvait sur la lande, les arbres mugissaient sous les hurlements du vent pendant que la lugubre cérémonie s'accomplissait à la pâle clarté de la lune. François-René se tient, seul, devant le caveau de son épouse, et le curé, tremblant de peur, ou de colère, officie sous la menace d'un sabre luisant pressé contre sa gorge…

— Certainement, coupa Étienne. Mais comment expliquer que cette femme se soit suicidée juste après avoir mis au monde un enfant ? Qu'est-il arrivé ?

— Seul Barbey d'Aurevilly pourrait encore nous le dire, murmura Anatole.

— Et il y a autre chose, interrompit Cassandre avec vivacité. Il y avait une plaque posée ici avant. Elle a disparu depuis quelques mois. Mais je l'ai vue de mes yeux. Ça disait : *À ma grand-mère maternelle.*

— Je m'en souviens, fit Étienne. Tu m'en as parlé la première fois que je t'ai rencontrée.

— Mais vous ne m'accordiez aucune attention à l'époque, répondit Cassandre d'un ton boudeur. Peu importe à présent, mais sachez que quelqu'un avait déposé une plaque *À ma grand-mère maternelle* sur la tombe d'Anita de Montellano, ou de Valmesnil, comme vous voulez. C'était une très ancienne plaque. Et quelqu'un d'autre l'a retirée, tout récemment.

— Donc il y a bien des descendants ! jubila Étienne. Jean de Valmesnil, le fils d'Anita et de François-René, a forcément eu un ou des enfants.

— J'ai pensé cela aussi, dit Cassandre, mais ça ne marche pas. Si ce sont les enfants de Jean qui ont déposé cette plaque, alors ils n'auraient pas indiqué *À ma grand-mère maternelle*, mais *À ma grand-mère paternelle.* C'est ce que je vous disais l'autre jour.

Anatole jeta à Cassandre un nouveau regard admiratif.

— Cette petite…, marmonna-t-il pour lui-même.

— J'avoue que je n'y comprends plus rien, reprit Étienne en secouant la tête. Jean de Valmesnil naît en 1869 et sa mère décède la même année. Il est donc le seul fils du couple. Par conséquent, s'il a eu des enfants, Anita est leur grand-mère paternelle en effet. Comment est-ce possible que quelqu'un soit venu déposer une plaque pour une grand-mère « maternelle » ? Et pourquoi ce décès brutal ? Si l'enterrement à l'écart plaide pour un suicide, pourquoi juste après avoir donné naissance à un fils ? C'est incompréhensible.

Ils firent cercle devant la petite tombe solitaire.

— La femme recluse, la voici, prononça Anatole en désignant le délicat profil de bronze. Il faut absolument retrouver le texte écrit par Barbey ; la nouvelle qu'il a écrite pendant la Commune de Paris raconte une histoire vraie, le drame de cette femme, Anita. C'est elle, l'héroïne de la dernière *Diabolique*, nous devons la retrouver !

19.

Une nuit chez les Valmesnil

Anne attendit un long moment, immobile. Elle écoutait le silence qui montait des profondeurs de la maison, à l'affût du plus petit grincement. Elle avait réussi à se détacher de la colonne du lit, sans oser bouger de peur que ses mouvements attirent l'attention de son ravisseur. Toutefois la maison restait silencieuse, il avait dû s'absenter. Anne entreprit de ramper vers la fenêtre. Dos au mur, elle progressait lentement le long de la plinthe, et s'arrêtait à chaque instant, écoutait à nouveau, au cas où quelque murmure témoignerait d'une présence à l'étage inférieur.

Il était donc parti. Mais il allait revenir. Avant, il fallait qu'Anne parvienne à s'échapper, ne pas rester une minute de plus sous la dépendance de cet individu effrayant, capable du pire. Et retrouver Cassandre, par-dessus tout. Qu'avait-il fait d'elle ?

Était-il fou ? Et dire qu'elle le connaissait depuis des années, et ne s'était jamais doutée de sa vraie nature. Elle se reprochait amèrement de ne pas avoir fait confiance à Anatole plus tôt. Cela leur aurait épargné la fin sinistre que l'individu venait de lui décrire. Ainsi donc il y avait bien un château, où Barbey d'Aurevilly avait vécu pendant la Commune. C'était ce château d'Issy représenté sur la carte postale qu'Anne avait conservée toutes ces années, sans jamais parvenir à l'identifier. Il y avait aussi un souterrain, avait-il dit, Étienne et Anatole y étaient emmurés depuis deux jours, par conséquent peut-être morts. Anne oscillait entre incrédulité et désespoir. Si elle s'échappait, pourrait-elle encore prévenir quelqu'un à temps pour les sauver ? Elle secoua la tête, le temps qu'elle parvienne à trouver une issue et alerte les secours, on arriverait trop tard. Elle refoula ses larmes. Sa seule obsession maintenant : retrouver Cassandre la première, avant que l'homme ne s'aperçoive qu'elle lui avait faussé compagnie. Elle devait sûrement se trouver dans la maison.

À la nuit tombée. Anne libéra enfin ses poignets et dénoua les derniers liens qui entravaient ses jambes. Elle se mit debout avec difficulté, tout son corps lui faisait mal. Elle reconnaissait à présent l'endroit où elle était détenue depuis plusieurs jours. Elle y était déjà venue dans sa jeunesse. Mais la perspective était différente. Au théâtre, le spectateur et l'acteur assistent à la même représentation, mais ils ne la perçoivent pas de la même façon. C'était ce que ressentait Anne à cet instant. Le sentiment d'être devenue actrice d'une pièce à laquelle elle avait déjà assisté. Elle se dirigea vers la porte par où l'homme avait surgi et gagna le couloir. Il lui fallait explorer toutes les pièces, avec l'espoir qu'elle découvrirait Cassandre dans l'une d'elles.

Le cœur battant, elle ouvrit la première porte et pénétra dans un décor identique au précédent. Soies des fauteuils et rideaux assorties, lit à baldaquin tendu de tissu fleuri. C'était une chambre d'angle. Une chambre vide. Face à la porte par où elle était entrée, une autre porte ouvrait sur une enfilade de pièces, toutes décorées dans le même style Ancien Régime. Arrivée devant la dernière, elle ne put ouvrir le battant, fermé à clé. Elle aperçut alors une autre issue, découpée dans les boiseries. Elle fit jouer la poignée et pénétra dans un boudoir sombre, avec un secrétaire en chêne comme unique ameublement. Anne visita les tiroirs vides, puis avisa une série de photographies disposées sur le bord du secrétaire. L'une d'elles représentait une jeune fille dans un cadre ovale, les yeux levés au ciel, un bouquet de fleurs à la main, dans une attitude romantique typique de la Belle Époque. Anne se figea, retrouvant immédiatement dans le jeune visage le regard de la vieille dame qu'elle avait connue dans son enfance. Blanche d'Aboville devait avoir à peine seize ans sur cette photographie. Anne contempla, fascinée, sa grand-tante si menue et si belle. Elle prit le cadre en main, la photo glissa, révélant une bordure gaufrée et un liséré d'or. Machinalement, elle la retourna et lut une phrase manuscrite signée, calligraphiée en diagonale. Incrédule, elle dévisagea de nouveau la jeune beauté avec stupéfaction. Était-ce possible ? Anne se laissa tomber sur une chaise basse et tenta de rassembler ses idées. La vérité lui apparaissait peu à peu. Comment n'avait-elle pas deviné plus tôt ? Mais savait-il, « lui » ? Forcément, sinon cette photo ne serait pas ici. D'ailleurs, que faisait-elle ici, comment pouvait-elle être tombée entre ses mains ? Mais elle n'avait pas le temps de s'attarder, et ressortit du boudoir à pas de loup.

Elle déboucha sur le palier desservant l'escalier central de la maison, orné d'une balustrade en fer forgé. Elle descendit prudemment au rez-de-chaussée, à l'affût du moindre bruit. Cassandre, où es-tu ? Si tu es là, fais-moi signe, se répétait-elle à chaque marche. Dans le vestibule, la haute porte d'entrée lui résista. Les fenêtres latérales étaient obturées par des volets extérieurs. Elle s'orienta. Il devait exister des cuisines ou des pièces de service dans la partie inférieure de la maison. Contournant l'escalier, elle longea le mur de soubassement au milieu duquel elle découvrit une étroite porte en bois, découpée en ogive. Peut-être un accès aux pièces de service. Elle posait la main sur la poignée de la porte quand elle s'immobilisa et tendit l'oreille. Il y avait *quelque chose* derrière la porte. Ou plutôt *quelqu'un*. C'était vivant, cela respirait.

★

Le regard d'Étienne allait de la carte postale au monument, et du monument à la carte postale. Aucun doute, c'était bien la même construction. Cette fois, il ne lui fut pas nécessaire de reconstituer mentalement un édifice complet à partir de ruines efflanquées, l'hôtel représenté se dressait bel et bien sous ses yeux. Il n'y manquait pas une corniche, pas un carreau aux fenêtres, pas une ardoise du toit et, comble de précision, la vue de la carte semblait avoir été prise exactement de l'endroit où Étienne se tenait ; depuis la rue, à l'extérieur de la grille monumentale qui fermait la cour d'honneur. Cette carte était celle qu'ils avaient découverte la veille chez Anne, collée au dos de la première représentant le château d'Issy. Elle leur avait dévoilé l'hôtel de Gisles, cet hôtel particulier de Valognes devant lequel ils étaient passés plusieurs fois, notamment lorsque Étienne avait suivi le curé Revel jusqu'au cimetière. Cette fois l'original correspondait en tout point à la photographie, sans que le temps y ait apporté aucune altération. Presque miraculeux.

À ses côtés, Anatole pontifiait.

— Regardez ! Admirez ! Apprenez ! L'hôtel de Gisles est le plus bel hôtel de Valognes. Le plus élégant et le plus noble car c'est à la fois le plus simple et le plus singulier. Imaginez-vous que c'est un des rares monuments de la ville à avoir réchappé des bombardements alliés de 1944. Valognes n'était plus que décombres, mais lui, il est toujours là !

— A-t-il connu Barbey d'Aurevilly ?

— Et comment ! Sa construction remonte à 1722, Barbey l'a fréquenté, il y a même situé la plus diabolique des *Diaboliques*, « À un dîner d'athées ». La nouvelle met en scène un banquet de roués, arrosé et licencieux. La soirée se déroule dans le salon du rez-de-chaussée de cette maison. (Là, fit Anatole allongeant le bras entre les barreaux de la grille, et désignant une rangée de fenêtres hautes, à gauche de l'entrée.) Barbey en a donné une description précise, ce qui prouve qu'il y a été reçu. Nous savons, grâce à vos amis ecclésiastiques, que ce fut l'hôtel Valmesnil, celui où François-René a vécu avec son épouse, Anita de Montellano, avant la disparition tragique et inexpliquée de celle-ci. C'est une incroyable chance que cet édifice nous soit parvenu intact.

Ils contournèrent les murs qui enserraient la propriété, à la recherche d'une entrée. Plusieurs portes résistèrent à leurs tentatives. La soirée avançait et tout paraissait désert, alors que la façade s'éclairait dans le crépuscule, grâce à des spots savamment dissimulés sous les corniches de pierre. Un minuscule canal serpentait le long du trottoir opposé, baignant de ses berges moussues d'autres vieux hôtels plus modestes et donnant à ce quartier un air de cité lacustre. Une barque se balançait devant l'hôtel de Gisles.

— Vous pensez que nous aurons plus de chances de trouver à l'hôtel de Gisles ce que nous n'avons pas trouvé au château d'Issy ? demanda Étienne.

— Le fait que les deux cartes postales aient été collées ensemble, l'une dissimulant l'autre, montre que les deux monuments sont liés, répondit Anatole. N'oubliez pas non plus la date. Au dos de la carte, dont nous savons maintenant que c'était celle de l'hôtel de Gisles, il y avait indiqué l'année 1902. La même date que celle gravée dans la bibliothèque chez Anne.

— À propos, fit Étienne, c'est vraiment inquiétant qu'elle ne soit toujours pas reparue. On ne devrait pas attendre pour prévenir la police. Ce soir, nous ne pourrons pas entrer de toute façon, à cette heure. Pendant ce temps, Anne court sûrement un danger.

— C'est pour cela que nous sommes là, répliqua l'écrivain. Celui qui a fouillé sa maison cherchait cette carte postale. Il en connaissait donc la valeur, par conséquent le secret.

— Pourquoi alors vouloir la voler s'il savait déjà ce qu'elle dissimulait ?

— Pour nous empêcher de le découvrir à notre tour et d'établir un lien entre la nouvelle disparue et ce lieu. Si tel est le cas, c'est ici, à l'hôtel de Gisles, que nous découvrirons la vérité.

— Mais… et Anne ?

Anatole ne répondit pas. Il prit position de l'autre côté de la ruelle, au bord du canal. La nuit vint, tandis que la fraîcheur qui montait de l'eau transperçait leurs vêtements. Étienne recommençait à maudire tout haut une région perpétuellement humide, quand Anatole lui intima le silence. Dans le mur d'enceinte qui donnait sur la rue, une poterne s'était ouverte et une ombre glissait au-dehors. Anatole et Étienne se dissimulèrent dans un angle obscur. Laissant la poterne ouverte, la silhouette longea le mur et traversa la chaussée vers un véhicule garé à proximité. Le coffre fut déverrouillé à distance et l'individu approcha, un lourd sac à la main. « Maintenant ! » souffla Anatole. Penchée sur l'intérieur du coffre, l'ombre installait son fardeau dans le véhicule. Comme une flèche, Anatole traversa la rue, Étienne sur ses talons. Ils s'engouffrèrent dans la poterne entrouverte. Emporté par la peur, Étienne claqua brutalement la porte derrière lui et s'adossa au battant, hors d'haleine.

— Vous êtes fou ! éructa Anatole d'une voix étouffée, tandis qu'Étienne réalisait immédiatement sa bêtise.

Consternés, ils écoutèrent. Alerté par le bruit, l'individu avait retraversé la rue en toute hâte et tentait maintenant de rouvrir la porte. Or, la clenche retombée derrière les deux hommes empêchait d'ouvrir du dehors. Muet, les yeux écarquillés, Étienne regardait la porte s'ébranler sous les coups de l'autre qui, à quelques centimètres d'eux, à l'extérieur, tentait d'enfoncer le bois en lâchant des jurons étouffés.

— Filons ! souffla Anatole, qui le tira en arrière.

Tournant le dos à la poterne, ils gravirent les quelques marches de pierre qui s'ouvraient devant eux et débouchèrent dans le jardin. Étienne n'y voyait goutte, Anatole au contraire avançait à grandes enjambées à travers les taillis obscurs. Il ne décolérait pas.

— Bravo ! Nous aurions pu entrer discrètement en profitant de l'inattention de ce jardinier. Or vous lui claquez la porte au nez, alors que nous avions réussi à nous glisser sans bruit à l'intérieur.

Étienne ne répondit pas. Sa maladresse le sidérait lui-même, mais il n'avait pas pour habitude – surtout en compagnie d'Anatole – de reconnaître ses torts. Son cœur battait la chamade, il entendait encore les coups sourds frappés contre la poterne, il fallait se cacher et vite, avant que l'inconnu ne parvienne à les rattraper ou ne donne l'alerte. Anatole se tourna vers Étienne et lui posa la main sur l'épaule.

— Vous entendez ? Il essaie de défoncer la porte, mais c'est tout.

— Qu'est-ce que vous voulez dire ?

— Il n'a pas la clé. Et il n'appelle pas pour se faire ouvrir, il ne proteste pas non plus. Il garde le silence, comme s'il voulait éviter d'attirer l'attention, lui aussi.

— Et vous en concluez… ?

— Que nous avons dérangé quelqu'un qui ne tient pas à être vu, et qui n'avait pas de raison légitime pour s'y trouver ce soir. Intéressant.

Ils contournèrent un massif d'hortensias, et s'avancèrent à découvert. Devant eux, à main droite, l'arrière de l'hôtel apparut. Contrairement à la façade, orientée et visible de la rue, celle-ci n'était pas éclairée. Elle formait une masse sombre que les petits carreaux des fenêtres ne suffisaient pas à égayer. Étienne frissonna. Anatole tourna le dos à la bâtisse, désigna en silence l'obscurité devant eux et s'engagea dans des taillis. Ils progressèrent quelques minutes avant de déboucher sur un espace dégagé, et retrouvèrent le mur d'enceinte qui entourait la propriété. « Les communs, enfin, ce qu'il en reste », murmura Anatole, indiquant d'un geste un ensemble de constructions basses à demi éboulé. Il ne subsistait qu'une sorte de grange ouverte d'un côté, dont la toiture avait connu des jours meilleurs. À l'intérieur, Étienne distinguait des engins agricoles qui rouillaient dans le noir et un abreuvoir en granit recouvert de mousse. Subitement, Anatole fit un signe. Le coup sourd qu'ils entendaient, c'était la porte basse donnant sur la rue qui venait de céder, sous les assauts du mystérieux individu. Anatole gagna prestement la grange, suivi d'Étienne flageolant. À l'endroit où elle s'adossait au mur d'enceinte, un tas de bûches empilées ménageait un espace libre contre la paroi du mur. Ils glissèrent derrière l'encombrement de bois et se tapirent dans le réduit herbeux et humide. De là, coulant un regard entre les tronçons de bouleaux vermoulus, ils distinguaient un pan de l'hôtel au loin ainsi qu'une partie du jardin.

— Regardez, murmura Étienne en désignant une fenêtre au premier étage, il y a quelqu'un d'autre. Un complice ?

La lune éclairait à cet instant la façade. À travers une croisée où miroitait un rayon argenté, ils entrevirent une silhouette qui parcourait lentement les pièces du premier étage, percées de fenêtres sur les deux côtés du bâtiment. L'ombre mouvante se découpait entre les deux rangées d'ouvertures. La vision ne dura qu'un instant, puis disparut. Étienne se demanda s'il l'avait rêvée.

Au même moment, leur poursuivant apparut dans le jardin, à quelques mètres devant eux. C'était un homme. Il progressait lentement, projetant de tous côtés le rayon d'une lampe torche. À l'évidence, il les cherchait. D'un pas prudent, il approcha de la grange et braqua sa lampe sur l'enchevêtrement d'épaves qu'elle abritait. Le faisceau lumineux passa en revue chaque centimètre de la grange où les deux hommes auraient pu se dissimuler. L'homme scrutait les anfractuosités tout en restant à bonne distance.

Étienne remarqua alors qu'il tenait une arme. Il ne prêta pas attention au tas de bois adossé au mur arrière, se dirigea vers l'hôtel, inspectant à la lumière de sa lampe les buissons sur son passage, puis atteignit enfin la façade de l'édifice. Au centre, une porte-fenêtre en bois blanc, surmontée d'une imposte en demi-cercle, donnait accès à l'intérieur. L'homme parut hésiter. Enfin il recula, entreprit de longer la façade et disparut à l'angle du bâtiment.

Anatole était d'avis de le suivre et d'entrer par la gauche, comme il l'avait fait. Étienne s'y opposa. L'homme se savait épié, il avait conscience que quelqu'un s'était introduit dans la propriété, même s'il ignorait sans doute qu'ils étaient deux. C'était d'ailleurs leur seul avantage sur celui qui venait de s'évanouir à l'angle du mur.

— N'oubliez pas le complice à l'intérieur, rappela Anatole.

— Nous ne sommes pas sûrs que ce soit un complice. Peut-être notre homme ignore-t-il que quelqu'un l'a précédé dans la place, objecta Étienne. Ils vont alors s'affronter. Vous voulez vraiment foncer tête baissée ?

Sans répondre, Anatole s'extirpa du tas de bois, suivi d'Étienne. La lune éclairait suffisamment pour pouvoir progresser à l'aise. Étienne inspecta les abords de la dépendance, à la recherche d'un objet contondant, sans perdre de vue l'hôtel, d'où aucun bruit ne parvenait. Il gagna l'extrémité de la grange, là où elle rejoignait le mur d'enceinte de la propriété. La terre mouillée dans laquelle il s'enfonçait jusque-là lui parut plus ferme. Il s'aperçut qu'il posait les pieds sur une sorte de socle en pierre, arrondi. Il s'accroupit et observa le sol. Des branches avaient été entrelacées soigneusement pour recouvrir un panneau de bois. Sans doute un ancien puits coffré et oublié. Mais les branchages intriguaient Étienne. Ils avaient été disposés dans un ordre géométrique qui ne devait rien au hasard.

— Voilà, vous avez trouvé, murmura une voix dans son dos. Étienne sursauta et découvrit Anatole, penché au-dessus de lui.

— On dirait un puits obstrué ou une citerne.

— Un trou de curé, j'en cherche l'entrée depuis tout à l'heure.

— Encore ? Vous n'allez pas me refaire le coup du passage secret pour vous évader de la maisonnée en cas de coup dur !

— C'est pourtant très exactement ce dont il s'agit.

— Vous prenez vos rêves pour la réalité. C'est sûrement un puits ou le couvercle d'une fosse septique, désolé pour le romantisme.

— Taisez-vous et venez m'aider, répondit Anatole.

Étienne commençait à s'habituer aux séances archéologiques musclées auxquelles Anatole le soumettait. Cette fois-ci, ce dernier s'était équipé d'un attirail de cambrioleur qui tenait également du kit de plombier, maçon, et terrassier. En quelques minutes, le parement fut dégagé et le bois retiré. Contrairement à leur précédente expédition souterraine, il était manifeste que celui-ci avait été ouvert et refermé récemment. Au-dessous ils découvrirent, non pas un puits, mais un escalier de brique qui s'enfonçait, très raide, sous la grange. Étienne fronça les sourcils.

— Vous voilà convaincu ? ricana Anatole.

— Encore un passage secret ?

— Sinon un passage secret, du moins une issue souterraine.

— Comment saviez-vous qu'on en trouverait un ?

— La maison est de la même époque, elle obéissait aux mêmes contraintes. Ne commencez-vous pas à comprendre ?

— C'est un indice, vous pensez ? Barbey d'Aurevilly serait aussi venu ici ?

— En tout cas, je suis sûr que, dans sa fuite parisienne, il aura emporté ce qu'il ne voulait pas laisser au hasard de la guerre, et que cette propriété est au cœur de son secret. Mais soyons prudents. Rappelons-nous qu'il y a un – ou plusieurs – olibrius qui nous précède en ces lieux. Descendons.

— Attendez ! le retint Étienne. Je n'aime pas cela, c'est trop simple. Il nous attend peut-être sur la dernière marche pour nous cueillir.

Anatole le dévisagea un instant, puis hocha la tête. Il s'assit sur ses talons, fouilla dans son sac dont il avait déjà extrait moult outils et se tourna vers Étienne.

— Ceci peut-il vous rassurer ?

Dans sa main ouverte brillait une petite arme à feu. Étienne le fixa, ébahi. Anatole avait son regard dur, une lueur glaciale au fond des yeux. Étienne sentit une détermination froide qui émanait de lui et, une nouvelle fois, il se demanda qui était vraiment cet homme. Anatole vérifiait le chargeur.

— Vous croyez que nous en aurons besoin ?

— Je l'ignore, mais ce qui est sûr, c'est que, depuis hier, nous possédons un élément nouveau et inquiétant : il y a bien des descendants Valmesnil vivants aujourd'hui. Cassandre a raison, cette plaque funéraire prouve qu'Anita a eu une fille. Une fille dont nous ne savons rien, qui n'est même pas évoquée par François-René dans sa lettre à son ami.

— Et alors ?

— Et alors, si cette fille a fondé une famille, ça peut être n'importe qui aujourd'hui. Or cette plaque, que Cassandre a vue, a été retirée récemment, par quelqu'un qui ne veut pas que cette descendance soit connue. Quelqu'un qui cherche à dissimuler la vérité, et son identité réelle. Voilà l'élément nouveau, et cela m'inquiète.

— Mais comment Anita a-t-elle pu avoir une fille ?

Anatole ne répondit pas. Il alluma la torche et s'engagea le premier dans l'étroit escalier. Étienne le suivit avec docilité. Ne désirant pas attirer l'attention si l'homme repassait par le jardin, ils rabattirent le panneau de bois derrière eux, après s'être assurés qu'ils pouvaient le soulever par-dessous. Le trou ne serait pas visible de loin.

★

Ils parvinrent sans encombre au pied de l'escalier. La cavité où ils débouchèrent devait être les fondations de la grange. Une vapeur froide s'insinuait en eux. À l'aide de la lampe torche, Anatole éclaira. Comme il l'avait prévu, un boyau s'enfonçait en direction du corps de logis de l'hôtel de Gisles. Ils s'y engagèrent, après avoir enveloppé la lampe d'un tissu afin d'en diminuer la portée. Au bout d'une dizaine de mètres, le couloir formait un coude vers la gauche. Ils avancèrent jusqu'à la bifurcation, puis, comme aucun bruit suspect ne parvenait du nouveau tunnel, ils poursuivirent leur progression. Encore un tournant, à droite cette fois. Le boyau s'élargissait, et la voussure rectiligne était désormais étayée de solives en bois d'où pendaient des lanternes électriques depuis longtemps hors d'usage. C'est alors qu'Anatole s'arrêta et intima le silence : une soudaine bouffée d'air froid parcourait le souterrain à leur rencontre, faisant osciller les lanternes devant eux. Anatole éteignit la torche, ils attendirent.

Brusquement, Étienne sentit un frôlement contre lui. Il crut qu'Anatole se tenait à ses côtés, mais entendit son pas plusieurs mètres devant. Sans réfléchir, il attrapa ce qui passait à sa portée et perçut une secousse. Il y eut des cris et une bousculade. Perdu dans l'obscurité, Étienne tentait d'agripper une forme qui se débattait. Une deuxième poigne s'abattit sur lui. Paniqué, il distribua autant de coups qu'il le pouvait, de droite et de gauche. Soudain, on le lâcha. Une cavalcade se fit entendre. Puis la voix d'Anatole rugit dans le souterrain, se répercutant à l'infini sous les voûtes.

— Attrapez-le, il file !

Étienne fonça comme un fou. Il pouvait entendre le bruit d'une course devant lui et avançait en se guidant aux pas qui le précédaient. L'individu courait vite, cependant Étienne devinait qu'il le gagnait de vitesse, il pouvait presque percevoir sa respiration. Anatole, derrière lui, continuait à vociférer : « Plus vite ! Il s'échappe, bon Dieu ! » Brusquement, Étienne buta sur un obstacle, une marche, un escalier. Les pas s'éloignaient au-dessus de lui. Il reprit haleine, et gravit les marches en colimaçon. Arrivé à un premier palier, il s'arrêta. Les bruits de pas avaient cessé.

Étienne écouta. Rien. Puis si. Une respiration. À quelques mètres au-dessus de lui. Il tenta de réprimer son propre essoufflement et se concentra sur le bruit. Cela venait de la gauche, juste au-dessus de lui. Encore quelques marches, qu'Étienne gravit sur la pointe des pieds avec une infinie lenteur. L'homme le croyait sans doute arrêté plus bas, à l'orée de l'escalier. Il grimpa encore une marche. D'après le halètement qu'il percevait, l'homme devait être à sa hauteur. Sans doute dissimulé dans un renfoncement du mur. Un silence. Le cœur battant, Étienne avança la main pour agripper l'homme. Mais comme il se jetait en avant sur lui, une lumière vive l'aveugla et il perdit l'équilibre. Au même moment, l'homme poussa un cri et bascula en arrière comme aspiré par une trappe, tandis qu'Étienne, entraîné par son élan, chutait lourdement sur lui, la tête la première. Un carrelage en damier noir et blanc accueillit sans douceur sa culbute.

20.

Le dernier des Valmesnil

Anne, médusée, tenant encore la poignée de la porte ouverte, regarda les deux hommes s'abattre à ses pieds dans un fracas de hurlements.

Étienne recouvra ses esprits le premier et se jeta de nouveau sur son adversaire pour l'empêcher de prendre la fuite. Mais ce dernier n'en avait pas l'intention. Blessé dans la bousculade, il se tenait recroquevillé de sorte qu'Étienne n'eut aucun mal à le maîtriser. Il le traîna sur le sol et le fit asseoir, tandis qu'Anne cherchait un interrupteur pour éclairer le vestibule. Enfin la lumière se fit et Étienne reconnut le Pr Clamorgan, pâle, le visage grimaçant de souffrance. Il tenait dans ses mains sa jambe blessée. Au même instant, la grande porte du hall d'entrée s'ouvrit avec fracas et une Cassandre échevelée fit irruption, braquant son fusil sur les assistants. Anne se précipita vers elle, écarta le fusil et la serra dans ses bras jusqu'à l'étouffer. Cassandre s'appuya sur la crosse de son arme et la dévisagea avec surprise

C'est alors qu'Anatole déboucha péniblement du souterrain et encadra sa silhouette dans l'ouverture. Tous les regards convergèrent vers le professeur, assis contre le mur, la tête renversée en arrière, les yeux fermés. Enfin, Étienne parla le premier.

— Qu'est-ce que vous faites là ?

— Et vous ? haleta péniblement le professeur sans ouvrir les yeux. Je n'ai pas de compte à vous rendre, je suis chez moi.

— Méfiez-vous, intervint Anne. Il est fou à lier. Voilà trois jours qu'il me tient ici, me hurle des menaces. Il a complètement perdu la tête.

— Vous êtes ridicule, souffla encore le professeur. Vous ne savez rien.

— C'est un malade, reprit Anne avec vivacité. Vous étiez mon ami, celui de mon père, alors que tout ce que vous cherchiez, c'était lui voler ses recherches.

— Il n'avait pas à me barrer la route, siffla le professeur, soudain ragaillardi.

Anne se rua sur lui, et il fallut toute la poigne d'Anatole pour l'empêcher de mettre en pièces Clamorgan, toujours recroquevillé contre le mur.

— En quoi était-il sur votre route ? Il recherchait le manuscrit disparu de Barbey d'Aurevilly. Vous aussi ?

— Il cherchait à voler ce qui m'appartient, dit lentement le professeur.

Il se tut, crispa les paupières. Étienne crut qu'il perdait connaissance, mais il demeura bien droit contre le mur. Anne leva les bras d'un geste excédé et s'adossa à la paroi soutenant l'escalier. Anatole s'agenouilla devant le professeur.

— Vous êtes un Valmesnil, murmura-t-il.

Le professeur entrouvrit les yeux, les deux hommes se dévisagèrent en silence.

— Vous êtes un Valmesnil, répéta Anatole. Vous voulez récupérer cette histoire, parce que Barbey y dévoile le secret de votre famille. N'est-ce pas ?

Le professeur sembla s'affaisser. Il avança une main qu'Anatole saisit dans les siennes. Étienne vit des larmes briller dans ses yeux. Il s'aperçut à peine qu'Anne d'Aboville, les prunelles écarquillées, venait à son tour de glisser à terre le long du mur.

★

— Je m'appelle Gaétan de Valmesnil, commença le professeur. Mais je n'ai jamais porté ce nom. J'en ai même découvert l'existence très tard dans ma vie, après m'être appelé Clamorgan pendant des années.

Ils étaient tous assis dans un salon du premier étage de l'hôtel de Gisles, aux murs tendus de toile de Jouy. Les mannequins endimanchés à la mode du XVIIIe siècle, disposés dans les angles de la pièce, donnaient à la réunion une dimension inquiétante, tel un colloque de fantômes. À tout moment, le faible éclat du lustre clignotait, menaçant de plonger l'assistance, de cire et de chair, dans le noir. Anne alluma les quatre bougies d'un chandelier en argent et le posa au centre de leur petit groupe. Elle s'assit dans le fauteuil le plus éloigné du professeur et, sans le quitter des yeux, s'adressa à Anatole.

— Cet individu serait le descendant de François-René de Valmesnil, l'auteur des lettres ? Cet ami de Barbey dont il aurait fait le sujet de son texte ?

Sans répondre, Anatole se tourna vers le professeur.

— Comment avez-vous découvert ce lien de parenté ?

— Je l'ai appris à la mort de ma mère, répondit Clamorgan. Je suis né en 1945. Ma mère s'appelait Hélène Liger, c'était une mère célibataire, « fille-mère » comme l'on disait en ce temps. Je suis né à Valognes, mais ma mère a quitté rapidement cette ville pour s'établir à Caen.

Un silence tomba.

— Je devais avoir quatre ou cinq ans, reprit le professeur, lorsque ma mère rencontra un certain Clamorgan et l'épousa. Il m'a adopté. Ce M. Clamorgan était un homme bien. Il s'est occupé de ma mère et m'a élevé comme son propre fils, sans jamais me cacher qui il était en réalité pour moi. Je lui suis reconnaissant de cette sincérité. Malgré sa bienveillance envers moi, je n'ai jamais pu me faire à l'idée de ne pas savoir qui était mon père. Je fouillais partout et j'interrogeais ma mère, ce qui occasionnait des disputes. Elle refusait d'aborder le sujet. Elle ne me parlait pas non plus de sa propre famille. C'était une femme mutique sur tout ce qui concernait le passé, et je ne le supportais pas. J'ai grandi dans cette atmosphère lourde. C'est en 1958 que tout a basculé ; j'avais treize ans. Une lettre d'un notaire de Saint-Lô est arrivée à la maison. Elle annonçait à ma mère que son père était mort. Ma mère a refusé de se rendre au rendez-vous proposé par le notaire et ne voulait rien savoir de la succession. Or, Clamorgan ne l'entendait pas ainsi. Nous sommes donc partis seuls pour Saint-Lô, lui et moi. Chez le notaire, nous avons découvert que ma mère s'appelait non pas Liger mais Valmesnil, et que son père, Jean de Valmesnil, veuf depuis des années, venait de s'éteindre à Valognes.

— Jean de Valmesnil ! Vous êtes son petit-fils.

— Je tombai des nues, mais mon étonnement n'était rien à côté de celui de Clamorgan, qui découvrait la véritable identité de sa femme plus de dix ans après leur mariage. Je n'ai jamais su exactement pour quelle raison ma mère lui avait caché ses origines. Ma mère refusa de se rendre à Valognes ; les affaires du défunt furent mises sous séquestre et le sujet banni de nos conversations familiales, un tabou de plus. Je commençai des études d'histoire. Peu de temps après, ma mère tomba malade et décéda en 1965. Ce fut une sorte de libération pour mon père adoptif et moi. Nous nous rendîmes de nouveau ensemble à Valognes, où l'on me remit les papiers de mon grand-père, essentiellement sa correspondance avec son épouse. Commença alors une étape essentielle de ma vie. J'avais enfin accès à une parcelle de mon histoire. Clamorgan m'encouragea dans cette voie, car il comprenait que jamais je ne pourrais vivre avec les silences de ma mère. Malheureusement il mourut lui aussi l'année suivante.

« Mais j'étais lancé. Je lus ces lettres avec jubilation. J'appris que j'étais le petit-fils de Jean de Valmesnil et d'une certaine Henriette de Colleville. Ils s'étaient mariés en 1910 à Valognes, et avaient eu l'année suivante une fille nommée Hélène, ma mère. Trois ans plus tard, Jean partait à la guerre. Commença alors, pendant les quatre années du conflit, une correspondance suivie avec sa jeune épouse. Il ne pouvait lui raconter les péripéties des combats, car le courrier était étroitement censuré, aussi évoqua-t-il – pour remplir ses lettres – ses souvenirs de jeunesse.

— C'est ainsi que vous avez découvert ce secret familial qui entoure sa naissance ?

— Pas exactement, mais cette lecture m'a révélé qu'un drame avait eu lieu. Jean avait vécu une enfance solitaire, ici même, à l'hôtel de Gisles, aux bons soins de domestiques. Il n'avait pas connu sa mère, morte dans des circonstances dont il ignorait tout. Quant à son père, François-René de Valmesnil, il dépeint un homme absent, qui s'étourdissait à Paris la plus grande partie de l'année. En grandissant, Jean réunit des indices, attrapa au vol des bribes de conversations entre les domestiques et comprit qu'un secret entourait le mariage de ses parents. Jusqu'au jour où Jules Barbey d'Aurevilly – dont mon grand-père affirmait être le filleul – le lui révéla. À cette époque, on est environ vers 1887, Jean a dix-huit ans, Barbey est très vieux, près de la fin de sa vie. Il avoue à son filleul avoir écrit une *Diabolique* sur l'histoire de ses parents, une histoire de femme vénéneuse devenue une victime sacrifiée.

— Que racontait-elle exactement ?

— Hélas, dans ses lettres à son épouse, Jean ne détaille pas le contenu de l'histoire, ni les confidences de Barbey. Peut-être pour épargner sa correspondante ou parce qu'il sait que son courrier est relu.

— Ou encore, suggéra Anatole, parce qu'il ne la connaissait pas. Dit-il l'avoir reçue des mains de son parrain ?

— Il ne dit rien de précis et conclut sa lettre en déplorant que ce texte ait définitivement disparu. Puis il n'en fait plus mention dans sa correspondance. Inutile de vous dire l'effet que cette lecture eut sur moi. Non seulement, j'apprenais l'origine de ma famille, mais en plus je découvrais un drame mystérieux et, cerise sur le gâteau, je me retrouvais sur la piste d'un inédit d'un des écrivains les plus flamboyants du XIXe siècle. À partir de ce moment, je lus tout ce que je pus trouver sur la vie de Barbey, ses amitiés et fréquentations, sa famille, les lieux où il avait vécu. Et très vite, je compris que la clé de l'énigme était votre aïeule, Blanche.

— Pourquoi ? aboya Anne d'un ton rogue.

— Parce que mon grand-père parle d'elle dans ses lettres. Et dans des termes des plus étranges, mais j'y reviendrai. Toujours est-il que c'est dans ses papiers que j'ai trouvé cette photo de Blanche toute jeune. Vous l'avez découverte, Anne, n'est-ce-pas ?

— C'est vous qui l'avez mise là ? Elle représente ma grand-tante Blanche, âgée d'à peu près dix-sept ans, elle doit donc dater de 1900 environ. Mais elle est signée au dos *Blanche de Valmesnil*. Or, ce n'est pas possible, ajouta Anne avec précipitation. Le frère de Blanche, mon grand-père, s'appelait d'Aboville, comme Blanche, et comme leur père, Charles. C'est impossible qu'elle ait été une Valmesnil.

— En effet, approuva doucement Clamorgan. Son nom de jeune fille était bien d'Aboville. Et pourtant, elle avait de bonnes raisons de se savoir liée aux Valmesnil.

Anne le dévisagea, incrédule, puis elle secoua la tête. Clamorgan continuait à sourire sans dire mot.

— Nous pensons, fit Étienne timidement, qu'Anita et François-René ont pu avoir une fille.

— Enfin vous y voilà ! applaudit le professeur. Je vous félicite de l'avoir découvert.

— Impossible qu'il s'agisse de Blanche, rétorqua Anne. Elle aurait dépassé allègrement les cent ans au moment de sa mort.

— Néanmoins, reprit le professeur, ne trouvez-vous pas curieux qu'un jeune couple marié en 1855 n'ait son premier et unique enfant que quatorze ans plus tard ?

— Qu'avez-vous découvert ? s'impatienta Anatole.

— Que bien avant la naissance de mon grand-père, l'année de leur mariage, naquit une fille. C'était en 1855. Elle s'appelait Éléonore.

Cette fois, Anne bondit.

— La mère de Blanche s'appelait Éléonore ! Je ne connaissais pas son nom de jeune fille. Vous affirmez que c'était une Valmesnil ?

— Je l'affirme, répéta le professeur. Votre arrière-grand-mère était la fille aînée de François-René et d'Anita. Je pensais que vous le saviez. Et je continue à penser que, si vous l'ignoriez, votre père le savait, ou s'en doutait. Peu importe, cela m'a conduit à…

— Je le savais, je le savais ! claironna Cassandre. C'est donc Blanche qui a mis la plaque sur la tombe d'Anita *À ma grand-mère maternelle*. Et c'est pour ne pas qu'on la trouve que vous l'avez enlevée, c'est vous !

— Une minute, intervint Étienne. Ça reste encore bien confus. Vous voulez dire que Blanche était une Valmesnil par sa mère, Éléonore, et que vous, vous descendez de son frère cadet, Jean ? Donc, Anne et vous-même, vous êtes cousins ?

Anne jeta un regard maussade à Étienne mais ne répondit pas. Clamorgan ne dit mot, et les deux « cousins » s'affrontèrent pendant une longue minute.

— Hélas, il a raison, votre grand-tante Blanche et ma mère Hélène étaient cousines germaines, puisque leurs parents, Éléonore et Jean, étaient frère et sœur.

— Impressionnant, dit Anatole, qui griffonnait un arbre généalogique sur son carnet. Anne d'Aboville et vous avez presque le même âge et pourtant il y a une génération d'écart entre vous.

— Rien de plus normal, répondit le professeur. Éléonore et son frère, Jean, avaient quatorze ans d'écart, elle était née en 1855 et lui en 1869. Cet écart entre les deux branches s'est encore creusé ensuite, car si Éléonore s'est mariée tôt comme la plupart des jeunes filles de l'époque, mon grand-père, lui, avait près de quarante ans lorsqu'il a convolé. L'écart d'âge entre leurs enfants respectifs s'est donc accru encore et cela a suffi pour intercaler une génération.

— Cassandre est une Valmesnil, murmura Étienne comme pour lui-même.

— Oh, vous, taisez-vous avec ça ! rétorqua Anne, excédée.

— Comment avez-vous découvert l'existence de cette Éléonore de Valmesnil ? demanda Anatole au professeur.

— Vous ne la trouverez pas mentionnée sur les registres des baptêmes de la paroisse, ni aux archives départementales. Les actes d'état civil de cette période ont été perdus lors du bombardement et de l'incendie de Saint-Lô en 1944. J'en ai eu connaissance dans les lettres de mon grand-père. Il explique que lorsqu'il était enfant, c'est par des conversations surprises entre adultes qu'il a appris qu'il avait une sœur aînée. Mais elle avait été éloignée du domaine à la naissance de Jean. Et jamais Jean ne parvint à obtenir de son père le moindre renseignement à son sujet. Mais selon Jean de Valmesnil, qui a également fait des recherches, elle devait avoir à peu près quatorze ans quand il est venu au monde. Ayant lu les lettres, j'en ai déduit qu'elle était née l'année du mariage de ses parents, voire un peu avant, ce qui constituait pour l'époque – et pour ce milieu – un scandale inouï. D'où son absence des registres baptismaux, sa naissance dut être des plus discrètes.

— Comment avez-vous fait le rapprochement entre la famille d'Aboville et la mystérieuse sœur aînée de votre grand-père ? reprit Étienne.

— C'est à peu près à cette époque que j'ai découvert la tombe isolée d'Anita de Montellano. Quand j'ai vu la plaque, j'ai compris que la fille d'Anita, mentionnée par mon grand-père dans ses lettres, avait dû épouser un d'Aboville, et que c'est par là que votre père lui était apparenté. Cassandre a raison, c'est sûrement Blanche qui a fait installer cette plaque en souvenir de sa grand-mère.

— Pensez-vous que sa mère lui avait révélé le secret familial et l'existence d'un texte de Barbey d'Aurevilly qui l'évoquait ?

— Je ne le crois pas, répondit Clamorgan. D'après les lettres de Jean, il semblerait qu'Éléonore ait grandi chez des cousins de Coutances. A-t-elle été éloignée dès sa naissance, ou bien après celle de son frère, cela reste un mystère. Mais une fois que les deux enfants, Jean et Éléonore, ont été séparés, tout concourait à ce que les deux branches de la famille demeurent à jamais étrangères. Cependant il s'est produit un événement qui a tout bouleversé : la vente de l'hôtel de Gisles, en 1902. Cet événement, mon grand-père le raconte. Il avait trente-trois ans alors. Son père, François-René, était mort quelques années plus tôt, en 1896. Il lui laissait des dettes et cet hôtel totalement délabré. Jean n'a pas réussi à trouver les fonds pour entreprendre les indispensables travaux, il s'est donc résolu à vendre la propriété. Ce fut une vente pénible pour Jean, mais également un coup de tonnerre. En effet, le notaire de Valognes, qui s'était chargé de la transaction, avait retrouvé les autres membres de la famille, notamment cette sœur aînée qui vivait à Coutances, où elle s'était mariée et avait fondé une famille. Le jour de la vente, sa fille Blanche se présenta à l'enchère. Les deux branches de la famille Valmesnil se rencontrent alors pour la première fois. Jean décrit une toute jeune fille, d'à peine dix-neuf ans, dotée d'un caractère déjà très affirmé. J'ai la conviction qu'elle a fait une forte impression sur lui.

— Que voulez-vous dire ?

— Il exprime une vraie fascination pour cette jeune fille. Même si sa lettre reste sobre – il écrit à sa femme, ne l'oublions pas –, on sent que l'événement de la journée n'est plus la vente en elle-même, mais l'irruption de cette nièce dont la beauté le trouble, c'est évident. Jean raconte aussi un épisode étonnant. Blanche est indignée que son oncle ait décidé de vendre le domaine sans consulter sa famille. À quoi Jean répond qu'il ignorait jusqu'à l'existence de sa sœur et de la famille qu'elle avait fondée. Blanche n'en a cure, elle s'énerve de plus belle, n'accepte aucune des explications de Jean et reste persuadée qu'il a sciemment cherché à dépouiller sa mère. Pourtant, il semble qu'Éléonore soit – elle-même – tombée des nues quand le notaire lui a appris qu'elle avait un jeune frère de quatorze ans son cadet. Apparemment, elle l'ignorait également. Jean ne sait comment calmer sa bouillonnante nièce quand tout à coup quelqu'un s'interpose. Une femme que ni Jean ni Blanche ne connaissent. Elle prend Blanche à part et lui parle longuement. La jeune fille semble impressionnée, sa colère retombe et, à l'issue de la conversation, elle quitte précipitamment la salle des ventes. Jean ne la reverra pas. En revanche, il fait la connaissance de l'inconnue qui a intercédé. Elle a quarante ans, elle est anglaise.

— Louise Read ! s'exclama Étienne.

— Louise Read, en effet. Qu'a-t-elle dit à Blanche et que dit-elle à Jean ? Jean se borne à indiquer que de ce jour, il a su la vérité sur le drame de ses parents, que Blanche et lui, les derniers héritiers de cette sombre histoire, devront chacun se partager une moitié du secret. Quand j'ai lu ce récit, j'ai compris que je devais retrouver Blanche et cette autre moitié de ma famille, qui détient l'autre moitié du secret.

— Vous êtes sûr que Blanche et votre grand-père ne se sont jamais revus ? demanda Anatole.

Gaétan Clamorgan hocha la tête.

— Je n'ai trouvé aucune correspondance entre eux dans les papiers de mon grand-père. Mais peut-être l'avait-il détruite pour éviter que son épouse... En revanche, c'est dans ses lettres que j'ai découvert la fameuse photographie de Blanche. Elle a une vingtaine d'années. À l'époque, une jeune fille n'envoyait pas sa photo dédicacée à un homme sans une raison particulière. Et il l'a conservée.

Ajoutez à cela qu'il est resté célibataire jusqu'à près de quarante ans, et que Blanche de son côté ne s'est jamais mariée…

Dans le silence qui suivit, Étienne reprit la parole.

— Et ensuite, vous avez retrouvé Blanche ?

— Trop tard malheureusement. J'ai fait la connaissance de votre père, Anne, alors qu'il venait d'hériter la maison de Blanche, à la mort de celle-ci, à la fin des années soixante. Je me suis lié d'amitié avec lui. Au départ, ça n'était pas qu'une démarche intéressée, croyez-le. Il était obsédé par Barbey d'Aurevilly, sa vie, ses textes, et moi j'avais enfin trouvé quelqu'un qui partageait la même passion que moi. Je cherchais mes origines, il était la seule personne à pouvoir m'y aider. Mais il demeurait très méfiant. Nous avons fini par nous brouiller.

— Je vous soupçonne de lui avoir dissimulé une grande partie de la vérité, on connaît vos méthodes ! gronda Anatole. Vous lui aviez dit vos motifs réels ? Qui vous étiez et qui était votre grand-père ?

Clamorgan fit la grimace.

— Je reconnais que j'aurais dû, pourtant je ne l'ai pas fait. J'étais trop fier à cette époque, il aurait fallu que je lui parle de ma mère. Non, je ne pouvais pas.

— Sa méfiance était compréhensible dans ce cas, répondit Anatole. Il devait se demander ce qui vous poussait à vous intéresser d'aussi près à son histoire familiale.

— Il ne vous a jamais apprécié, approuva Anne, impitoyable. Il pensait que vous comptiez vous approprier ce manuscrit à des fins marchandes, que vous étiez prêt à recourir à tous les moyens. La suite a prouvé qu'il avait raison !

— J'aurais dû lui dire la vérité. Mais c'était trop dur d'avouer qui j'étais. Vous ne savez pas ce que ça a été que grandir sans père dans l'après-guerre, les sous-entendus des adultes, les moqueries des enfants, vous n'avez aucune idée de ce que j'ai enduré. Dissimuler était devenu une seconde nature pour moi. Je voulais d'abord avoir le fin mot de ce secret avant d'assumer qui j'étais. De plus, j'étais persuadé – et je le suis encore – que votre père savait où se cachait la *Diabolique* manquante. Seule sa maladie l'a empêché d'aller la récupérer mais je suis sûr qu'il savait !

— S'il savait, il ne m'a rien dit, intervint Anne, tristement.

— Je doute qu'il soit allé aussi loin, reprit Anatole. De quoi disposait-il, à part les lettres découvertes dans l'escalier ? Blanche lui avait-elle fait des révélations ?

— Je ne pense pas, répondit Anne. C'est bien pour cette raison qu'ils se disputaient constamment. Il avait la conviction qu'elle détenait la clé de l'énigme, mais elle s'était murée dans le silence et dans l'hostilité. Cela mettait mon père dans une colère noire. Quand elle est morte, en 1968, il était révolté à l'idée que disparaissait avec elle le dernier témoin. Mais je commence à comprendre son attitude. Quant à vous, jeta-t-elle à Clamorgan, elle ne vous aurait rien dit même si vous l'aviez connue, c'était une femme intelligente qui détectait instinctivement les imposteurs !

Clamorgan serra les poings, mais Anatole s'empressa de changer de sujet.

— Comment avez-vous identifié l'hôtel de Gisles comme celui de votre famille ?

— Deux décennies de travail. Au cimetière, j'ai trouvé les tombes de toute la famille Valmesnil, y compris celle d'Anita. Ensuite grâce à la description de mon grand-père, j'ai vite identifié l'hôtel de Gisles. Il était dans un triste état. La famille qui en était propriétaire, la même depuis 1902, commençait à restaurer les communs, le jardin, et les décors intérieurs, il y avait tout le temps des ouvriers, ce qui m'a servi. J'ai pu m'introduire dans la propriété, sans attirer l'attention, déguisé en maçon ou en jardinier. Mon grand-père avait laissé des descriptions émues et précises de ce lieu, notamment ce souterrain que vous avez emprunté tout à l'heure. Mais aussi des petites pièces au grenier, où j'ai trouvé un fouillis entassé là sans doute au moment où la maison a été réquisitionnée par les Allemands. Il s'y trouvait de nombreux objets que mon grand-père avait connus. Pendant des semaines, des mois, j'y ai cherché la nouvelle de Barbey, j'étais persuadé qu'elle devait se trouver dans les papiers de la famille. Au bout d'un certain temps, les travaux de la propriété ont pris fin ; une grille et de nouvelles serrures m'ont empêché de poursuivre mes recherches. Mais j'ai continué à venir, en utilisant le souterrain dont personne ne semble connaître l'existence, encore aujourd'hui.

— Vous aviez aussi trouvé les lettres cachées chez Blanche ?

— Je n'en ai pas eu besoin car ce fut la seule découverte que votre père accepta de partager avec moi. Quand il les a découvertes, il était comme fou. Il me les a même montrées car il voulait un avis d'expert, avoir confirmation qu'on était bien en présence de manuscrits originaux. Pour la lettre de Valmesnil, c'était difficile d'affirmer quoi que ce soit car on ne dispose d'aucun spécimen de son écriture. Cela avait peu d'importance au fond. Pourtant, s'agissant de la lettre signée Barbey d'Aurevilly, il était capital d'en établir l'authenticité. Son existence et son contenu pouvaient s'avérer déterminants. Après avoir longuement étudié le document ainsi que des manuscrits authentiques de l'écrivain que j'ai pu consulter, j'ai conclu à un original. Jacques était aux anges. Mais quand je lui ai proposé que nous cherchions de concert cette *Diabolique* disparue, il s'est montré évasif. Par la suite, il m'a affirmé que tout cela n'avait aucun intérêt, que le document avait sûrement disparu pour toujours. J'ai compris qu'il entendait poursuivre seul. Alors chacun a fureté de son côté. Ce fut laborieux en ce qui me concerne. Contrairement à vous deux, je n'avais pas accès à la documentation et à la précieuse collaboration des descendants d'Aboville, fit-il en jetant un coup d'œil ironique à Anne.

— Cela ne vous a pas empêché de venir vous servir, riposta Cassandre.

— Vous parlez de mon intrusion d'hier ? J'ai passé un mauvais quart d'heure, grâce à vous. Je cherchais cette fameuse carte postale, en effet, mais au fond, je n'en avais pas besoin. C'était juste pour soustraire un indice dont je savais qu'il vous avait mis sur la voie. Votre père m'en avait parlé, mais il ne me l'a jamais montrée.

— Vous nous avez suivis dans le souterrain du château d'Issy, ce fameux soir ! s'exclama Étienne. C'est vous que j'ai aperçu à l'entrée du souterrain devant la fontaine, alors que nous allions ressortir. Vous avez refermé la vasque pour nous emmurer vivants, vous avez failli nous tuer !

— Je vous filais depuis deux jours. À la villa des Brillants, à Meudon, j'ai compris que vous teniez une piste sérieuse.

Clamorgan s'interrompit et regarda les assistants en cercle autour de lui.

— Je suis quelqu'un… d'assez perturbé, fit-il avec un effort visible. Ma vie n'a été qu'une suite de silences et de mensonges, de la part de ma mère d'abord, puis de solitude après la mort de mon beau-père. Je n'ai pas eu la chance, comme la plupart d'entre vous, de grandir entre des parents aimants et… bref, je ne vais pas bien. Cette histoire autour de Barbey et de Valmesnil était tout ce que j'avais de bien à moi. Je ne supportais pas que d'autres s'approprient cette découverte. En refermant le souterrain, j'ai obéi à une impulsion incompréhensible que j'ai regrettée aussitôt, je vous le jure. Malgré tous mes efforts, cependant, je ne suis pas parvenu à rouvrir le mécanisme, en tout cas au début. Je suis revenu plus tard dans la nuit et je suis parvenu à dégager le passage, mais vous aviez disparu, et je n'ai pas osé m'aventurer seul dans le souterrain. J'étais atterré. C'est la raison pour laquelle, quand je vous ai trouvés chez Anne hier, j'étais à la fois sidéré, stupéfait, et soulagé. Vous étiez vivants, c'était miraculeux ! Comment avez-vous fait ?

— Il y a une autre sortie, fit Anatole, arrêtant d'un geste bref le mouvement d'Étienne, qui s'apprêtait à prendre la parole. Voulez-vous dire que vous n'avez pas exploré la crypte ?

— Je n'en ai pas eu le temps. Cela faisait plusieurs semaines que j'avais identifié le site, mais le quartier a tellement changé qu'il m'a fallu du temps pour repérer la fontaine pivotante, et la reconnaître comme un vestige du château. Je venais de la découvrir quand vous êtes arrivés. Si je vous ai laissés y pénétrer les premiers, c'est parce que j'étais parvenu à la conclusion que les documents que je cherchais ne s'y trouvaient probablement pas.

— Tiens donc ! bougonna Anatole. Vous auriez pu nous prévenir, cela nous aurait évité quelques toiles d'araignée.

— Ça reste une découverte majeure, même si vous me confirmez que le manuscrit n'y figure pas, si je comprends bien.

— Croyez-vous que ce texte a définitivement disparu ? demanda Étienne.

— Autrement nous l'aurions retrouvé, vous ou moi.

— J'imagine que vous avez concentré vos recherches sur cet hôtel en fin de compte ? dit Anatole.

— Je l'ai fouillé de fond en comble. Il a fait l'objet de nombreux travaux depuis la fin du Second Empire. Si quelque chose avait dû être retrouvé, cela aurait eu lieu depuis longtemps. Je me suis rendu partout où Barbey a séjourné : son appartement de Paris, rue Rousselet ; son hôtel de Grandval-Caligny ; sa maison natale, à Saint-Sauveur-le-Vicomte. Rien. Peut-être que le document a brûlé dans l'incendie du château de Saint-Sauveur, en 1944. Ni votre père ni moi n'avons jamais voulu admettre cette possibilité. Mais la réalité s'impose à nous. Cette histoire est perdue.

Anatole se leva en secouant la tête et vint se planter devant le professeur.

— Ce n'est pas là où Barbey a vécu qu'il faut chercher. Grâce aux lettres, nous supposons qu'un échange a eu lieu entre Louise Read et Valmesnil, c'est-à-dire qu'elle lui a remis la nouvelle en échange des lettres qui en attestaient l'existence.

— Théorie intéressante, reconnut le professeur. Louise serait entrée en possession des lettres authentiques. Il reste à expliquer comment elles ont ensuite atterri dans l'escalier de la demeure où Blanche vivait.

— Les deux femmes ont sympathisé lors de la vente de l'hôtel. Peut-être que Louise Read a séjourné chez Blanche, ce que suggère la gravure que nous avons découverte dans la bibliothèque.

— C'est plausible. Imaginons : ce jour-là, Blanche apprend le secret de sa famille et l'existence de la nouvelle écrite par Barbey d'Aurevilly. Sa frayeur est grande ; elle sait maintenant que ce secret peut être à tout moment révélé, car Barbey en a fait un récit. Louise lui confie alors les lettres, seule preuve en sa possession. Blanche les cache, espérant ainsi que jamais la vérité n'éclatera.

— Je partage votre avis, soupira le professeur. Et je pense qu'elle a réussi à faire main basse sur le manuscrit et l'a fait disparaître. Voilà pourquoi nous nous épuisons en vain, vous, votre père, et moi-même, depuis des décennies.

Anatole arpentait le salon d'un pas nerveux, s'arrêtait de temps en temps pour examiner un bibelot ou une gravure, il ne tenait pas en place.

— Comment aurait-elle pu le récupérer ? reprit-il. Seul François-René aurait pu le lui donner, or, en 1902, il était mort depuis déjà plusieurs années.

— Louise Read savait peut-être comment se le procurer ?

— Mais elle n'avait pas intérêt à aider Blanche. Louise vénérait son grand écrivain et chacun de ses textes devait lui paraître sacré. Elle ne souhaitait sûrement pas qu'un écrit de Barbey, si modeste soit-il, fût détruit. Pensez à l'énergie que cette femme a déployée pour réunir un musée à la mémoire de son cher disparu. Confier à Blanche le manuscrit aurait constitué une absurdité. La jeune fille l'aurait brûlé car elle ne voulait pas qu'on garde de sa famille une autre image que celle-ci.

Tout en parlant, il désignait du doigt une toile de taille moyenne, qui représentait l'hôtel de Gisles à l'époque de son faste. La façade de l'hôtel, esquissée de nuit, était éclairée par des flambeaux. Une file de carrosses rutilants stationnait devant le péristyle central. Des jeunes femmes chargées de crinolines amples en descendaient, leurs visages éclairés par les torchères. Une soirée de bal sous le Second Empire.

Un silence lourd de tristesse descendit sur leur petit groupe. Anne et Cassandre fusillaient Clamorgan du regard. Lui se tenait tête baissée, affaissé sur son fauteuil, visiblement accablé. Étienne éprouva du chagrin en le regardant. L'homme avait presque perdu la raison dans cette aventure. Même s'il avait failli les tuer en refermant le souterrain, Étienne en cet instant ressentit de la pitié pour le vieil homme, qui n'avait jamais connu son père ni son grand-père et s'était épuisé dans cette recherche pour aboutir ce soir à un échec. Qu'allait-il devenir ?

Seul Anatole semblait échapper à la mélancolie ambiante. Il fit lentement le tour du salon, puis revint se poster devant le tableau représentant le bal.

— Quelle belle époque ce dut être, murmura-t-il en contemplant la scène. C'est un tableau de votre grand-père ?

— Un des derniers objets qui soient restés dans la famille après la vente, articula péniblement Clamorgan. Il n'a pas de valeur. Mon grand-père le gardait dans sa chambre. Je l'ai réaccroché là, subrepticement, à la fin des travaux ; j'attendais que les propriétaires s'en aperçoivent mais personne n'a réagi.

— *L'Honneur de la famille*, déchiffra Anatole au bas de la toile.

— Sans doute parce qu'il représente le domaine à son apogée, un monde disparu auquel François-René avait pris part au temps de sa splendeur. Mon grand-père explique, dans une lettre à sa femme, qu'en cas d'urgence imposant de quitter Valognes elle devra emporter à tout prix ce tableau…

— Sage conseil, dit lentement Anatole, qui, pendant qu'il parlait, avait décroché la toile et examinait l'arrière du panneau de bois.

Le professeur leva les yeux sans comprendre, ouvrit la bouche, puis bondit sur ses pieds et se précipita vers Anatole. Ce dernier pirouetta sur lui-même et se retrancha derrière une bergère. Étienne s'interposa et retint Clamorgan par le bras. Le vieux professeur hocha la tête et recula. Anatole approcha le tableau d'une lampe. Un épais carton rebondi recouvrait l'arrière du cadre de bois, masquant le revers de la toile. Anatole l'arracha d'un geste brusque, révélant une dizaine de feuillets jaunes, pliés en deux. Il les retira délicatement de leur compartiment et les déposa un à un sur le guéridon, à la lumière du chandelier d'argent. Une écriture manuscrite qu'ils connaissaient tous leur apparut, précédée d'un large titre qui occupait la moitié de la première page.

— « La femme recluse – *Septième Diabolique*, dans la nuit du 25 au 26 avril 1871 », lut Étienne.

Clamorgan chancela jusqu'à son fauteuil et s'y écroula.

— Elle était là ! Elle était là tout le temps…, articula-t-il enfin. Vingt-cinq ans ce tableau est resté sur mon mur. Pendant toutes ces recherches épuisantes, elle attendait là.

Cassandre et Anne s'approchèrent à leur tour. Anne tendit la main, mais la laissa suspendue en l'air pour effleurer d'un geste délicat les pages qui s'étalaient sous ses yeux. Elle se tourna vers Cassandre et essuya furtivement ses larmes.

— *L'Honneur de la famille*, fit Anatole avec un sourire. Non pas l'avant du tableau, mais l'arrière.

Il contempla la peinture avec tendresse et la remit à Clamorgan, toujours foudroyé dans son fauteuil.

— Je ne peux pas croire que je suis passé devant cette toile des centaines de fois, sans imaginer une minute ce qu'elle renfermait. J'ai même failli m'en défaire !

— Il serait intéressant de savoir, reprit Anatole, si votre grand-père était au courant de ce que ce tableau dissimulait.

— Je ne sais pas, hésita le professeur. Mais il y tenait énormément. J'ai longtemps cru que c'était à cause de ce qu'il représentait, l'hôtel perdu, les jours heureux. Mais peut-être qu'en réalité... non, je ne sais pas, répéta-t-il en hochant la tête.

Pendant qu'il parlait, Anatole s'était emparé du manuscrit ; Étienne l'observa se livrer au même examen minutieux que lors de la découverte des lettres dans l'escalier. Or, cette fois-ci, il ne paraissait pas autrement ému. Comme si l'écrivain avait toujours su, sans jamais douter, que leur quête aboutirait, alors que lui-même un instant auparavant se résignait à ne jamais connaître le fin mot de l'énigme. Le jeune homme admira silencieusement la force de caractère de ce géant, à la fois rebelle et sage, que rien ne faisait jamais dévier de sa trajectoire. Mais pour l'heure, l'intéressé poursuivait ses déductions.

— Pour moi, il ne fait pas de doute que François-René a fait réaliser ce tableau pour y dissimuler le manuscrit, dit Anatole en lui tendant le texte, que le professeur prit en tremblant. Il recommande ensuite à ses héritiers d'en prendre grand soin, comme l'« honneur de sa famille ».

— Louise Read le savait-elle ?

— Elle devait avoir une idée. Rappelez-vous ces deux cartes collées l'une contre l'autre dans le missel. Qui d'autre que Louise peut avoir fait cela ? Elle ne voulait pas que la nouvelle soit publiée du vivant des protagonistes, mais elle ne voulait pas non plus qu'on en perde à jamais la trace. Elle a collé les deux clichés, associant le château d'Issy – celui où elle avait été écrite – au château de Valognes – celui où elle avait été cachée.

— Ce texte est donc si scandaleux ? demanda Étienne.

— Pas pour nos mentalités actuelles évidemment, quoi que, dit le professeur, qui avait parcouru les premières pages. Mais à l'époque, une telle histoire… Mon arrière-grand-mère, murmura-t-il.

— Tout cela est bien beau, mais nous brûlons de savoir, s'impatienta Anne, qui essayait de s'emparer des feuillets à mesure que le professeur les lisait. Qu'est-il donc arrivé à Anita ?

Anatole laissa le professeur finir sa lecture. Puis il lui prit doucement le manuscrit des mains et le tendit à Anne.

La femme recluse

*L'hiver dernier, je revins passer une nuit à V*** après une absence d'une année. Je me reprochais ce retour, que bien des circonstances me commandaient d'éviter. Je m'étais juré de ne plus jamais emprunter les rues emplies de spectres à la nuit tombée, de ne jamais m'arrêter devant l'une de ces froides portes cochères qui défendent l'accès aux demeures aristocratiques de la rue des Religieuses, de ne jamais lever les yeux vers les promesses de l'étage, vers une fenêtre éclairée où le rideau s'écarte sous l'effet de l'impatience que l'on a de votre arrivée. Je m'étais juré de ne jamais m'y trouver à la tombée du soir. La nuit à V*** enveloppe à chaque pas le promeneur attardé d'un brouillard qui n'est pas celui qui monte des marais alentour, mais la vapeur venue d'un autre temps. Chaque nuit, V*** exhale une haleine glaciale qui saisit dans sa marche l'homme du moment, et dans ce souffle, il sent les siècles enfuis le pénétrer, ceux où V*** était une cité de patriciens florissants, de fêtes étincelantes et de bals dont la magnificence incendiait jusqu'au ciel où les astres pâlissaient sous l'éclat des cristaux d'ici-bas. Chaque nuit de ce glorieux temps, V*** en a gravé le souvenir dans une vapeur invisible, chargée des intimités et des drames de cette ère héroïque. Aujourd'hui désertée, devenue en ces temps démocratiques l'ombre de sa gloire d'alors, V*** expire, V*** recrache chaque nuit de froides* *volutes de nostalgie qui écharpent le passant, désorientent sa route et glacent son âme.*

*C'était un soir de cette sorte qui m'étreignait quand je parvins au seuil de l'hôtel de Gisles. Toute la journée, la pluie avait accablé les toits de la ville pour céder la place à cette brume lourde qui écrasait les dos courbés se pressant vers leur demeure. Pourquoi avais-je cédé aux instances de Valmesnil ? Lui aussi incapable de revenir sur les lieux, il m'avait conjuré de le représenter ce soir-là. S'il avait pris l'hôtel de Gisles en horreur, il ne supposait pas qu'il en était de même pour moi. L'épouvante d'un crime ne doit-elle frapper que son auteur ? N'écrase-t-elle pas aussi les témoins impuissants qui l'ont vu commettre ? Sa détresse m'avait convaincu de surmonter ma répulsion, mais à chaque halte de la diligence depuis Paris, je dois avouer que seule la pluie persistante me dissuada de fuir et non la loyauté envers mon ami. La voiture franchit ruisselante les portes de la ville. Devant l'hôtel de Gisles, je m'arrêtai un moment pour contempler la façade, à la lueur des torches. Subitement, la croisée de l'étage attira mon regard. Elle était obturée par deux madriers de bois cloués en croix. Je crus défaillir. Dans la cour s'alignaient des voitures attelées qu'un ballet de domestiques chargeait en malles et coffres. Valmesnil congédiait tout son monde. Un noble de Carteret, nommé B***, s'annonçait ce soir comme éventuel acquéreur et Valmesnil m'avait missionné afin de lui faire les honneurs de sa demeure et conclure une vente au plus tôt. L'homme avait la réputation d'un rude bretteur, doté d'un esprit hardi et d'un caractère ombrageux. Après m'être entendu avec le majordome pour qu'un feu soit allumé et un souper servi, je lui avais donné congé, et avais convié le Dr M*** à notre conciliabule. Ce docteur appartenait à l'espèce d'homme redoutable que produit aujourd'hui notre médecine ; mécréant, cynique et volontiers sacrilège, méprisant les puissants, jamais en réserve d'une plaisanterie impie, mais qu'on absolvait de tout, y compris ici à V***, car, seul entre tous, il sauvait les gens. J'escomptais que* sa conversation impertinente engendrerait entre nous trois une camaraderie qui me seconderait dans la négociation.

Arpentant l'enfilade de salles abandonnées du rez-de-chaussée, je frémissais au son de mes talons sur les pierres. La demeure et ses souvenirs m'écrasaient. Dans le vestibule, je m'accoudai à la rampe cirée de l'escalier et, contemplant la double volée de marches qui se rejoignaient au milieu de la galerie, je crus presque la voir descendre, apparition dévalant les degrés, une main effleurant la rampe, sa robe flottant derrière elle, pour se jeter dans un éclat de rire au cou de son époux. Des coups répétés à la porte me tirèrent de ma rêverie. Je découvris sur le seuil le Dr M*** accompagné de notre visiteur, pressé de s'abriter.

Mon ambassade s'avéra plus aisée que je ne l'avais redouté. B*** était un aimable personnage, brillant causeur, d'un magnétisme que démentait son allure de hussard. Il dépassait les six pieds, portait moustache, bottes et cape de feutre noir qui le recouvrait, et qu'il n'ôta pas même à la chaleur du feu. Au cours du souper, je débattis en moi-même sur sa véritable extraction. S'étant présenté comme issu d'une famille noble de Carteret, il abandonna illico cette prétention après avoir compris que je connaissais toutes les familles de bonne naissance du Cotentin. Il avoua alors avec un large sourire qu'il avait eu recours à ce subterfuge par crainte que Valmesnil ne refusât sa porte à un homme du commun. Nos questions sur son passé ne firent qu'ajouter à la confusion. Il mentionna une carrière militaire aux Indes orientales, puis un projet de mariage rompu avec une beauté locale qui l'avait obligé à fuir. Néanmoins, sa richesse ne faisait nul doute, car j'avais dans ma poche une lettre du notaire de Valmesnil qui m'assurait que la fortune de l'homme était considérable. Il fut toutefois malaisé d'en déterminer la provenance, notre homme possédant l'art d'esquiver les questions avec une infranchissable affabilité. La soirée avançant, nos échanges dissipèrent mes préventions, et enfin l'homme offrit un prix des plus raisonnables pour l'acquisition de la demeure. Sous le regard _amusé de M***, le marché fut promptement conclu, et je me décidai à le considérer comme un compagnon agréable, en dépit des incertitudes de sa biographie. Nous parvenions alors à ce moment du dîner où le porto et les fatigues du voyage se coalisaient pour nous engourdir par degrés. J'étais pour ma part plein de soulagement d'avoir mené à bien la tâche confiée par mon ami, satisfait de pouvoir lui rapporter des éloges sur son acquéreur, et quitter sans un regard cette ville, dont, pour l'instant, je parvenais à oublier l'existence au-dehors, en me concentrant sur les bûches craquantes et la chaleur du feu._

Comme le silence nous gagnait, le Dr M*** m'annonça qu'il prendrait sa retraite l'été prochain, et quitterait V*** pour rejoindre sa sœur en Touraine.

— Vous avez donc fini de tuer tous vos malades ? demanda B***.

M*** eut un rire silencieux. Quant à moi, la nouvelle me peina. M*** avait officié dans cette ville toute sa carrière ; pas une famille qui ne lui sût gré d'avoir sauvé l'un de ses enfants. Je me fis la réflexion que V*** s'enfonçait un pas de plus dans le néant. B*** dut avoir la même pensée car il reprit :

— Avec votre départ, c'est la mémoire de ce bourg qui s'en va. Les médecins sont les confesseurs modernes. Combien de sombres secrets de famille emportez-vous avec vous ?

— Keep your secret secret, _répondit l'homme de l'art. Si je parlais, combien de scélérats plongerais-je dans l'affliction ? Certains forfaits doivent demeurer ignorés._

— Des forfaits ignorés ? fit B*** en levant un sourcil. Pourtant notre police veille, nul crime ne reste impuni, nul coupable ne peut espérer échapper longtemps à la justice des hommes.

— Ou tout au moins à la rumeur publique, ajoutai-je. Dans nos provinces, elle condamne plus sûrement que les tribunaux.

— Voire, répondit le médecin, il est des crimes sans criminels et des assassins sans assassinats.

— Que diable voulez-vous dire ? fis-je en fronçant les sourcils.

— Qu'il existe des crimes dont on ne soupçonne point le coupable, et dont on ignore même qu'ils furent des crimes. J'ai rencontré d'authentiques meurtriers qui ont tué sans jamais commettre d'actes que nos lois poursuivent.

*— Vous parlez de ceux qu'un soldat peut tuer sur le champ de bataille ? dit B*** d'un ton sec. C'est la guerre, monsieur.*

— Point. Je parle de crimes, d'abominations déguisées sous l'apparence des vertus, sous les hardes de la respectabilité, des infamies que notre droit ne peut, ou ne veut, proscrire.

*— Des crimes légaux ? interrogea B*** avec cette fois un sourire diabolique.*

*Je n'aimais pas le tour que prenait cette conversation mais je ne m'en étonnais pas. M*** était de ces esprits philosophes pour lesquels les lois de nos pères n'étaient que superstition et obscurantisme. Je me demandais comment cette âme corrompue avait pu être tolérée dans une ville comme V*** mais je commençais à comprendre que c'est précisément cet esprit qui le prédisposait à s'y bien intégrer, son œil et son âme étant rompus à toutes les turpitudes sans se scandaliser. Tel que je le voyais, il était à l'image de cette ville, aux mœurs respectables jusqu'au seuil de ses portes cochères, innommables au-delà. Je défendis gauchement l'honneur de notre cité, provoquant l'hilarité de mes compères. B*** réclama au médecin une illustration. Mon malaise s'accrut, car je savais au moins une histoire qui confirmait la théorie du docteur, et ce malaise devint épouvante quand je réalisai soudain qu'il la connaissait mieux que quiconque. Par quel sortilège avais-je pu oublier le rôle terrible qu'il y avait joué ? Et dire que nous étions ce soir réunis dans les lieux mêmes où elle s'était déroulée, et par ma faute. Soirée maudite, docteur diabolique, que* *j'avais moi-même invité pour ce banquet du diable. Tout à coup, la pièce me parut froide, le feu mourant, je sentis le brouillard mortel de V*** traverser les carreaux et venir me saisir au fond de mon âme.*

*Le Dr M*** se faisait prier à présent, B*** l'exhortait. Je crus un instant me raccrocher au soulagement qu'il se tairait, par respect pour la défunte ou parce que nous étions ce soir les hôtes de Valmesnil, dont je sentais l'ombre formidable planer sur le salon.*

Mais il parla.

— Il y a bien une histoire… cette femme. Triste affaire. Bien sûr, mon serment de médecin s'oppose à ce que je me répande. Mais vous ? dit-il en se tournant vers moi.

— Que voulez-vous dire ? m'enquis-je d'une voix assourdie.

— Nul serment, nul ordre ne vous lie au secret.

*— Le diable m'emporte si je sais de quoi vous parlez, fis-je avec un accent de colère que je regrettai aussitôt, car je vis dans le regard de B*** que cette soudaine humeur lui donnait à penser. Maudissant mon impatience, je m'enfonçai plus profondément dans le mutisme et dans mon fauteuil.*

*Le médecin se leva et fit quelques pas. Le silence nous étreignait tous, ou n'était-ce que mon sentiment ? B*** semblait hypnotisé. Le médecin s'était éloigné du feu, il disparut dans l'obscurité et seuls les gémissements du plancher sous son pas nous parvenaient encore.*

*— Vous n'êtes pas obligé de révéler son nom, murmura enfin B***.*

— Je ne sais rien, vous entendez ? Notre bon médecin n'a qu'à révéler lui-même les secrets d'outre-tombe qu'il croit posséder.

Un instant, je me pris à espérer que le médecin évoquerait peut-être une histoire inconnue de moi. Après tout, il devait connaître bien d'autres secrets que le mien. Peut-être me croyait-il au courant d'un drame dont, en fait, j'ignorais tout. Me prêtait-il une science dont j'étais en réalité dépourvu ? Il ne fallait pas se trahir. Aussi est-ce accroché à cette hypothèse que je me retranchai dans un mutisme de granit.

Le médecin poursuivait sa déambulation dans les abysses du salon. Sa voix nous parvint sans que nous pussions en déterminer la provenance.

— Vous vous demandez si l'affaire que j'évoque est bien celle qui vous torture l'esprit, n'est-ce pas ?

*Je me retournai et l'aperçus qui tournait le dos à la plus haute fenêtre du salon, sa silhouette noire se découpait sur la blancheur des rideaux éclairés par la lune. B*** et moi le dévisagions, pour ainsi dire, car nul d'entre nous ne pouvait distinguer son visage.*

Soudain, le médecin pivota sur ses talons, saisit l'espagnolette et d'un geste brusque ouvrit la croisée. La bourrasque de la nuit s'engouffra dans le salon chaud. Soufflés par le vent, les rideaux se gonflèrent et, en se rabattant, enveloppèrent la silhouette du médecin d'un voile tumultueux. Le spectre vacilla un instant et bascula dans le vide. Je poussai un hurlement.

Le rire grave du médecin résonna alors comme un sinistre souffle d'orgue. Il se redressa et, se dépêtrant des rideaux, referma la croisée, avant de rejoindre d'un pas sautillant notre groupe. Je demeurai pantelant, hanté par la scène de cauchemar que je venais de revivre, réalisant à peine la comédie jouée à mon intention. À cet instant, ma détestation pour cet homme ne connut plus de bornes.

*— Je vois à votre mine que nous avons la même tragédie en tête, fit-il avec calme. Pardonnez ce grotesque théâtre, mais il me fallait une certitude. Servez-vous donc, ajouta-t-il en me versant une rasade de porto que j'avalai avec reconnaissance. Vous avez l'air d'un mort, et je sais de quoi je parle. Au rebours de notre ami B***, resté stoïque. Il a bien mérité ce récit, ne vous en déplaise.*

*B*** se contenta d'un sourire et s'enfonça dans son fauteuil, exposant ses jambes à la chaleur du feu.*

*— Notre histoire commence vers 1849, commença le démoniaque médecin. L'Empire n'est pas encore rétabli, mais certains y songent et dans l'ombre s'y préparent. Le Prince-Président s'entoure d'une conspiration d'hommes valeureux et sûrs, qui, le jour venu, le porteront au pouvoir. Le plus flamboyant d'entre eux est un aristocrate de vingt-quatre ans. Il est né à V., puis monté à Paris, où il s'ennuie dans les mornes débuts d'une carrière militaire sans perspectives. Il a soif d'aventures. Ses penchants bonapartistes l'ont brouillé avec sa famille de V***, ultralégitimiste. Il vit donc d'expédients, se passionne pour la cause italienne, participe même brièvement aux affrontements. Cette singularité le fait remarquer de Louis-Napoléon Bonaparte, alors président de la jeune Deuxième République. Notre héros devient un de ses affidés. On conspire, on prépare le coup d'État. La nuit du 2 décembre 1851, il…*

*— Mais au fait, intervint B***, comment s'appelle votre homme ?*

— Du diable si je m'en souviens, fit le médecin en prenant un air coupable. (Puis se tournant vers moi :) Est-il possible que la mémoire nous joue de pareils tours ?

Son ton ironique ne m'échappa pas, mais je me tins coi.

— Mes excuses, chers amis, dit le médecin en écartant les bras d'un geste d'impuissance. Je ne parviens pas à me le rappeler. Mais trouvons-lui un nom d'emprunt, pour la simple commodité du récit… Voyons, prenons celui du maître de maison qui nous accueille ce soir, appelons-le Valmesnil, qu'en pensez-vous ? ajouta-t-il en se tournant vers moi.

Je m'en tins à un marmonnement indistinct. La rouerie du médecin dépassait l'entendement. Satisfait, il reprit.

— Or donc, Valmesnil fut l'âme du coup d'État, ce que bien peu d'hommes savent aujourd'hui. Il fut la cheville ouvrière qui recruta les partisans, soudoya les édiles, aussi bien à Paris qu'en province, s'assura de la bienveillance complice des préfets, du soutien des bourgeois, et même de celui d'une certaine noblesse qui mit de côté ses fidélités

*monarchistes pour voir enfin l'ordre rétabli. Devenu Napoléon III, le neveu de l'Empereur sut se montrer généreux avec son ami : Valmesnil amassa en quelques années une fortune considérable, alors que, dans le même temps, son père étant trépassé, il héritait l'ensemble de ses biens, dont un superbe hôtel particulier au cœur de V***.*

Le médecin fit une pause. Nous étions tous trois figés comme autant de statues de cire. La vieille maison elle-même retenait son souffle.

— Valmesnil fut associé aux décisions majeures du début du règne, au premier rang desquelles le mariage de l'Empereur. Et c'est là, messieurs, que le drame prend sa source. L'Empereur jeta son dévolu sur une aristocrate espagnole, au grand scandale de la Cour : la famille de la fiancée n'était pas de sang royal, ce mariage ne constituait en rien une alliance prestigieuse, pas plus qu'il n'apportait le moindre avantage politique. La bonne société railla cette union bourgeoise, mais l'Empereur persista et Valmesnil, à ses côtés, organisa les festivités. Le 30 janvier 1853, ce fut le mariage à Notre-Dame et le soir un grand bal à Compiègne. Ce fameux soir, Valmesnil fit la connaissance de la comtesse Anita de Montellano.

*— Encore un nom d'emprunt ? s'enquit B*** d'un air détaché.*

— Bien sûr, bien sûr, bafouilla le scélérat d'un ton faussement contrit. L'Andalouse n'avait que seize ans, c'était la plus jeune suivante de la nouvelle Impératrice. Une beauté très éloignée des canons de notre style français ; svelte, des cheveux noirs, une peau de bronze où étincelaient des yeux verts. À rebours des blondes porcelaines de l'aristocratie normande, auxquelles François-René était habitué. Elle l'aborda au bal avec une désinvolture qui le stupéfia. Mais ce fut ensuite bien pis. Elle lui fit entendre dès ce soir-là le désir qu'elle avait de lui. Le lendemain du bal, ils s'enfuirent tous les deux. Le scandale fut inouï, aggravé par le fait que la comtesse andalouse était déjà promise à l'un de ses cousins de Séville. Les fugitifs furent rattrapés

*sur la route de Normandie et Anita renvoyée en Espagne. Valmesnil ne s'avoua pas vaincu. D'autant plus que la belle n'avait pas l'intention, elle non plus, de se laisser dicter sa conduite. Elle jeta au visage de ses parents qu'elle avait appartenu à Valmesnil une nuit entière avant d'être arrêtée. Cette fois, le déshonneur fut public ; son cousin renonça au mariage. Elle fut alors expédiée dans un couvent d'où le bouillonnant Valmesnil l'enleva aussitôt. Il ramena Anita en France, au cours d'un voyage qui traîna en longueur, tant et si bien que les deux familles, bien que scandalisées, ne purent que se résoudre à cette union. Avec la bénédiction de l'Empereur, mais en toute discrétion, les amants s'épousèrent à V***, où ils se firent oublier quelque temps avant que l'Empereur ne rappelle son fidèle à Paris. Certains prétendirent que ce séjour valognais fut mis à profit pour qu'Anita y accouche sans publicité d'une fille, née à peine quelques semaines après leur union officielle. Valmesnil reprit sa place auprès de l'Empereur mais il finit par se lasser de la vie de cour et se retira avec sa femme sur ses terres normandes. Nulle décision ne pouvait être plus funeste.*

Le médecin s'interrompit de nouveau et remit une bûche dans le feu avant de poursuivre.

— Le caractère d'Anita se révéla indomptable. Elle ne se plia pas à la vie de province que son mari entendait désormais mener. Elle fuguait, sortait à cheval la nuit, entrait dans des crises de rage où elle battait ses domestiques. C'était aussi une hôtesse brillante, ses réceptions devinrent célèbres tant par la magnificence que déployait le jeune couple que par les éclats imprévisibles d'Anita. Vous fûtes de ces soirées, mon ami, ajouta-t-il en se tournant vers moi, veuillez confirmer que je ne travestis pas la vérité.

J'opposai un silence opiniâtre. Il poursuivit.

— Arriva le soir où elle devait sceller son destin. Valmesnil avait reçu plusieurs amis, la soirée tirait à sa fin. Les femmes s'étaient retirées au salon, les hommes devisaient dans la salle à manger. Elle y entra soudain,

seule, les joues en feu. Elle riait, un air de défi dans le regard. Que fit-elle, croyez-vous ?

— Je vous en prie, taisez-vous ! implorai-je, excédé.

— Nous sommes entre gens de bonne compagnie, soit... Disons donc simplement qu'elle entama une conversation des plus légères avec l'un des convives présents.

Ici le médecin me regarda d'un air interrogateur mais je détournai la tête.

— Prise dans le feu de la conversation, et sans doute aussi par un excès de boisson – comment l'expliquer autrement –, elle se livra à des avances impudiques à l'égard dudit convive. Lequel, je le précise, se comporta comme un vrai gentleman en la circonstance. Aidé peut-être en cela par la présence de l'époux, lequel, muet de rage, contemplait sa femme se livrer sous ses yeux à un étalage de séduction.

*— Un diable jaloux, votre homme ? fit B***.*

— Comment ne pas le comprendre ! intervins-je.

*— Il me semble que la donzelle était coutumière d'une audace de mœurs dont lui-même avait tiré profit en son temps, remarqua B***.*

— Vous avez touché juste, approuva le médecin. C'était la torture de sa situation. Il aimait la hardiesse de sa femme, ce caractère ardent et la témérité avec laquelle elle avait bravé famille et réputation pour lui. Mais la voir offrir à un autre ce qu'il avait conquis jadis pour lui-même lui était intolérable.

*— L'éternel paradoxe ! dit B*** avec un rire sonore.*

Ces ricanements m'exaspérèrent.

— Vous avez beau jeu de faire l'esprit fort. Laisseriez-vous votre propre femme salir votre honneur de la sorte, sous votre toit, devant vos amis ? éclatai-je.

*— Quand on aime les femmes libres, il ne faut pas les épouser, rétorqua B***. Je m'y emploie depuis vingt-cinq ans, et, resté garçon, mon honneur s'en trouve préservé.*

— Je partage votre avis, c'est grande imprudence de remiser son honneur entre les... entre les mains, dirons-nous, d'une femme.

Le médecin étouffa un sourire après cette nouvelle fourberie.

— Permettez, je poursuis. L'attitude scandaleuse d'Anita amena bien vite les convives à se séparer, tant la gêne était grande. Seul, je demeurai à l'hôtel, car Valmesnil m'avait demandé de veiller, ce soir-là, une servante malade. Je quittai le salon, mais au lieu de rejoindre le quartier des domestiques, la curiosité me poussa à cette vilénie de demeurer aux aguets dans la galerie, derrière la porte que le couple Valmesnil venait de refermer. Le mari laissa libre cours à sa colère contre sa femme, et lui donna une série d'ordres impérieux. Point besoin d'être intime avec eux pour que je comprisse que jamais Anita n'avait été traitée de la sorte. L'humiliation d'être réduite à un devoir d'obéissance n'entrait pas dans les sentiments qu'elle pouvait tolérer. Après une philippique qu'elle laissa passer sans un mot, Valmesnil lui enjoignit de monter dans sa chambre. Elle refusa. Il répéta son ordre sur un ton plus despotique encore. D'une voix basse, elle lui répondit ces paroles :

« — Monsieur, j'obéis à vos ordres, puisque ordre il y a. Je monte dans ma chambre pour ne plus jamais en sortir. J'en fais ce soir devant vous le serment, je n'abandonnerai cette chambre qu'au dernier de mes jours. Adieu, monsieur.

« J'eus à peine le temps de bondir à trois pas et de me dissimuler dans des tentures quand Anita ouvrit la porte, et gagna le vestibule. Elle gravit les escaliers et atteignit le palier de sa chambre. J'entendis le claquement de la porte, une clé tourner dans la serrure, puis un silence de sépulcre. Je restai dissimulé ; une demi-heure s'écoula sans qu'un bruit parvînt du salon. Glissant un œil, j'aperçus Valmesnil. Il me tournait le dos, les deux mains crispées sur le manteau de la cheminée, le regard fixé sur le feu. Je gagnai les combles et veillai la femme de chambre jusqu'au matin.

« La suite, messieurs, je l'appris de la bouche de la domesticité lors de mes visites. Anita tint parole. Le lendemain, et les jours suivants, elle ne descendit pas. Seule sa

femme de chambre franchissait le seuil de la chambre pour lui porter à dîner. Les semaines passèrent, la porte resta condamnée. Valmesnil ignora de prime abord ce mouvement d'humeur, puis céda à l'impatience. Il tenta la douceur, les excuses, la menace, rien n'y fit. Anita demeura ferme dans sa résolution de garder la chambre pour le reste de son existence. Un jour où il tenta d'enfoncer le battant, elle lui lança du fond de la pièce un poignard acéré qui traversa le panneau de bois et faillit lui ouvrir la gorge. À l'extérieur, la nouvelle de la soirée scandaleuse se répandit, amplifiée par la rumeur. Le serment proféré par l'épouse, recluse volontaire à vie, fit aussi le tour de la ville. On s'indigna, on douta, on supputa, l'incrédulité le disputant au scandale. François-René, atteint par l'opprobre, ne fut plus reçu nulle part. Des mois passèrent, puis une année, puis une deuxième, Anita resta recluse. Valmesnil tenta à diverses reprises de reconquérir sa femme, des amis intercédèrent, mais elle demeura cloîtrée. Au fil des années, les domestiques quittèrent la demeure, de plus jeunes prirent leur place et peu à peu le souvenir du drame s'estompa dans les mémoires. On ne savait plus si Anita vivait toujours, si Valmesnil habitait encore l'hôtel, on murmurait qu'il voyageait au loin. Or, il était bien là, seul à arpenter jour après jour, nuit après nuit, ces pièces vides. Seul à quelques mètres de cette femme, la sienne, barricadée derrière une porte, symbole dérisoire du gouffre qui les séparait à présent. Il s'engloutit lentement dans la boisson. Un à un, les domestiques quittèrent ce service d'un maître défait et d'une châtelaine emmurée vive. Resta la vieille femme de chambre, qui assurait à Anita le seul contact avec l'extérieur, mais, malade et âgée, elle devait fréquemment quitter son service pour des soins à mon cabinet.

« Un soir, arriva le dixième anniversaire de la fatale soirée. La vieille servante porta le dîner à sa maîtresse, puis quitta l'hôtel pour venir me trouver, son mal lui poignant ce soir-là plus que de coutume. La suite, messieurs, je l'imagine, plus que je ne vous la décris, mais vous jugerez.

De la fenêtre du salon, Valmesnil la suivit des yeux, tandis qu'elle franchissait et refermait sur elle avec peine la grille de la cour d'honneur. Cette nuit-là, comme toutes les nuits, il but. Cette nuit-là, cela faisait dix ans que, lors de cette funeste réception, il avait vu sa femme en séduire un autre, qu'ils s'étaient affrontés, qu'elle avait condamné sa porte. Dix ans aussi qu'il ne l'avait pas même entrevue. "A-t-elle changé ? A-t-elle vieilli ? Est-elle vraiment toujours là ? Est-ce bien elle dont j'entends les pas peser sur les poutres du plafond ?" Soudain une idée germa. La nuit avançait. Savait-elle seulement qu'ils célébraient cette nuit-là les dix ans de leur schisme ? Elle allait se coucher, comme tous les soirs. Sauf que, ce soir-là, elle était seule, la maison était vide. Le savait-elle ? Et que pensait-elle ? Regrettait-elle sa résolution ? Attendait-elle, sans oser l'avouer, qu'il tentât quelque chose ?

« Valmesnil posa son verre sur la table. D'un mouvement calme, il se leva et alla droit à l'armoire cadenassée qui occupait le fond du salon, dont il déverrouilla les deux battants. À l'intérieur, les armes qu'il avait ramenées d'Italie, et celle que l'Empereur lui avait offerte, un pistolet damasquiné. Valmesnil prit l'arme, l'inspecta, et la chargea avec soin avant de reverrouiller le meuble. Le pistolet à la main, il quitta le salon et gravit l'étage. Devant la porte de sa femme, il écouta. Nul bruit, dormait-elle ? Il recula de deux pas, leva l'arme, visa posément la serrure et tira. Les détonations résonnèrent interminablement dans le château désert. Valmesnil écarta d'un coup de pied la porte éventrée et entra dans la pièce. Anita, dressée dans son lit par la déflagration, le vit pénétrer tel un spectre émergeant d'un nimbe de fumée. Elle n'eut pas le temps de crier.

« Cette nuit-là, messieurs, fut la nuit du 16 mars 1869 mais ce que je vous en ai dépeint ne correspond qu'à mon imagination, car il n'y eut pas de témoin du forfait qu'accomplit Valmesnil. Toutefois, les suites de cette infamie sont connues et j'y jouai, hélas, le premier rôle. Cette même année, par une froide nuit de novembre, je vis arriver à

mon cabinet le comte de Valmesnil, fébrile et désespéré. Nous nous hâtâmes vers son hôtel, où il me mena devant la porte de son épouse. Vous étiez là, monsieur.

Cette fois, je n'esquivai pas l'assaut.

— Il m'avait fait appeler, avant vous. Je l'ai trouvé hagard, devant la chambre d'Anita, qu'on entendait gémir de douleur à travers la porte. Il était possédé, me confessa par bribes un récit d'épouvante. Elle refusait qu'il entre, menaçait de se jeter sur un poignard. Il était fou de rage, parlait de la tuer de ses mains. C'est moi, monsieur, qui l'ai contraint à vous quérir. Il s'y refusait, atterré par les conséquences d'un nouveau scandale, mais je l'ai menacé de l'envoyer droit à la potence s'il persistait. Sans moi, il aurait laissé la pauvre femme à son sort.

— Soit, voilà donc éclairci le mystère de votre présence. J'entrai seul et trouvai Anita gémissante, grosse de huit mois, en proie aux douleurs de la naissance, mais aussi à un désespoir inexpliqué. Je demeurai à son chevet toute la nuit jusqu'aux premières heures du matin, où elle fut délivrée d'un garçon. Après avoir donné tant bien que mal les premiers soins au nourrisson, je laissai Anita reposer et redescendis avec mon frêle fardeau dans les bras, à la recherche de Valmesnil. Je ne rencontrai nulle présence au rez-de-chaussée, puis aperçus enfin la porte d'entrée ouverte. Valmesnil était écroulé plutôt qu'assis sur les marches du perron, le visage défait, indifférent à la pluie qui le transperçait. Vous l'observiez, à quelques mètres. Je descendis les marches, me tins debout près de lui et, après un silence, dis simplement : « C'est un garçon. » Il releva la tête et contempla d'un regard hébété la forme qui gigotait dans mes bras. Il se leva et tendit le cou pour examiner le contenu des langes. J'écartai les pans de tissu afin que Valmesnil pût envisager son fils. À ce moment, une fenêtre s'ouvrit sur la façade de la maison, au quatrième étage. Nous levâmes les yeux. À travers la pluie, les lueurs de l'aube éclairèrent une silhouette frêle aux cheveux défaits qui écarta les rideaux soulevés par le vent de la nuit, et se

pencha au-dehors. Nous n'eûmes pas le temps d'esquisser un geste ; la silhouette bascula dans le vide. Un long souffle fit onduler la chemise de nuit laiteuse, qui fila le long de la façade comme une traînée argentée et le spectre s'abattit sur les pavés de la cour, à trois pas de nous.

★

Nul n'osa rompre le silence qui suivit. Le médecin finit par reprendre la parole. Le ton du récit avait fait place aux accents glaçants du procureur.

— Selon nos lois sacrées, cette femme a commis un péché contre Dieu. Or, j'affirme, moi, qu'il s'agit d'un crime bien plus grand, et que pour tout crime existe un criminel. Un homme porte le sang de cette femme sur ses mains aussi sûrement que s'il lui avait planté une lame au cœur. Non content d'avoir tué, ce criminel a ensuite dissimulé son crime avec l'aide d'amis fidèles. Ce scélérat, le nommerons-nous, messieurs ?

*Seul le silence lui répondit. Je sentais le regard de B*** fixé sur moi depuis que le médecin avait révélé ma part dans les événements, mais demeurai incapable de parler. Les suites de cette scène effroyable défilaient devant mes yeux ; le cimetière la nuit suivante, la tombe au pied de l'arbre, Valmesnil et moi-même, seuls devant la petite fosse embourbée, le prêtre terrifié qui bredouillait l'oraison, tous trois transis sous la pluie, encore et toujours la pluie. Dans le salon, le temps s'était arrêté, le médecin attendait. La brume du dehors pénétrait toujours plus avant dans la pièce devenue glacée, elle nous enlaçait, nous pétrifiait sous sa froide étreinte. Le fantôme qu'elle avait amené avec elle était là, tapi au fond du salon. Se tenait-il derrière les carreaux, dans la nuit, n'était-il pas déjà avec nous, dans les plis de ces rideaux où je devinais une silhouette de femme blême et ses yeux vides attendant de croiser les miens ?*

*Quand la voix de B*** retentit enfin, je revins à moi. Il s'était levé et nous fit face, dos à la cheminée.*

— Pour ma part, votre récit conforte ma philosophie. Au fait, ce qui a tué cette femme, ce n'est pas son mari, ni elle-même, c'est simplement le Mariage. Paix à une âme trop exaltée pour ce siècle.

Sur ces mots, il rassembla sa pelisse et gagna le vestibule. Au seuil du salon, il fit volte-face et me lança :

— Il se pourrait que cette maison ne me plaise plus tout à fait. Transmettez mes compliments à votre ami et instruisez-le, je vous prie, que je ne suis plus acheteur. Bonsoir, messieurs.

Village d'Issy,
la nuit du 25 au 26 avril 1871

21.

Les héritiers

Anne avait donné lecture de la nouvelle à voix haute. Elle replia les feuillets en silence.

— Dix années de réclusion volontaire, dit enfin Anatole.

— Quel récit glaçant ! fit Anne. Il l'est encore plus quand on sait qu'il s'agit d'une histoire vraie. Votre arrière-grand-mère, ajouta-t-elle à l'intention de Clamorgan.

— Si mon grand-père a lu ce texte, je n'ose imaginer l'effet qu'une telle découverte a pu avoir sur lui.

— Terrible lecture pour lui, sans doute, que de découvrir la violence qui a entouré sa naissance.

— Cassandre avait raison au sujet de la tombe que nous avons vue au cimetière, dit Étienne. Barbey d'Aurevilly confirme qu'elle a été enterrée dans la plus stricte clandestinité.

— Cette partie du texte est capitale, en effet, reprit Clamorgan. Elle renforce l'authenticité des événements rapportés, puisque cette tombe, nous la connaissons, et que sa description concorde en tout point avec nos premiers constats, sous réserve de plus amples investigations.

— Quelles investigations ? Vous ne pensez quand même pas à une exhumation ? s'inquiéta Anne.

— Bien sûr que non. Je dis simplement que cette tombe constitue le trait d'union entre imagination et réalité. C'est ce qui donne à ce récit une valeur inestimable. Je comprends maintenant que Louise Read ait échangé les lettres contre la nouvelle. Les premières garantissent l'authenticité de la seconde, qui, sans elles, ne reste qu'une brillante page de fiction. Mais réunie avec les lettres, cela devient le témoignage clé d'un scandale familial. Louise savait qu'elle détenait la partie la plus menaçante du marché en les conservant.

— Vous ne semblez pas particulièrement ému en découvrant cette tragédie touchant votre arrière-grand-mère.

— Je ne l'ai pas connue, pas plus que mon grand-père, dont j'ai appris l'existence après la mort de ma mère. Vous non plus n'êtes pas bouleversée, fit Clamorgan, et pourtant, c'est aussi votre famille.

— C'est vrai, reconnut Anne, je n'arrive pas à considérer tout cela comme réel. Cela semble tellement ahurissant, romanesque et noir à la fois, bien dans la manière des légendes qu'affectionnait Barbey et qu'il enjolivait à plaisir. On a peine à croire que la réalité ait égalé son imagination.

— Égalé et même dépassé, renchérit Clamorgan. C'est le récit le plus implacable de tous ceux que j'ai pu lire de sa main. Si cette nouvelle avait été publiée dans *Les Diaboliques*, elle en aurait été le fleuron.

— Vous êtes les deux derniers héritiers de la famille Valmesnil, conclut Anatole en se tournant vers Anne et le professeur. Que comptez-vous faire de ce texte, maintenant qu'il est entre vos mains ?

— Je vais commencer par faire enfermer cet assassin ! rugit Anne en pilonnant les accoudoirs de son fauteuil. Il nous a enlevées, ma fille et moi !

Cassandre tourna vers sa mère un visage étonné.

— Heu, non, personne ne m'a enlevée, murmura-t-elle.

— Vous avez essayé en tout cas, déclara Anatole. Je suppose que vous la cherchiez le jour où vous êtes venu chez elle et qu'elle vous a chassé à coups de pierre.

— Absolument pas, se défendit Clamorgan. Je n'ai jamais essayé ni envisagé de l'enlever. Je cherchais juste la photographie. Je vous ai menacée de m'en prendre à elle, Anne, c'est vrai, pour vous effrayer. Mais j'aurais été bien incapable de m'attaquer à une enfant.

Anne croisa les bras, indignée.

— Vous avez eu moins de scrupules me concernant, marmonna-t-elle.

— J'ai veillé à ne pas vous faire plus de mal que nécessaire, et j'ai pris suffisamment de cailloux de la part de votre fille pour que vous puissiez vous sentir vengée, ajouta-t-il en massant son front endolori.

Anne haussa les épaules.

— On verra bien ce que mon avocat en pensera. Pour le reste, reprit-elle, je n'ai aucun droit sur ce manuscrit. Jusqu'à ce soir, j'ignorais cette ascendance. Et sans vous je l'ignorerais encore, dit-elle en regardant Clamorgan avec un peu moins d'animosité. De plus, je ne descends pas de Jean mais d'Éléonore, la fille aînée de François-René et d'Anita. Ce drame vous touche plus que moi.

Étienne regarda Anne avec surprise, alors qu'elle se levait et remettait solennellement les feuillets à son cousin, avant de se rasseoir dans le fauteuil situé près d'Anatole. Ils échangèrent un long regard.

— Indépendamment de mon sort personnel, dont vous déciderez, dit enfin Clamorgan, en tant qu'héritier, et comme historien, je souhaite la publication de ce texte. Mais comme vous, je ne me sens pas légitime pour en assumer la découverte.

Il se tourna vers Anatole.

— Rien de tout cela ne se serait accompli sans vous. Nous cherchions dans le noir, Anne et moi, incapables de coopérer, trop méfiants. Votre enquête, pour inopportune qu'elle m'ait paru tout d'abord, a été le déclencheur, et c'est vous en dernier ressort qui avez tout découvert, dit-il en désignant le tableau. Ce document vous appartient, et j'ajoute que vous pouvez disposer de moi comme vous l'entendez.

— Je ne comprends pas, fit Anatole.

— Jamais je ne me pardonnerai l'acte que j'ai commis en refermant sur vous l'entrée du souterrain à Issy. Je vous ai condamnés à mort dans un moment de folie. J'aurais dû prévenir les secours, tout tenter pour vous délivrer, mais je suis resté paralysé de peur, incapable d'une idée cohérente. C'est terrifiant à avouer, mais je crois que l'obsession de garder secrètes mes découvertes l'a emporté. Vous allez porter plainte et me faire condamner à des années de prison pour tentative d'assassinat.

— Je recommanderais plutôt l'asile psychiatrique, dans votre cas, gronda Anne. Vous m'avez frappée et séquestrée, vous auriez saccagé toute ma maison si ma fille ne vous avait pas mis en fuite.

— Laquelle ne manquait pas d'arguments percutants non plus, souligna Étienne, désignant du menton Cassandre et l'antique mousquet dont elle ne se séparait plus. Entre port d'armes prohibé, violations de domicile et effractions diverses, vous méritez tous de finir derrière les barreaux !

Toute l'assemblée soupesa l'argument. Anatole soupira, puis se tourna vers le professeur.

— Parlons clair, monsieur Clamorgan. Si vous me confiez ce texte, je n'ai pas l'intention de le recoller au dos d'une nature morte, ou de retourner l'enfouir dans le souterrain d'Issy, qui, somme toute, ne m'a pas laissé un si bon souvenir. J'entends que ce manuscrit authentique soit connu et son histoire également.

— Et vous révélerez alors les actes que j'ai commis ? Je comprends…

Anatole se tut. Un bref instant, son regard croisa celui d'Étienne, puis se détourna aussitôt.

— Je n'ai pas dit ça, je l'ignore encore. Mais vous comprenez qu'une telle trouvaille doit être partagée.

— Ce sera un événement extraordinaire, approuva lentement Clamorgan, j'ai hâte d'être le témoin de votre prochain triomphe. Cette découverte vous rendra justice, car je crois savoir que vous avez été durement sanctionné pour une faute de jeunesse, que cette révélation effacera.

Anatole vrilla sur lui un regard aigu.

— Méhidier est un vieux camarade, poursuivit Clamorgan. Il est venu me voir avant-hier, plein de ressentiment après avoir découvert votre véritable identité. Je suis parvenu à le calmer, il faut dire que je vous croyais mort à ce moment-là. Mais ne lui en voulez pas trop, il a eu son lot d'épreuves lui aussi. Et je crois que, grâce à mon intervention, vous n'avez rien à redouter de sa part.

Anatole détourna les yeux et ne répondit pas.

Épilogue

Au cours de la semaine qui suivit, Étienne et Anatole se virent très peu. Le jeune homme était inquiet quant à la conduite qu'Anatole allait adopter. Après la découverte du manuscrit, l'écrivain avait jailli de l'hôtel de Gisles dans un état d'excitation extraordinaire. L'idée qu'il tenait sous le bras sa prochaine réhabilitation, sous la forme d'un manuscrit dont il révélerait l'existence au monde, le jetait dans une sorte de transe. Il passa deux jours, enfermé dans sa chambre, à l'hôtel d'Aboville, en tête à tête avec le fameux manuscrit. Puis il réapparut pour s'évanouir presque aussitôt, en partance pour une expédition dont il ne voulut rien révéler. Trois jours s'écoulèrent, puis Anatole revint. Étienne craignait que la perspective de son triomphe ne lui ôte tout jugement. L'homme ne brillait pas par son humilité, ni par son sens de la mesure, et à l'idée de la revanche qu'il espérait prendre Étienne redoutait de fâcheux débordements.

Mais c'est un Anatole étrangement serein qui réintégra l'hôtel d'Aboville, sans toutefois livrer la moindre information. Étienne attendit les événements, mais Anatole ne semblait nourrir aucun projet précis, en dehors de travaux de bricolage, de jardinage et de longues promenades avec Anne dans la campagne environnante, dont il revenait hâlé et d'excellente humeur. On était au début du mois d'avril. Un soleil radieux réchauffait chaque jour davantage les antiques pavés de la cour où Étienne prenait maintenant plaisir à somnoler dans une chaise longue, tandis qu'Anatole se consacrait avec énergie au désherbage du jardin. Cassandre n'aurait plus reconnu son champ de fouille favori, où s'épanouissaient à présent en bon ordre jasmins et clématites. Puis il attaqua la réparation des gouttières, le nettoyage des chenaux et la remise en état des deux lanternes qui ornaient la façade. Le tout avec une compétence et une minutie inattendues. Étienne observait cette activité avec inquiétude, doutant qu'Anatole ait bien recueilli l'accord de la propriétaire, elle-même des plus imprévisibles, avant d'opérer ces interventions.

Deux semaines s'étaient écoulées ainsi lorsque, un matin, Alistair Darnley fit son apparition. Anatole, perché sur une échelle, astiquait le verre dépoli de la lanterne, nettoyée et repeinte, tandis qu'au rez-de-chaussée Étienne lisait, assis sur le châssis de la fenêtre du salon. De temps en temps, il levait le nez pour surveiller le bricoleur. Darnley parut à l'orée de la cour d'honneur et les salua d'un retentissant « *Hello there !* ». À quoi Anatole se retourna et, en équilibre sur son échelle, agita son chapeau :

— Mon cher, soyez le bienvenu, quelle surprise !

— Anne m'envoie vous saluer et vous remettre ces journaux, répondit l'autre en agitant deux liasses qu'il portait sous le bras. Il paraît qu'ils contiennent des nouvelles intéressantes.

— Donnez-les donc à Étienne, dit Anatole en désignant le jeune homme sous l'échelle.

Étienne remercia l'Anglais et déplia un exemplaire de *La Presse de la Manche*. En page 3, il lut un gros titre : « Cherbourg : un conservateur du service historique de la Défense découvre un manuscrit authentique de Jules Barbey d'Aurevilly ». Au-dessous s'étalait un portrait de Blaise Méhidier, un sourire jusqu'aux oreilles, exhibant pour la photographie le manuscrit de « La femme recluse ». Dans le corps de l'article, le chercheur racontait qu'un collectionneur descendant indirect de la famille Valmesnil, désireux de conserver l'anonymat, avait fait don de son précieux document et fourni des détails permettant de reconstituer le parcours de ce texte. Suivait un développement sur la destinée tragique de la recluse. Plus bas, un encart résumait les origines de la famille Valmesnil, flamboyante dynastie qui avait atteint son apogée sous le Second Empire, aujourd'hui éteinte. L'encart était signé Gaétan Clamorgan.

Étienne s'empara de la seconde liasse, qui reprenait la même information en y ajoutant une reproduction des premiers feuillets de « La femme recluse », découverts dans le grenier d'un hôtel valognais, indiquait l'article.

Étienne leva les yeux sur Anatole, qui astiquait sa lanterne avec une application suspecte. Au pied de l'échelle, Darnley les regardait, intrigué, attendant des détails qu'Anatole, comme à son habitude, ne semblait pas disposé à donner. Enfin, il descendit.

— Mon cher Milord, nous venons simplement d'apprendre qu'un manuscrit inestimable de Barbey d'Aurevilly vient d'être découvert tout près d'ici. C'est une trouvaille exceptionnelle.

— Très bien, très bien, fit Darnley d'un air absent.

Il resta un moment à les observer, ce qui donna à Étienne l'impression que sa visite avait un autre motif qu'il hésitait à dévoiler.

— Vous n'auriez pas vu Anne récemment ?

— Récemment, non, fit Anatole du tac au tac. Et vous-même ?

— Eh bien, si, mais, enfin… non, en réalité, pas trop. Je pensais qu'elle aurait pu passer ici. Je me demandais…

Darnley s'interrompit, hésitant.

— Qu'y a-t-il ? s'impatienta Anatole. C'est au sujet d'Anne ?

— En effet. Je me demandais, vous pensez qu'elle… enfin je croyais, et je me suis dit que peut-être elle venait ici ces temps derniers.

— Chez nous ? Mais pourquoi ?

— Eh bien, je ne sais pas, répondit Darnley en regardant fixement Anatole. Elle a changé depuis quelque temps. Pourtant je pensais, mais j'ai dû me tromper.

— Vous semblez la suivre de bien près. Puis-je vous demander pourquoi vous êtes constamment sur ses traces ? intervint Étienne.

— Je ne suis pas constamment sur ses traces, protesta Darnley.

— Pourtant, il y a quelques semaines, devant l'église, je vous ai vu, embusqué à l'angle d'une rue, guettant son arrivée. Puis vous vous êtes enfui dans la ruelle juste à son passage. Vous teniez une arme à la main.

— Une arme ? Moi ? Mais enfin, non, pas du tout !

L'Anglais devenait de plus en plus rouge. Étienne n'en avait cure.

— Pourquoi vouliez-vous vous en prendre à elle ? continua le jeune accusateur.

— Ce n'est pas ce que vous croyez, c'est même tout le contraire, se défendit l'Anglais. Ce jour-là, où vous m'avez vu, j'essayais juste… (Il se passa la main sur la figure et reprit :) Je voulais la prendre en photo, c'était un appareil photo.

— La prendre en photo ?

— Eh bien oui.

Darnley prit un air penaud.

— C'était bien innocent, je vous assure. Vous comprenez, nous étions devenus proches, même très proches. Et j'éprouvais… je pensais que peut-être… Enfin, passons, c'était avant votre arrivée. Maintenant je ne sais plus.

Disant cela, il jeta de nouveau à Anatole un regard à la dérobée. Lequel s'absorbait à présent dans la lecture du journal local, derrière lequel son visage disparaissait. D'où il était, Étienne ne voyait qu'une partie de son profil, néanmoins, il aurait juré qu'Anatole était aussi écarlate que son rival britannique. Une minute de silence encore et la situation devint parfaitement inconfortable pour toutes les parties.

★

Ce fut à ce moment que l'objet de la discussion apparut sous le porche, et les rejoignit à grands pas.

— Vous avez vu ce formidable article ? s'exclama-t-elle, brandissant de nouveaux exemplaires et balayant de son enthousiasme la tension atmosphérique.

— Une magnifique découverte, approuva Anatole.

— À mettre au crédit de ce cher Méhidier, qui l'aurait cru ! poursuivit Anne avec un sourire en coin à l'attention d'Anatole. Eh bien, Étienne, que pensez-vous des embellissements apportés à la maison ? fit-elle en désignant les lanternes reluisant au soleil. Ne trouvez-vous pas qu'il a un talent incroyable ?

Tout en se tournant vers la façade pour admirer le résultat des travaux, elle glissa son bras sous celui d'Anatole. Ce dernier lui serra la main et tous deux contemplèrent la façade avec recueillement.

Un ange passa. Étienne ne savait trop où diriger son regard, il croisa celui d'Alistair Darnley, qui lui adressa un sourire malheureux avant de se redresser de toute sa hauteur.

— Je vous félicite, Anatole, dit-il enfin, en regardant l'écrivain droit dans les yeux. L'interpellé se tourna vers lui, quitta le bras d'Anne et lui tendit une main que Darnley serra après une imperceptible hésitation. Le Britannique s'excusa et prit congé rapidement.

— Il n'est pas dans son assiette en ce moment, observa distraitement Anne. Bien ! reprit-elle. Quels sont vos projets, Étienne, maintenant que cette sombre histoire a trouvé sa résolution ?

— Rentrer à Paris à la fin de la semaine, soupira Étienne en s'étirant.

— Allons, courage, fit Anatole, quelques semaines de cours, puis vos examens, et ensuite vous pourrez revenir nous voir et profiter des charmes de cette région en été.

— J'en déduis que vous ne rentrez pas avec moi ? sourit le jeune homme.

Anatole ne répondit pas. Étienne regarda le vieux jeune couple qui se tenait devant lui, Anne toujours appuyée sur le bras d'Anatole. Il hocha la tête.

— Consolez-vous, reprit Anatole, vous retrouverez sans doute Gaétan Clamorgan à Paris.

— Comment ça ? demanda Anne.

— Figurez-vous qu'on a aussi fait une étonnante découverte dans les environs de Paris : un passage secret qui donne accès aux souterrains du château disparu d'Issy-les-Moulineaux, le fameux château des princes de Conti. Les journaux en parlent ce matin, ajouta l'écrivain – brandissant un exemplaire du *Parisien* dont Étienne se demanda comment il avait pu se le procurer à Valognes. C'est notre ami Gaétan qui a fait lui-même cette découverte, il a exploré le souterrain et mis au jour d'étonnants documents prouvant que Jules Barbey d'Aurevilly y aurait séjourné lors de sa fuite de Paris, en 1871. L'affaire passionne déjà les spécialistes. Clamorgan a été désigné pour diriger une mission de fouilles dans ces souterrains inexplorés. La municipalité s'y intéresse, on parle même de reconstruire le château. Clamorgan et Méhidier sont deux célébrités à présent.

— Et vous, alors ? demanda Étienne.

— C'est vrai, reprit Anne. Je vous trouve bien conciliant, surtout avec ce sinistre Clamorgan. Après tout ce qu'il nous a fait ! Pourquoi le laissez-vous s'attribuer votre découverte ?

— Il a de bons côtés, et il mérite une seconde chance. Cette quête a occupé toute sa vie, il est juste qu'il en recueille les bénéfices. Personnellement, je n'en ai pas besoin. Avec la notoriété, il n'y a que des coups à prendre.

L'anonymat me convient très bien, conclut-il en entourant d'un bras les épaules d'Anne.

★

Trois jours plus tard, à la gare de Valognes, Étienne montait dans le train pour Paris. Cassandre avait tenté de le convaincre de rester plus longtemps, mais Étienne se sentait de plus en plus « en trop » et avait tenté de l'expliquer à la jeune fille.

— Et moi donc, avait-elle répondu. Vous croyez que je vais m'entendre avec ce grincheux ?

Étienne en doutait, tout en observant qu'elle savait particulièrement bien s'y prendre pour amadouer Anatole, qui en passait par tous ses caprices. Sous l'apparence de désapprouver l'irruption de ce beau-père encombrant, elle semblait en réalité ravie d'avoir quelqu'un à asticoter, lequel ne demandait pas mieux.

Le train s'ébranla et, bercé par les balancements de la voiture, Étienne s'engourdissait déjà quand, quelques minutes après le départ, un coup de frein brutal immobilisa le train en pleine voie. Un silence, puis la voix crachotante du conducteur annonça un retard – malaise technique ou panne voyageur, on ne savait le dire encore.

Étienne se leva, fit quelques pas dans le couloir et jusqu'à la porte qui donnait sur la voie. Il hésita, sourit puis actionna d'un geste brusque la poignée qui ouvrait sur l'extérieur. Il s'assit sur le marchepied, contemplant le paysage familier, désormais devant lui. La pluie avait commencé à tomber, il huma l'air mouillé qui montait de la terre et observa le crépuscule qui gagnait le bocage d'un vert de plus en plus sombre. Au loin, un clocher tinta. Étienne reconnut son timbre sans hésitation, il était à trois kilomètres de Valognes, cinq tout au plus. Reviendrait-il cet été ? Non, sans doute. À moins que le train ne reparte pas, qu'il s'arrête encore longtemps, trop longtemps, devant ce tapis de haies où les ombres avaleraient dans l'instant toute silhouette qui sauterait du train. Et alors… Comme un ébranlement annonçait le redémarrage, il écouta. Dans l'écho du dernier son de cloche, il crut entendre le rire de Cassandre qui lui parvenait, porté par le vent. Il se redressa et bloqua du pied la porte qui se refermait.

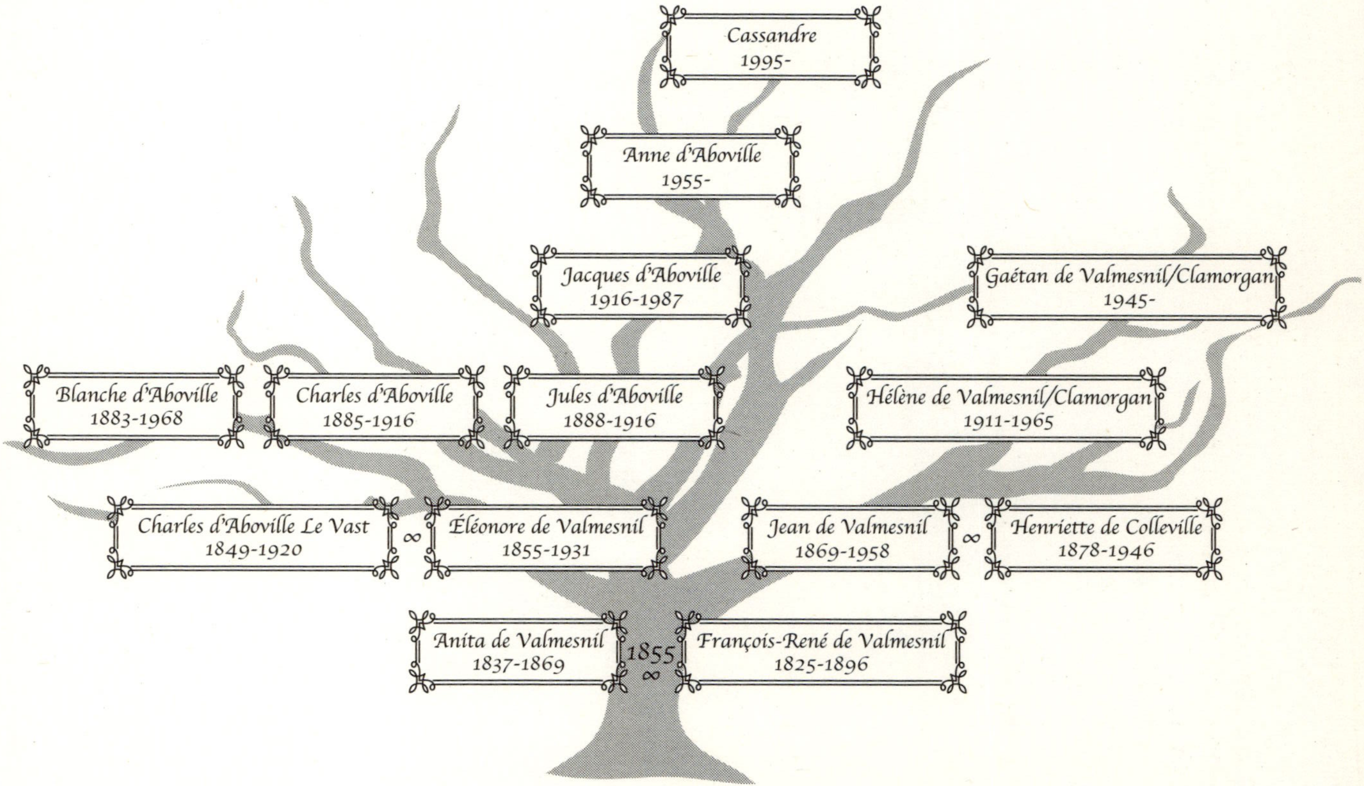
Cassandre
1995-
Anne d'Aboville
1955-
Jacques d'Aboville
1916-1987
Gaétan de Valmesnil/Clamorgan
1945-
Blanche d'Aboville
1883-1968
Charles d'Aboville
1885-1916
Jules d'Aboville
1888-1916
Hélène de Valmesnil/Clamorgan
1911-1965
Charles d'Aboville Le Vast
1849-1920
∞
Éléonore de Valmesnil
1855-1931
Jean de Valmesnil
1869-1958
∞
Henriette de Colleville
1878-1946
Anita de Valmesnil
1837-1869
1855
∞
François-René de Valmesnil
1825-1896

Brève biographie de Jules Barbey d'Aurevilly

Jules Barbey d'Aurevilly voit le jour le 2 novembre 1808, à Saint-Sauveur-le-Vicomte, dans le Cotentin. « Je suis réellement né le jour des Morts, à deux heures du matin, par un temps du diable[1] », racontera-t-il pour souligner un destin placé sous le signe de la fatalité. Après une enfance entre Saint-Sauveur et Valognes, son père le contraint à des études de droit à Caen. Mais le jeune Barbey ne rêve que de gloire littéraire et surtout de Paris, où il s'installe en 1833.

Les débuts sont difficiles, ni la littérature ni le journalisme ne suffisent à son train de vie (parfois dispendieux !) ; il vit d'expédients, de dettes, cherche un succès littéraire qui le boude. Ses premiers romans rencontrent peu d'écho, tandis que la virulence de ses articles l'oblige à changer fréquemment de journal, et ses dettes de domicile. En 1862, une salve contre Hugo et « cette colossale Saloperie des *Misérables* » déclenche une empoignade qui a au moins le mérite d'asseoir sa notoriété de critique littéraire assassin. Il devient « Barbemada de Torquevilly » ou encore « le Catholique hystérique ».

Après la défaite de Sedan, Barbey demeure à Paris pendant le siège, mais la tension augmente : il est agressé un soir rue de Clichy et échappe de peu à un lynchage, ce

1. Lettre à Trébutien du 1er octobre 1851.

qui le décide à fuir la capitale avant le début de l'insurrection. C'est depuis le Cotentin qu'il finalise le projet des *Diaboliques*, un recueil de six nouvelles, dont il précise en préface qu'elles seront suivies de six autres.

Ces récits sont marqués par les souvenirs de jeunesse de Barbey dans le Cotentin, à Valognes, où il effectue des séjours de plus en plus longs à partir de 1856. Il y retrouve les « spectres » de son enfance et loue un étage de l'hôtel Grandval-Caligny, qui existe toujours aujourd'hui, rue des Religieuses.

Les Diaboliques paraissent à l'automne 1874. L'accueil critique sera sévère, celui des autorités plus encore : descente de police chez l'éditeur, saisie de l'ensemble du stock, enquête de moralité sur l'auteur accusé d'« outrage à la morale publique et aux bonnes mœurs ». Il évite finalement le procès en acceptant de retirer le livre de la vente. Zola l'étrille pour ce qui lui paraît une lâcheté. Barbey en sort amer et, bien sûr, aucune autre *Diabolique* ne verra le jour.

En 1879, il rencontre Louise Read, qui dédiera sa vie à rééditer et faire connaître son œuvre. Certains experts lui reprocheront toutefois d'avoir fait disparaître des documents qu'elle jugeait néfastes à la gloire du grand homme. Il s'éteint le 23 avril 1889 des suites d'une hépatite, à son domicile parisien de la rue Rousselet.

Quelques années plus tôt, lors d'un séjour normand, il avait entendu raconter l'histoire de Mme de Beaumont, femme d'une « mystérieuse et terrible profondeur de caractère » : sommée par « son mari, homme très violent et très impérieux » de monter dans sa chambre, elle lui répondit qu'elle y monterait pour ne plus jamais en descendre. « Et elle n'en est jamais descendue ni sortie ! […] Elle est restée *quarante ans* dans sa chambre, ne voyant personne que sa femme de chambre qui lui apportait à manger[1] ».

---

1. Jules Barbey d'Aurevilly, *Memoranda*, Bartillat, 2015, p. 431.

Remerciements

Je souhaite remercier tous ceux qui ont permis que ce livre existe, et d'abord l'ensemble des équipes des éditions Robert Laffont pour leur accompagnement ainsi que les membres du jury du Grand Prix des enquêteurs pour avoir offert à Jules Barbey d'Aurevilly cette nouvelle jeunesse à travers un roman policier.

Merci à ma première lectrice, pour son temps et ses conseils avisés.

Merci à ma mère, qui a repéré le lien du concours et me l'a envoyé.

Merci à mon père, qui m'a fait connaître et aimer le Cotentin.

PARUS DANS
LA BÊTE NOIRE

NOÉMIE ADENIS
Le Loup des ardents (Grand Prix des enquêteurs 2021. Prix Polar en séries 2022).

KATERINA AUTET
La Chute de la maison Whyte (Grand Prix des enquêteurs 2020. Prix littéraire de la Renaissance française 2020)
Les deux morts de Charity Quinn

CÉDRIC BANNEL
Baad (Prix du meilleur polar des lecteurs de Points 2017)
Kaboul Express
L'Espion français

JACQUES-OLIVIER BOSCO
Brutale
Coupable

RHYS BOWEN
Son Espionne royale
Tome 1, *Son Espionne royale mène l'enquête*
Tome 2, *Son Espionne royale et le mystère bavarois*
Tome 3, *Son Espionne royale et la partie de chasse*
Tome 4, *Son Espionne royale et la fiancée de Transylvanie*
Tome 5, *Son Espionne royale et le collier de la reine*
Tome 6, *Son Espionne royale et les douze crimes de Noël*
Tome 7, *Son Espionne royale et l'héritier australien*
Tome 8, *Son Espionne royale et la reine des cœurs*
Tome 9, *Son Espionne royale et les conspirations du palais*

FRANCK CALDERON, HERVÉ DE MORAS
Là où rien ne meurt

Julia Chapman
Les Détectives du Yorkshire
Tome 1, *Rendez-vous avec le crime*
Tome 2, *Rendez-vous avec le mal*
Tome 3, *Rendez-vous avec le mystère*
Tome 4, *Rendez-vous avec le poison*
Tome 5, *Rendez-vous avec le danger*
Tome 6, *Rendez-vous avec la ruse*
Tome 7, *Rendez-vous avec la menace*

Karen Cleveland
Toute la vérité

Daniel Cole
Ragdoll
Tome 1, *Ragdoll* (Prix Griffe noire du polar de l'année 2017)
Tome 2, *L'Appât* (Prix Bête noire des libraires 2018)
Tome 3, *Les Loups*
Pietà

Collectif, sous la direction de Lisette Lombé, Elvira Masson, Fabrice Rose et Delphine de Vigan
Histoires de femmes – Les Ondes

Sandrone Dazieri
Tu tueras le Père
Tu tueras l'Ange
Tu tueras le Roi
La Danse du gorille

Lara Dearman
La Griffe du diable
L'Île au ciel noir

Ingrid Desjours
Les Fauves
La Prunelle de ses yeux

Claire Favan
Serre-moi fort (Prix Griffe noire du meilleur polar français 2016)
Dompteur d'anges
Inexorable

Rebecca Fleet
L'Échange
La Seconde Épouse

Dominique Forma
Coups de vieux

Olivier Gallien
Dans la neige ardente (Prix Bête noire des libraires 2022)

Amy Gentry
Les Filles des autres
De si bonnes amies

Patrice Guirao
Le Bûcher de Moorea
Les Disparus de Pukatapu
Rivage obscur

L. S. Hilton
Maestra
Domina
Ultima

Ingar Johnsrud
Les Adeptes
Les Survivants

Elizabeth Key
Sept mensonges

Mathieu Lecerf
La Part du démon
Au royaume des cris

Sara Lövestam
Chacun sa vérité (Grand Prix de littérature policière 2017, domaine étranger. Prix Nouvelles voix du polar 2018, roman étranger)
Ça ne coûte rien de demander
Libre comme l'air
Là où se trouve le cœur

Fabio Mitchelli
Une forêt obscure
Le Tueur au miroir
Le Loup dans la bergerie

Nadine Monfils
Les Folles enquêtes de Magritte et Georgette
Nom d'une pipe !
À Knokke-le-Zoute !
Les Fantômes de Bruges
Liège en eaux troubles

Nicole Neubauer
Sous son toit

Vincent Ortis
Pour seul refuge (Grand Prix des enquêteurs 2019)
Patiente

Gin Phillips
Le Zoo (Prix Transfuge du meilleur polar étranger 2017)

Antoine Renand
L'Empathie (Prix des lecteurs Gouttes de sang d'encre 2019.
Prix Nouvelles voix du polar 2020, roman français)
Fermer les yeux
S'adapter ou mourir

Fabrice Rose
Tel père, telle fille (Prix Bête noire des libraires 2020)
Le Plan

Rydahl & Kazinski
La Mort d'une sirène

Romain Slocombe
La Trilogie des collabos
L'Affaire Léon Sadorski (Prix Libr'à nous 2017, catégorie polar)
L'Étoile jaune de l'inspecteur Sadorski
Sadorski et l'Ange du péché

La Trilogie de la guerre civile
La Gestapo Sadorski
L'inspecteur Sadorski libère Paris
J'étais le collabo Sadorski

Thibaut Solano
Les Noyés du Clain

Clémentine Thiebault
En votre intime conviction – Les Ondes

Dato Tourachvili
Génération denim – Les Ondes

Ilaria Tuti
Sur le toit de l'enfer (Prix Bête noire des libraires 2019. Prix Nouvelles voix du polar 2020, roman étranger)
La Nymphe endormie
À la lumière de la nuit

Harriet Tyce
Blood Orange

Damien et Sibylle Veron
Tiphaine où es-tu ? – Les Ondes

Annette Wieners
Cœur de lapin

Composition et mise en pages
Nord Compo à Villeneuve-d'Ascq

FSC
www.fsc.org
MIXTE
Papier issu de sources responsables
FSC® C003309

L'éditeur de cet ouvrage s'engage dans une démarche de certification FSC® qui contribue à la préservation des forêts pour les générations futures.

Pour en savoir plus :
www.editis.com/engagement-rse/

Achevé d'imprimer en septembre 2022
par Normandie Roto Impression s.a.s.
61250 Lonrai (Orne)
N° d'édition : 64204/01 - N° d'impression : 2203588

Imprimé en France